근대 중국,

그 사랑과 욕망의 사회사

근대 중국, 그 사랑과 욕망의 사회사

초판인쇄 2016년 4월 20일 **초판발행** 2016년 4월 30일
지은이 천성림 **펴낸이** 박성모 **펴낸곳** 소명출판
출판등록 제13-522호 **주소** 서울시 서초구 서초중앙로6길 15, 1층
전화 02-585-7840 **팩스** 02-585-7848 **전자우편** somyungbooks@daum.net **홈페이지** www.somyong.co.kr

값 13,000원
ISBN 979-11-5905-064-0 93910
ⓒ 천성림, 2016

이 저서는 2012년 대한민국 교육부와 한국연구재단의 지원을 받아 수행된 연구임(NRF-2012S1A6A4021483).

근대 중국,
그 사랑과 욕망의 사회사

LOVE AND SEXUALITY IN MODERN CHINA

천성림 지음

장경생張競生, 장징성이 말하는 근대 중국,
그 사랑과 욕망의 사회사[*]

이 책의 서문을 쓰는 데 나만큼 적합한 사람도 없을 거라 생각해 저자의 청을 받아들였습니다. 경어체를 생략하는 점 양해해 주시기 바랍니다.

중국이 청불전쟁에서 패배한 지 3년 뒤인 1888년 광동성廣東省, 광둥성, 요평현堯平縣, 야오핑현에서 태어났던 나의 원래 이름은 강류江流, 장류였지만 중국식 사회진화론의 통속적 구호인 '생존경쟁'과 '적자생존'에서 각각 한 글자씩 따와 '경생競生'으로 개명했지. 청말의 저명한 여성혁명가 추근秋瑾, 추진도 '경웅競雄'이라는 호를 쓸 정도로 당시 사회진화론의 영향은 막강했어. 사회진화론이 유행하기 시작한 것은 1895

추근

---

[*] 여기에 묘사된 장경생(1888~1970)의 생애와 사상, 주장은 그가 남긴 글을 바탕으로 쓴 것이며 창작적 요소는 없다. 周彦文・江中孝 編, 『張競生文集』(廣州 : 廣州出版社, 1998) 하권에 실린 「浮生漫談」과 「十年情場」을 주로 참조했다.

년, 기껏해야 동쪽의 작은 섬나라 정도로 여겼던 일본한테 패배한 직후부터야. 그 후 일본의 메이지유신과 입헌군주제를 모델로 청왕조를 개혁하려는 변법운동이 일어나지만 황제를 견제하려는 서태후, 그리고 배신자 원세개袁世凱, 위안스카이 때문에 실패했어. 내가 겨우 열 살이던 1898년의 일이야. 이 개혁운동의 실패 후 무능하고 권력만 탐하는 청왕조를 타도하지 않고는 미래가 없다는 생각에 많은 사람들이 혁명의 길로 나서게 되었어. 바야흐로 신해혁명의 시대가 열린 거야.

광주廣州, 광저우의 한 육군소학교를 졸업한 나는 부모의 명령에 따라 17세에 결혼식을 올렸어. 당시에는 열 살도 안 되어 결혼하는 아이들이 많았으니 결코 조혼은 아니야. 어서 손주를 보고 싶은 마음에 어른들이 서두른 거지. 첫날밤은 기억하고 싶지도 않아. 전생에 무슨 죄를 그리 많이 지었기에 그런 여자를 만났는지 모르지만 짙은 화장에 전족을 하고 글도 읽을 줄 모르는 그 여자한테 나는 전혀 매력을 느낄 수가 없었어. 다행히 북경대학의 전신인 경사대학당에 입학하게 되면서 나는 그녀를 떠났고 그 후로 만나지 못했어.

모든 불행은 비교에서 시작된다지? 나도 그랬지만 당시 서양물을 먹은 지식인들은 부모가 일방적으로 결정한 구식의 중매혼에 불만이 많았어. '중국근대문학의 아버지'라 불리는 노신魯迅, 루쉰 선생도 일본 유학 중에 어머니의 병환 소식을 듣고 일시 귀국해 고향의 아가씨와 결혼했어. 선생의 모친은 사실 아프지 않았어. 아들이 외국물을 먹은 신여성과 결혼할까 우려되어 얌전한 규수를 골라 강제로 연을 맺어주신 거야. 선생의 말에 의하면 그 주안朱安, 주안이라는 여성은 바다같이 넓은 이마에 오이같이 긴 얼굴, 거기에 전족까지 하고 있었는데 완전 문맹이라 선생과 대화가 통하지 않았대. 연애는 정서와 육체의 교감이라는데, 말이 안 통하는 사람과 어떻게 살을 맞대고 살 수 있겠니? 그 후 노신선생이 예쁘고 똑똑한 제자와 살림을 차린 것에 대해 동거니 불륜이니 말이 많았지만 솔직히 나는 선생이 부러웠어. 훗날 중화인민공화국의 초대 주석이 되는 모택동毛澤東, 마오쩌둥도 마찬가지야. 첫날밤도 치르지 않고 도망쳐 북경대학에서 도서관 사서 일을 하며 불행한 결혼을 벗어나려고 했지. 결국 존경하는 은사의 딸 양개혜楊開慧, 양카이후이와 연애결혼을 하지만 안타깝게도 그분은 수배중인 혁명가 남편 때문에 젊은 나이에 희생당했어.

다시 내 얘기로 돌아갈게. 경사대학당 불문과 시절의 어느 날 나는 도서관 서고에서 우연히 여성의 생식기가 그려진 외국서적을 보게 되었어. 아마 책 제목이 『세계 여성의 인체해부도』였을 거야. 그때의 충격은 이루 말할 수 없었지. 왜냐하면 여성의 벗은 몸조차 본 적이 없는데 이렇게 상세히 인체기관을 설명하고 있으니 말이야. 그것은 절대 포르노가 아니고 과학, 구체적으로 말하자면 성과학sexology이었어. 우리나라에서는 '남녀수수불친男女授受不親'이니 해서 남녀가 손도 잡아서 안 되고, 여자가 실수로 살을 보이게 되면 정조를 더럽혔다고 해서 자살하는 일도 드물지 않았거든. 이 책은 나의 삶을 송두리째 흔드는 결정적 계기가 되었어. 그 일이 있고 나서 나는 성과 욕망을 과학적으로 연구하고 성적인 만족이 인생에서 얼마나 중요한 부분인지 널리 알리고 싶다는 생각을 하게 되었거든.

1910년, 나는 우연한 기회에 마지막 황제 부의溥儀, 푸이, 선통제의 아버지인 섭정왕 재풍載灃, 짜이펑을 암살하려다 미수에 그치고 감옥에 갇힌 정치거물 왕정위王精衛, 왕징웨이 구출작전에 투입되었어. 작전은 실패로 끝났지만 그 공로를 인정받아 신해혁명 직후에는 남경임시정부 계훈국 장학금을 받아 담희홍譚熙鴻, 탄시훙, 양행불楊杏佛, 양싱포, 임홍준任鴻儁, 런훙쥔, 송자문宋子文, 쑹즈원 등과 함께 구미 유학의 행운을 거머쥐었지. 난 불문학도라 프랑스로 유학을 떠났어.

근대 중국, 그 사랑과 욕망의 사회사

프랑스에 도착해 기차를 탔는데 정말 감동적인 장면을 목격했어. 내 반대편에 앉은 어린 소녀가 간식으로 싸온 포도를 꺼내 먹기 시작하는데 세상에나! 전혀 소리를 내지 않는 거야. 씨는 종이에 따로 모아 두었다가 한꺼번에 버렸어. 아마 중국사람이었다면 앞에 사람이 있건 말건 아랑곳하지 않고 떠들면서 쩝쩝 소리를 내고 먹었겠지? 당연히 씨는 바닥에 뱉었을 거고. 아! 이것이 바로 문명이구나. 깔끔한 기차 내부와 교양 있는 사람들, 심지어 어린아이까지 이렇게 예의가 바르다니. 나는 왜 우리 중국이 서양 열강, 심지어 일본한테까지 수모를 당하게 되었는지 확실하게 깨달았지. 문명이란 단지 기계나 무기, 그리고 공장 같은 물질적인 것만 의미하는 것이 아니었어. 그 나라에 사는 국민들의 수준이 높아야 하는 것이지. 어떻게 하면 국민의 수준을 높일 수 있을까? 나는 세계 제일의 문명국인 프랑스에서 그 해답의 실마리를 찾아보기로 했어.

내가 도착한 지 2년 후 프랑스는 제1차 세계대전의 소용돌이에 휩쓸리게 되었어. 수업이 정상적으로 이루어질 리 만무하지. 차라리 실컷 여행이나 즐기며 다양한 체험을 해보기로 했어. 무엇보다도 몸과 마음을 다해 진짜 연애를 해보고 싶었어. 1919년 귀국하기까지 나는 다양한 국적의 다양한 신분과 개성을 지닌 여성들과 진한 연애를 했어. 구석진 방이 아니라 대자연 속에서 정사를 즐겼고 연인과 함께 해변가의 한 나체촌에서 살아보기도 했어. 한 여성은 내 아이도 낳아주었지. 안타깝게도 보육원에서 죽어버렸지만…… 그 일만 생각하면 지금도 가슴이 아파.

아마 나도 그렇게 태어났겠지만 중국사람들은 연애를 몰라. 남자는 성적 욕구가 생기면 그저 소변을 보듯이 짧은 시간 여자를 끌어안고 일을 치르지. 여자의 감정 따위 안중에 없는 거야. 여자가 욕망을 표현했다간 뺨을 맞기 일쑤였어. 그렇게 볼일 보듯 일을 치르고 나면 코를 골고 잠을 자. 이러니 부부간에 무슨 애정이 있겠니? 과부의 수절? 그건 죽은 남편을 진심으로 사랑해서가 아니라 그렇게 수절을 해야만 친정으로 돌아가지 않고 시댁에서 살아갈 수 있고 더구나 과거에는 수절한 여자에게 경제적으로 다양한 혜택을 주었기 때문이야. 명예도 얻고 실리도 얻는 것이지. 물론 가난한 여성에게는 수절도 그림의 떡이었어. 입 하나 줄이려고 강제로 재혼을 시키거나 홀애비에게 팔아넘기기 일쑤였으니 말이야.

진정 사랑에서 우러나온 것이 아니라면 정조나 수절이 무슨 의미가 있겠니. 그저 습관일 뿐이지. 내가 귀국하기 바로 전인 1918년에 중국에서는 정조를 둘러싸고 논쟁이 벌어졌는데 호적胡適, 후스이나 주작인周

　　　　　　　　근대 중국, 그 사랑과 욕망의 사회사

作人, 저우쭤런 등은 내가 하고 싶은 말을 대신해주었지.

남녀가 진심으로 뜨겁게 사랑한다면 타인의 시선은 중요하지 않아. 지금 와서 하는 말이지만 내 평생 가장 후회되는 일 중 하나가 서양여성과 결혼하지 않은 거야. 나는 서양이 강해진 이유가 여성들이 침대에서 적극적으로 행동하기 때문이라고 생각해. 왜냐하면 그런 여성들은 건강하고 활력 있는 난자를 배출하거든. 프랑스에서 만난 여성들은 한결같이 매력이 넘쳤어. 독서를 많이 해서인지 대화는 하루 종일 해도 시간이 모자랐고 성욕을 자연스럽게 표현하기 때문에 남녀 함께 쾌감을 느낄 수 있었지. 그녀들은 모두 아름답고 향기로웠어. 허리는 잘록하고 풍만한 유방과 둔부를 갖고 있었어. 중국여성들은 어찌된 일인지 가슴은 동여매고 전족을 한 탓에 하체가 부실하고 엉덩이는 처져 언뜻보아 남자인지 여자인지 구별이 잘 안 돼. 도무지 여성미라고는 없어. 이 책에서도 언급하고 있지만 내가 1920년대에 '속흉束胸'이라는 가슴조이기에 반대하고 유방의 곡선을 살리도록 권장했던 것도 프랑스 유학 시절 풍만한 여성을 많이 보았기 때문이야. 단지 미적인 문제일 뿐 아니라 건강한 후대를 위해서도 풍만한 유방은 반드시 필요해.

부모가 될 준비가 안 된 탓에 서양여성이 낳은 내 아이는 요절했지만 나는 가능한 서로 다른 사람끼리 결혼하는 것이 우생학에 부합한다고 믿고 있어. 그래서 국제결혼을 적극 권장했지. 내가 만일 유학시절 사귄 서양여성과 결혼하고 프랑스에 귀화했더라면 '성사性史파문'도 없었을 것이고 '성박사'라는 모멸적인 별명도 붙지 않았겠지? 무엇보다도 문화 대혁명의 급류에 휘말려 이토록 고생하지도 않았을 거고 말이야.

내가 외국여성와 결혼하지 않은 것은 고향에 두고 온 아내에 대한 연민 때문이라기보다 부모님에 대한 효를 저버릴 수 없었기 때문이야. 노신선생이나 호적교수를 비롯해 우리 모두 부모님이 정해준 여자와 고향에서 혼인식을 치렀지. 하지만 지적인 대화는커녕 전족한 발로 뒤뚱거리고 귀를 뚫어 귀고리를 하고 얼굴에는 분을 덕지덕지 바르고 또 볼륨이라고는 없는 추한 모습의 여자한테 아무런 매력을 느낄 수 없었기에 결국 공부를 핑계로 고향을 심지어 고국을 떠난 거야. 덕분에 모두 유명인사가 되었지만 자기의지로 배우자를 결정하지 못하는 것만큼 큰 불행도 없다고 생각해. 자유주의, 민주주의 등 근대성의 출발점은 바로 개인의 존중, 자결권과 자율권 아니겠니? 간단히 말해 개인의 감정이 인생에서 가장 중요한 거야. 더욱이 해블럭 엘리스Havelock Ellis나 엘렌 케이Ellen Key 같은 저명한 학자들도 연애를 통해 낳은 아이는 정신적 육체적으로

근대 중국, 그 사랑과 욕망의 사회사

우수하다고 하니, 연애는 개인의 행복과 구국 사이에서 고민하던 우리에게 면죄부를 주었지.

　약 8년간의 프랑스 유학 끝에 드디어 1919년에 리용대학에서 철학박사 학위를 취득한 나는 귀국 후 곧바로 북경대 철학과 교수로 임용되었어. 훗날 '군벌시대'라 불리게 되는 1920년대는 권력의 구심점이 없어서인지 대도시에는 오히려 자유로운 기풍이 넘쳐흘렀지. 당시 북경대에는 채원배蔡元培, 차이위안페이선생이 총장이 되고 나서 다양한 인재들을 두루 교수로 초빙했기 때문에 호적 같은 자유주의자나 1921년 창당된 중국공산당의 초대 서기 진독수陳獨秀, 천뚜슈, 그리고 모택동에게 큰 영향을 준 마르크시스트 이대조李大釗, 리다자오 같은 진보적인 인물도 있었지만 영국유학파이면서도 여전히 전족과 축첩을 찬양하는 고홍명辜鴻銘, 구훙밍 같은 괴짜도 있었고 한때 아나키즘에 심취했었던 국학자 유사배劉師培, 류스페이 같은 보수적인 인물도 있었어. 그는 내가 북경대에 임용되기 직전에 폐결핵으로 사망했다고 하더군. 그야말로 다양한 사상이 공존하고 있었지.

　20세기 초에 확립된 근대적 학제의 혜택을 받은 당시 대학생들은 새로운 사조에 목말라 있었기 때문에 컬럼비아대학 출신인 호적이나 나같은 사람이 특히 인기가 많았어. 새로운 문화의 창조를 외치며 1915년에 창간된 잡지 『신청년新靑年』에 호응해 학생들도 『신조新潮』 등을 창간해 유순함과 복종만을 강요하는 유교도덕을 비판하고 서양의 다양한 사조들을 적극 소개하고 있었어. 그 중 최고의 인기를 누린 것은 입센이었어. 왜냐하면 입센의 희곡 〈인형의 집〉을 각색한 '종신대사終身大事'라는 대본에서 호적이 '중국판 노라'를 만들어내 여주인공으로 하여금 연애를 찾아 집을 떠나게 만들었기 때문이야. 중국판 노라가 등장한 뒤 수많은 청년들이 연애를 찾아 실제로 집을 나가기도 했어. 연애가 아니면 죽음을 달라고 하면서 자살을 하기도 했고 연애가 없는 결혼을 거부하며 독신으로 사는 사람들도 많았지. 1920년대 중국은 그야말로 '연애의 시대'였어.

입센과 함께 1920년대 중국인을 사로잡은 서양인이 스웨덴의 여성 철학자 엘렌 케이였어. "연애란 정신적 육체적 공감이며 연애만 있다면 법적으로 인정받지 못한 결혼이라도 부도덕하지 않다"고 하는 그녀의 말들이 중국에 소개되면서 "연애의 뿌리는 성욕"이라거나 "연애가 없는 부부의 결합은 금전거래"라는 말이 신문잡지를 장식했지. '연애'라는 단어는 원래 일본이 영어의 LOVE를 번역한 것인데 이때를 전후해 중국

근대 중국, 그 사랑과 욕망의 사회사

청년들의 최고관심사가 되었어. 그러다보니 신문잡지도 연애라는 이슈를 선점하기 위해 치열한 경쟁을 벌였지. 노신선생이 제자인 허광평許廣平, 쉬광핑과 주고받은 편지들은 『양지서兩地書』라는 제목으로 출판되었고 거기에서 나오는 인세만으로도 두 사람은 그럭저럭 안락한 생활을 누릴 수 있었을 정도야. 지금 와서 생각해보니 1920년대가 '연애의 시대'가 된 것은 청년들의 사회개조에 대한 열망과 문화계의 상업주의가 교묘하게 맞물렸기 때문이 아닌가 싶어.

1921년에 『부녀잡지』 주편으로 투입된 장석침章錫琛, 장시천 역시 연애나 이혼, 피임, 성욕문제 등을 이슈화해서 큰 성공을 거두었어. 하지만 여전히 보수적인 성도덕의 반격도 만만치 않아 1920년대에는 연애나 성을 둘러싼 논쟁이 자주 일어났어. 나는 프랑스 유학동기이자 북경대 동료교수였던 담희홍이 상처를 한 뒤 처제와 결혼하자 사람들의 몰매를 맞는 것이 안타까워 "연애란 결코 불변하는 것이 아니라 조건에 따라 얼마든지 변한다"고 하는 내용을 담은 글을 발표했어. 이로 인해 나 또한 엄청난 욕을 먹었지만 덕분에 저명인사가 되어버렸어. 하지만 내가 정말 해보고 싶었던 것은 연애에서 가장 중요한 요소인 성욕의 만족을 중국이라고 하는 보수적인 성도덕을 지닌 나라에서 담론화해보는 것이었어. 1925년 나는 개인의 '성의 역사'를 수집해 『성사』라는 책을 출판했고 이 책은 전국을 들썩이게 할 정도로 큰 반응을 얻게 되지. 하지만 돈에 눈먼 출판업자들이 암암리에 짝퉁 『성사』를 인쇄했고 거기에는 차마 입에 담기 어려운 외설적인 내용이 가득했기 때문에 덩달아 나까지 오물을 뒤집어쓰게 되었어. 그때부터 내가 '성박사'라 불리게 된 거야. 조롱의 뜻이 담겨 있었지. 그 후 나는 북경대를 떠나 상해에서 서점을 열고 『신문화』라는 잡지를 창간해 성교와 우생의 관계를 적극 홍보했지만 내용이 마치 고대방중술을 방불케 한다고 하여 또다시 비판을 받았어. 결국 나는 외설죄로 벌금형을 물고 출판계를 떠났지. 다시 프랑스로 유학을 갔지만 후원금이 끊기면서 이번에는 오래 있지 못했어. 5년 뒤인 1932년에 귀국한 나는 참한 아가씨를 소개받아 재혼도 하고 농사를 지으며 조용히 살았어. 물론 더 이상 성을 입에 담지 않았어. 사람들의 기억 속에서 '성박사 장경생'이라는 이름도 점차 희미해져 갔지.

항일전쟁에서 승리한 중국은 다시 국공내전에 휩쓸렸어. 1930년대와 40년대는 그야말로 혁명과 전쟁의 시대였어. 연애는 구국과 혁명을 위해 희생되어야 하는 개인주의로 비난받았지. 하물며 성욕의 만족은 더더욱 입에 담기 어려웠고.

나는 지금 문화대혁명의 광풍이 휩쓸고 간 폐허 위에서 글을 쓰고 있어. 중화인민공화국이 수립되고 나서 나는 과거에 청년들을 연애와 성에 빠지게 한 반동분자로 몰매를 맞고 만신창이가 되어 펜을 잡을 힘조차 없어. 의사말로는 이번 주를 넘기기 어렵하고 하네. 하지만 이 암흑의 시대가 지나면 언젠가는 나를 '중국 근대 성학의 선구자'라거나 '중국의 킨제이박사'로 높이 평가해주는 학자들도 나타날 거야. 영국의 과학사가인 조지프 니덤이나 네덜란드의 반 훌릭 같은 사람들이 내 책을 연구하고 있다고 들었거든. 이념이든 시대사조든 영원한 것은 없어. 하지만 남녀의 애틋한 마음과 생식을 포괄하는 연애는 불멸의 가치가 아닐까?

차례

제1장

들어가는 말

1. 왜 연애인가

　1873년(동치 12년) 12월, 상해의 『신보申報』에는 한 유명한 경극배우
와 부잣집딸의 연애사건이 연일 게재되었다. '양월루안楊月樓案'으로 불
리게 되는 이 사건의 내막은 이러하다.

　양월루는 손오공과 조자룡역을 도맡아온, 훤칠한 키에 남성미가 넘치
는 북방계 미남배우였다. 1873년 12월, 그는 삼경반三慶班 소속으로 상
해 단계극장丹桂戲院에서 순회공연을 하고 있었는데, 한 소녀가 어머니와
함께 사흘 내리닫이로 극장을 방문했다. 위아보韋阿寶라는 이름의 17세
소녀로, 아버지는 홍콩, 마카오 등지에서 차茶무역을 해 거부를 쌓은 광

양월루

동 출신 사업가이며 이때는 출장 중이었다. 양월루를 보고 첫눈에 반한 위아보는 양월루를 잊지 못해 상사병에 걸렸고 그녀의 유모는 안타까운 나머지 위아보가 쓴 편지를 양월루에게 전했다. 한번 만나보자는 내용이었다. 처음에는 신분차이가 부담스러워 거절했지만 계속되는 구애편지에 양월루는 결국 마음을 열었고 두 사람은 교제를 시작했다. 위아보가 아니면 죽어버리겠다는 딸을 위해 어머니는 시댁어른을 내세워 정혼을 했다. 하지만 이 일을 알게 된 위씨 집안의 한 어르신이 두 사람을 관아에 고발해버렸다. 결국 유모는 조리돌림을 당하고 양월루는 곤장 200대를 맞고 수감되었으며 위아보도 매를 맞고 수감되었다. 두 사람이 범한 죄목은 '양천불혼良賤不婚',[1] 즉 양민(양가)과 천민은 혼인할 수 없다는 대청율례의 규정을 어긴 것이다.

하지만 이 판결에 대해 정식으로 정혼한 사람에게 지나친 간섭이라 비판하고 두 사람을 옹호하는 목소리도 만만치 않았다. 두 사람의 이야기는 사건 종결 후 6개월 정도 지나 『신보』(1875.7.26)에 다시 나오는데, 군역軍役으로 흑룡강성에 유배되었던 양월루는 경극광인 서태후의 특사로 풀려났고, 상해로 온 양월루는 이미 다른 남자에게 강제로 시집 간 아보를 친구의 도움으로 찾아내 결혼식도 올리고 아이도 낳았다는 것이다. 어디까지가 사실이고 어디까지가 풍문인지 확

---

1 양천불혼은 양민과 천민의 통혼을 금지하는 것이다. 양민은 평민, 제민齊民, 범인凡人 등으로도 칭하며 사농공상 4민을 포괄하는 개념이다. 천민은 일반적으로 노복과 창우(창기나 배우), 예졸隸卒 등을 가리킨다. 청대의 율례에 따르면 양천良賤은 서로 통혼할 수 없었다. 어길 경우 일반 인민은 곤당 90대, 관리나 관원의 자손은 60대이며 모두 관계를 청산해야 했다.

인할 수는 없지만 저자가 이 '양월루안'을 서론에 둔 이유는 거기에서 이 책의 의도와 부합하는 몇 가지 중요한 코드를 찾아낼 수 있었기 때문이다.

첫째, 개항 후 상해 같은 대도시에서는 여성도 자유롭게 극장을 출입할 수 있었다는 것이다. 아직까지 농촌은 물론 다른 중소도시에서는 꿈도 꾸기 어려운 일이다.

둘째, 도시 시민들 중 다수가 '양천불혼' 같은 조항을 더 이상 개의치 않았다는 것이다. 사랑에는 신분이 중요하지 않다고 본 것인데 이것은 바로 '연애의 민주주의'를 말한다. 양월루와 위아보의 사례에서 알 수 있듯이 연애는 신분을 뛰어넘고 계층의 이동을 가능하게 하는 힘이다.

셋째, 이 책 제4장을 통해 구체적으로 살펴보게 되겠지만 위아보처럼 자신의 욕망을 드러내고 연애문제에서 주동적인 여성들이 점점 많아졌다는 것이다. (남녀를 불문하고) 인생에서 개인의 감정을 중시하고, 스스로 상대를 선택하는 이 자율성과 주체성은 앤서니 기든스Anthony Giddens나 올리히 벡Olich Beck같은 사회학자들이 주장한 것처럼 근대성의 핵심이자 기초로서(조안 러프가든, 2010), 견고한 가부장의 권위를 조금씩 뒤흔들게 될 보이지 않는 힘이었다. 1920년대 노신이나 모순茅盾, 마오둔 같은 지식인들이 말했듯이 연애야말로 중국사회를 아래로부터 뒤흔든 '혁명'이었던 것이다. 요컨대 연애의 자유는 "부모의 명령과 매파의 말솜씨父母之命, 媒妁之言"에 의해 결정되었던 전통시대 혼인의 부정이자 그 자체로 가부장의 권위에 대한 도전이었다.

아직까지도 그렇지만 대부분의 사회와 문화에서 성은 결혼과 연관되어 있었고, 전근대사회에서 결혼은 대체로 '중매결혼arranged marriage'의 형태를 띠고 있었다. 이런 결혼 풍습 아래에서의 성은 자연히 종족보전과 노동력의 증가 및 사회적 계약 쪽에 무게중심이 쏠릴 수밖에 없었다. 그러나 개인의 자주적 의지에 따른 낭만적 사랑과 그 결과로서의 결혼은 성의 의미도 변형시켰다. 성은 더 이상 종족보존을 위한 것만이 아니고, 사랑하는 사람 사이의 '친밀감을 표현하는 언어'가 되었던 것이다. 그러므로 한때는 육체적 성이 개입되어 있지 않은 소위 '정신적 사랑'이 우아한 성의 전형이었다면, 이제 육체적 성으로 표현되지 않는 성은 '공허한 사랑'으로 여겨지게 되었다. 요컨대 근대의 '연애'는 사랑과 성적욕망을 아우르는 개념이 된 것이다. 이 책에서는 근대 중국의 연애, 즉 사랑과 욕망이라는 렌즈를 통해 중국 여성의 일상생활과 여성 및 연애에 관한 주요 담론들을 살펴보려고 한다.

'여성'이 단순한 관심을 뛰어넘어 하나의 논제로서 일상화, 체계화되는 것은 한 중 일 세 나라 모두 1910년대 중반 이후의 일이며 처음에는 주로 남성지식인의 몫이었다. 그와 관련이 있겠지만 1920·30년대를 통해 한·중·일 세 나라에서 가장 많은 관심과 주목을 받은 것은 바로 '연애'문제였다. 중국에서 연애문제가 관심의 대상이 된 것은 낙후한 중국이 단숨에 서양을 따라잡고자 하는 열망과 함께 대다수의 지식청년이 구식결혼의 피해자였다고 하는 현실이 작용한 결과였다. 당연히 그에 대한 관심은 남성지식인으로부터 시작되었고 언론을 통해 여성들에게 확산되었다. 본론으로 들어가기 앞서 연애와 성에 대한 중국인의 관점과 연구상황, 그리고 개념을 짚어보기로 한다.

2. 연구사 검토

우리나라 주요 대학 도서관에서 몇 년째 대출순위 1위를 차지하고 있
는 『총, 균, 쇠』의 저자 재러드 다이아몬드는, "인간의 성교가 지닌 가장
중요한 생물학적 기능이 무엇이든 잉태(생식)는 확실히 그 기능이 아니
다. 잉태는 단지 가끔 발생하는 부산물일 뿐"이라고 했다. 모든 사랑의
뿌리는 성욕이다. 성욕은 잉태를 가져오기도 하지만 잉태를 위해서만
연애나 결혼을 하는 것만은 아니다. 하지만 대부분의 문화권에서 남녀
개인의 정서적 친밀감을 수반한 연애는 근대 자유주의와 개인주의와 함
께 탄생했으며 그 이전에는 성욕과 잉태(생식)만 존재했다고 해도 과언
이 아니다. 중매결혼이 일반적이었고, 결혼의 목적은 생식에 있었다.

그런데 그 어떤 문화권도 유교문화권만큼 결혼에서 생식이 중요했던
나라도 드물 것이다.

주지하듯이 유학은 자손의 번영을 전제로 하는 부부의 화합은 용인하
지만 미혼남녀의 교제는 인정하지 않았다. 유학자들은 미혼남녀의 사랑
을 경멸하고 연애의 정서를 사색의 대상에서 제외했다. 여색女色을 멀리
하는 것은 보다 고상한 정신의 표현으로 간주되었으며 이성에 대한 친
밀한 행위는 비록 부부사이라 해도 인정될 수 없었다. "성욕은 인간의
보편적 욕구好色, 人之所欲"라고 하면서도 "마음을 수양하는 데 욕망의 절
제보다 중요한 것이 없다養心, 莫善於寡欲"고 하는 맹자의 가르침은 현실에
서 양립하기 어려웠다. 양생과 출산뿐 아니라 성적 즐거움을 위해 온갖

방중술 서적이 씌어지고 성교를 묘사한 춘궁화가 범람하는 한편에서 여전히 "음은 만악의 으뜸"이었고, "성性을 입에 담는 것은 군자君子가 취할 도리가 아니"었다. 이런 상황에서 성이나 사랑에 대해 학문적으로 논하는 것은 거의 불가능했다. 수준 높은 방중술 서적이나 색정소설도 없지 않았지만 오늘날 우리가 생각하는 의미의 연애와는 거리가 멀었다.

연애니 성이니 하는 것은 신중국 수립(1949) 이후 개혁개방 이전까지 그야말로 금기어였다. 비록 1950년대의 혼인법을 통해 과거와 같은 중매혼(포판혼包辦婚)은 취소되었고 혼인자주권이 인정되기는 하지만 중국 공산당 성립(1921) 이후 연애는 늘상 혁명을 위해 희생되어야 할 주관주의, 유심주의의 상징이었다. 거기에는 부르주아적, 퇴폐적, 주관주의, 개인주의니 하는 오명이 덧씌워졌다. 신중국 성립 이후, 특히 문화대혁명을 겪으면서 연애나 성 같은 단어는 아예 자취를 감추었다.

하지만 1980년대 개혁개방 이후 서서히 빗장이 풀리면서 전통 방중술은 '성학'이라는 이름으로, 근대의 연애관은 여권주의의 일환으로 본격 연구되기 시작했다. 특히 최근 10년간 연애나 성은 가장 '핫'한 주제가 되었으며 남성학자들까지 가세해 다양한 분야에서 연구가 진행 중이다. 거기에는 개혁 개방 이후 점차 성억압의 고삐가 풀리면서 성해방 물결이 고조되었고 이에 따라 성범죄, 혼외정사 등 성문제가 본격적인 사회문제로 부각되면서 성교육의 중요성이 대두하였다고 하는 내부의 문제와 함께 중국의 전통 성문화가 상당한 수준의 과학성과 합리성을 지니고 있었다는 반 훌릭이나 조지프 니담 같은 서구 학자들의 평가가 동시에 작용했을 것이다.[2]

근대 중국, 그 사랑과 욕망의 사회사

이에 중국성박물관의 설립자이자 '중국의 킨제이박사'로 불리는 사회학자 유달림劉達臨, 류다린의 개척적인 연구[3] 이래 연애나 성을 주제로 한 연구들이 계속해서 출판되고 있다. 연구자의 전공도 문학을 비롯해 역사학, 민속학, 법학, 사회학 등 다양하다. 그러나 여전히 문학전공자의 연구가 압도적으로 많고 연구방법도 사상, 작품, 담론분석에 치우쳐 있다. 역사학자의 연구는 주로 혼인문화의 변화에 집중해 있으며 역시 성과 사랑, 법과 제도, 담론과 일상을 통합적으로 그려내지 못하고 있다.

이 문제를 해결하기 위해서는 당대의 문학작품이나 서신 그리고 사진과 그림, 연극과 영화 등 다양한 자료들을 활용해야 한다. 문학에서의 여성 연구와 역사학 분야에서의 여성 연구는 그 동기나 연구방법 등에서 명확히 구분되는 경우가 많지만 근대사 분야에서는 이 두 분야를 명확히 구분하기가 쉽지 않을 뿐 아니라 별 의미도 없다고 생각되므로 여기에서는 일부 문학 연구에서의 성과도 포함하기로 한다.

이어 사료문제에 대해 보자. 역사문헌을 훑어보면 혼인과 양성관계에 관한 기록이 적지 않지만 그것들은 대부분 단편적인 기록 또는 사건이나 행위에 대한 서술이며 연애나 성심리의 세계를 언급한 경우는 거의 없다. 여성의 성심리에 대해 언급하고 있는 것은 대체로 두 가지로 하나는 방중술 계통의 저술이고 다른 하나는 소설 등 문학작품이다. 전자는 방사를 '내단內丹'으로 보는 남성의 양생관에서 출발하기 때문에 거기에서 여성은 대상 혹은 도구에 불과

2　Joseph Needham, *Science and Civilization in China* 제2권 *History of Scientific Thought*, Cambridge University Press, 1954; H. van Gulik, *Sexual Life in Ancient China*, Leiden : Brill, 1974. 두 책 모두 국내에서 번역 출판되었다.
3　劉達臨, 『20世紀中國性文化』, 上海 : 三聯書店, 2000; 劉達臨, 『中國性史圖鑑』, 北京 : 時代文藝出版社, 2003 등.

하다. 따라서 여성의 심리는 고려되지 않는다. 후자의 경우 여성의 성과 관련한 묘사가 적지 않지만 심리묘사는 거의 신경 쓰지 않는다. 특히 고대의 작품이 그러하다. 무엇보다도 정사情事이든 문학작품이든 저자는 거의 모두 남성이다. 극히 드물게나마 여성 자신이 쓴 작품도 있지만 그 경우 대개 정情, 즉 정서적인 면만 언급하고 성적 욕망에 대해서는 거의 언급하지 않고 있다. 결국 우리는 남성이 쓴 자료에 주로 의존해야 하는 셈인데 그들이 묘사한 여성의 심리나 성적 욕망의 묘사는 거의가 남성이 보고 싶은 허구적 상상이므로 주관과 억측을 벗어나기 어렵다. 여성의 시점에서 재해석할 필요가 있는 것이다.

성과 사랑은 문화이다. 그것은 그 시대와 지역의 기호와 사고방식에 따라 달리 나타나기 때문이다. 그것은 또 남성만의 영역이 아니라 남성과 여성이 공유해 온, 공적이기도 사적이기도 한 부분이다. 부족한 사료라도 여성의 시선으로 보면 새롭게 해석될 여지가 많은 부분이다.

사회학자나 심리학자들이 꾸준히 제시해왔지만 사랑은 여성과 남성에게 그 의미가 다르다. "사랑에 살고 사랑에 죽고"라는 말은 대개 여성에게만 해당한다. '위대한 개츠비'란 영화를 보고 마치 진리인 양 "남성은 첫사랑을 잊지 못하지만 여성은 마지막 사랑에 충실하다"고들 한다. 하지만 현실에서 그런 남성은 드물다. 갖지 못할 것을 쟁취하려는 것은 그렇다치고 첫사랑을 위해 자신의 모든 것을 던질 남성이 과연 얼마나 될까? 그래서 위대한 것이 아닐는지?

성과 사랑에 대해서는 과거에도 현재에도 여성학자들이 오히려 연구를 기피해 온 경향이 있는데, 그것은 페미니스트의 시점으로 보면 연애의 과정이나 결과는 대개 남성보다는 여성에게 더 큰 손실을 입히는 경우가 많았기 때문일 것이다. 사랑의 열정에 빠진 경우에도 자아와 일을 포기하는 남성은 드물다. 남성은 사랑에 구애받지 않는 삶을 살기 때문이다. 반대로 사랑을 위해 일과 삶의 계획을 포기하지 않는 여성은 사랑에 성공하기가 힘들다. 여성에게는 일과 사랑이 사실상 양자택일의 문제인 것이다. 시몬 드 보부아르의 표현을 따르자면 사랑의 관계에서 주도권을 쥐는 쪽은 남성인 반면, 여성은 자신을 포기하는 쪽을 택한다. 슐라미스 파이어스톤의 『성의 변증법─페미니스트 혁명의 사례』에 의하면 남성이 누리는 사회적 권력과 힘의 원천은 사랑이며 여성은 이 사랑을 돌보고 가꾸는 일에만 진력한다.

요컨대 페미니스트들에게 사랑은 소설이나 영화에서처럼 초월적인 힘을 경험하며 행복을 맛보고 자아를 실현하게 해 주는 원천이 아니라 오히려 성 차별을 은폐하고 또 만들어내는 주범일 뿐이다. 또한 사랑은 여성으로 하여금 남성에게 복종하는 것을 감내하게 만들 뿐인 문화적 관습일 뿐이다(에바 알루즈, 2013, 17면).

그런데 페미니즘의 이런 관점은 왜 사랑이 근대 이후 남과 여 모두에게 그토록 강력한 호소력을 지녔는가 하는 문제를 간과했다. 또 사랑이라는 관념에 내재하는 평등주의 성향을 지나쳐 버린 탓에 사랑이 가부장주의를 안으로부터 뒤엎을 잠재력을 가졌다는 점도 놓쳤다. 로렌스 스톤이나 앤서니 기든스 등 수많은 역사학자와 사회학자들은 오히려 사랑은 특히 프로테스탄트 문화에서 남녀평등을 낳은 원천이라고 강조한다. 프로테스탄트 문화가 그만큼 여성의 가치를 높이 평가했기 때문이라는 것이다. 아내를 섬세한 감정으로 사랑하라는 종교의 가르침으로 인해 여성은 그 지위가 향상되었으며 남편과 눈높이를 맞춰 가정의 대소사를 의논하고 결정할 능력을 키웠다는 것이다. 앤서니 기든스 등은 사랑이 여성의 자율권을 구축하는 데 핵심적인 역할을 했다고까지 주장한다.

남녀 모두에게 해당하는 것이지만 현대인의 자아는 스스로 선택하고 결정할 권리를 요구하는 데서 온다. "나는 왜 너를 사랑하는가"라거나 "내 배우자는 내가 선택한다" 같은 자율과 자유의지야말로 연애를 규정하는 가장 큰 의미일 것이다. 연애의 이상이야말로 여성해방을 이끈 지렛대였고 딸의 결혼에 행사하던 부모(특히 부)의 권력을 흔드는 데 이바지했던 것이다.

이 책은 여성주의의 시점을 견지하고, 사랑이 근대 중국의 남성과 여성에게 각각 어떤 의미를 지녔는지 그 차이도 염두에 둘 것이다. 그렇다고 무조건 사랑을 남녀차별의 은폐물로만 보지는 않을 것이다. 연애의 현실이라는 장을 통해 여성들의 비극을 드러내기는 하겠지만 그것이 그들의 자유의지와 자율권에 대한 이상을 덮어서는 안 될 것이다. 연애가 여성의 권리와 결합하여 연애의 자유를 구하는 것이 여성운동의 일부분으로 된 것이 근대 중국의 주목할 만한 특징이었다. 이 책에서는 연애의 담론과 현실 그리고 법제도의 변화를 유기적으로 구성하여 20세기 전반 중국 사회를 생동적으로 그려내도록 하겠다. 과거 역사연구자들에게 문학작품을 사료로 쓸 수 있는가는 논쟁적인 주제였는데, 이 책에서는 다양한 계층의 여성생활을 투시하기 위해 사료가치가 있다고 판단되는

문학작품들도 적극 활용할 것이다. 중국성박물관에서 수집한 사진과 그림도 적극 활용하기로 한다.[4]

3. 개념정의 ─ 혼인, 연애, 성, 섹슈얼리티

현재 우리가 흔히 쓰는 '연애'나 '결혼' 같은 단어는 근대에 탄생한 것이다. 결혼은 근대에 들어와 새롭게 정의되기 시작한 혼인 관념을 수용하는 과정에서 번역된 말로, 20세기 이전의 문헌에는 보이지 않는다. 고대 중국에서는 혼인을 "두 성姓의 좋은 점을 합쳐 위로는 종묘를 받들고 아래로는 후손을 잇는 것"으로 보았다. 즉 남녀의 결합이 아닌 두 집안의 결합이 혼인이며, 이는 혼婚과 인姻이라는 글자가 본래 신랑과 신부의 부모가 서로를 부르던 용어였다는 데서도 알 수 있다. 오늘날은 결혼이라는 단어로 거의 대체되었지만 혼인이라는 단어는 법률용어로 여전히 널리 사용되고 있으며, "남녀 양성의 결합을 인정하는 사회제도의 한 형식"으로 정의되고 있다.

연애는 'LOVE'에 대한 메이지 일본의 번역어로, 중국에는 20세기 초에 처음 등장하며 1920년대 이후 널리 사용되었다. 그 전에는 '애정'이라는 용어가 주로 사용되었고, 고

---

4 상해 성박물관에서 제작한 춘궁화 등을 담은 책『秘戯圖譜』와 중국의 전통 성문화를 DVD로 제작한『中國古代性文化』를 주로 참조했다. 두 가지 모두 연대는 미상이다.

대 역사문헌에는 주로 '색色'으로 표현되었다.

애정과 연애도 의미는 다소 달랐다. 『현대한어사전現代漢語詞典』의 해석에 따르면, "'애정'은 남녀 상애相愛의 감정이고, '연애'는 남녀의 상호 애모 및 상호 애모의 행동표현"으로 되어 있다. '애정'이 일종의 감정상태라면 '연애'는 일종의 동작을 의미하는 것이다. 좀 더 구체적으로 말하자면 애정이 막연한 정서적 친밀감을 의미했다면 연애라는 말은 이미 성욕을 포함하고 있는 것이다. 원래 한자의 '성욕'은 일반적인 의미의 욕망·욕구를 가리키는 단어였는데 삼구외森鷗外, 모리 오가이의 『월초月草』(1896) 서문을 계기로 지금처럼 남녀의 육체적 욕망의 의미로 사용되게 되었다. 요컨대 근대에 탄생한 '연애'는 이미 성욕을 포함한 단어로 정신적 친밀감과 육체적 욕망을 아우르는 새로운 개념인 것이다.

한편, 모두 '성性'으로 번역되고 있지만 'sex'와 'sexuality'는 다른 의미를 갖고 있다. 성행위라는 뜻으로서의 '섹스'가 성기, 성교 중심의 생물학적 의미인 데 반해 '섹슈얼리티'는 19세기 이후에 만들어진 용어로 '섹스'보다 포괄적인 의미를 담고 있다. 성관계 또는 성교 등 성행위를 의미하는 것으로 사용되기도 하지만 그보다는 성적 욕망, 가치, 지향, 환상, 태도, 습관 등 심리적 사회적 문화적 등 여러 측면에서 인간의 성 활동을 포괄하는 개념이다. 따라서 '성성性性'으로 번역되기도 한다.

이 책의 제목이 말하는 '욕망'은 '섹슈얼리티'에 해당한다. 이 책은 주로 성적 욕망에 초점을 맞출 것이지만 성적인 현상의 배후에 있는 문화를 읽어내려는 것이 목적인 만큼 여성의 신체에 대한 남성의 욕망이 낳은 축첩제도, 전족과 방흉放胸, 성산업, 나아가 그러한 지향의 배경이 되었던 방중술도 포함할 것이다.

덧붙이자면 결혼과 성이 반드시 일치하는 것은 아니라는 점이다. 사회에서 승인한 혼인이라고 생각할 수 있는 제도와 생물학적인 성관계는 분명히 구분되었으며, 원시적인 부족에서도 통제된 혼인 제도는 늘 존재했다. 즉 혼인은 당대 사회에서 승인된 관계, 제도화된 관계로, 단순한 남녀의 성적 결합과는 구분되는 것이다. 따라서 이 책에서는 성을 혼인의 종속개념이 아닌 보다 광범위한 욕망, 지향으로서 살펴볼 것이다. 그러므로 동성애도 포함한다.

영어의 러브를 번역하면서 '연'이라는 단어를 가져와 '애'와 결합시키기는 했지만 '연戀'과 '결혼(혼인)', 그리고 '성性', 이 세 가지 단어 중 가장 정의하기 어려운 것은 아마도 '연'일 것이다. 결혼이라고 하는 것은 인간의 사회관계를 만들어내는 하나의 제도로 볼 수 있고 또 성행위는 주로 혼인이라고 하는 형태를 취하기는 하지만 제도화되지 않은 부분도 포함한 인간 특유의 한 행동이라고 할 수 있다. 결혼과 성은 인간의 관계성이라는 그물코 속에 존재하는 것이다. 하지만 '연'은 어쩌면 환상 속에 존재하는 추상적 개념, 그것도 문학에서만 존재하는 개념일지도 모른다. 이 책에서는 문학작품이나 영화도 참고하기는 하겠지만 연이라는 단어가 함축하는 바 그 깊은 내면의 설렘과 아픔에까지 다가갈 자신은 없다. 다만 주제가 주제인 만큼 일반 역사학전공서와 달리 최대한 주를 생략하고 평이한 문체로 써내려갈 것이다. 참고문헌도 꼭 필요한 것만 선별해 각 장의 말미에 배치했다.

참고문헌 및 더 읽을거리

가토 슈이치, 서호철 역, 『연애결혼은 무엇을 가져왔는가』, 소화, 2013.
권순형 외, 『혼인과 연애의 풍속도』, 두산동아, 2005.
리차드 포스너, 이민아 외역, 『성과 이성—섹슈얼리티의 역사와 이론』, 말글빛냄, 2007.
슐라미스 파이어스톤, 김예숙 역, 『성의 변증법』, 풀빛, 1993.
에바 알루즈, 김희상 역, 『사랑은 왜 아픈가』, 돌베개, 2013.
앤서니 기든스, 황정미 외역, 『현대사회의 성, 사랑, 에로티시즘—친밀성의 구조변동』, 새물결, 2003.
앤서니 기든스 · 필립 W. 서튼, 김봉석 역, 『사회학의 핵심개념들』, 동녘, 2015.
余華林, 『女性的'重塑'—民國城市婦女婚姻問題研究』, 北京 : 商務印書館, 2009.
劉達臨, 『20世紀中國性文化』, 上海 : 三聯書店, 2000.
劉達臨, 『中國性史圖鑑』, 北京 : 時代文藝出版社, 2003.
장징, 이용주 역, 『사랑의 중국문명사』, 이학사, 2004.
조안 러프가든, 노태복 역, 『진화의 무지개—자연과 인간의 다양성, 젠더와 섹슈얼리티』, 뿌리와이파리, 2010.
中國社會科學院語言研究所 詞典編輯室, 『現代漢語詞典』, 北京 : 商務印書館, 1991.
賀璋瑢, 『兩性關係本乎陰陽—先秦儒家, 道家經典中的性別意識研究』, 成都 : 巴蜀書社, 2006.
邢雨風 · 劉彩霞 · 唐名輝, 『天理與人欲—傳統儒家文化視野中的女性婚姻生活』, 武昌 : 武漢大學出版社, 2005.
黃波, 「'楊月樓案'始末」, 『鳳凰網歷史』, 2012.3.20.
필자미상, 「英京新報論楊月樓事」, 『申報』, 1894.5.27.

제2장

'색'에서 '연애'로
연애의 탄생

1. 친밀감의 결여 — 근대 이전 중국인의 성과 사랑

유교는 기독교나 불교처럼 제도화된 종교는 아니다. 거기에는 현세를 초월한 내세관이나 구원관이 존재하지 않는다. 하지만 일종의 '자기재생설'이라고나 할까? 조상의 혈통은 후손의 피와 심령 속에 영원히 살아숨쉬며, 후손은 마치 종교와도 같은 경건함을 갖고 거행되는 '제사'라는 의식을 통해 선조를 만나고 복을 얻는다고 생각한다. '침묵의 종교'라 해도 과언이 아닐 것이다. 여기에서 제사는 조상의 피를 이어받은 집안의 장손이 대대로 이어가야 한다. 그러므로 "불효 중 으뜸은 아들을 낳지 못하는 것不孝有三, 無後爲大"이 되며 여성의 존재의의는 어디까지나 가족종교로서의 제사를 이어 갈 아들─반드시 조상의 피를 이어받은 ─을 낳아야 하는 것이 된다. '영육일치의 사랑'이라는 근대적 연애관의 수용 이전 중국에서 혼인의 목적은 '전종접대傳宗接代', 즉 제사가 끊기지 않도록 후대를 생산하는 데 있었고 혼인은 당사자의 감정과 무관하게 이루어졌다. 사랑은 없고 성행위만 있었다고 해도 과언이 아닐 것이다.

'연애'는 19세기 말 일본에서 등장한 번역어로 중국에서는 20세기 초에 널리 유행했다. 그 전에는 '연'만이 남녀의 사랑을 의미했고 '연'은 '색色'과 마찬가지로 음란의 의미를 내포하고 있었다. 예컨대 색정色情, 색귀色鬼, 색낭色狼, 황색黃色, 색장色場 등과 같이 사람들이 이 단어를 사용할 때 거기에는 도덕적 비난의 의미가 담겨 있었다. 하지만 최소한 전국시대까지도 '색'은 부정적 의미로만 사용되지는 않았다. 『시경』 등 고전에 나타난 남녀의 분방한 연애는 여러 연구자들이 언급한 바이지만 공자 또한 "젊어서는 아직 혈기가 갖춰지지 않았으니 색을 경계하고, 장년이 되어서는 바야흐로 혈기가 강성하니 다툼을 조심하고, 늙어서는 혈기가 쇠퇴했으니 재물을 조심해야 한다君子有三戒. 少之時, 血氣未定, 戒之在色, 及其壯也, 血氣方剛, 戒之在鬪, 及其老也, 血氣旣衰, 戒之在得"(『論語』「季氏」)고 하듯이 비록 경계해야 한다고 하기는 했지만, 색(성욕)은 인간(남자)의 성장단계에서 나타나는 보편적 욕망의 하나일 뿐이며 거기에 어떤 도덕적 폄하의 의미는 없었다. "아들이 없는 것이 불효 중 으뜸"이라는 말이 악용되어 남성의 축첩을 정당화하는 논리로 변질되기는 했지만 맹자도 성욕을 부정적으로 보지는 않았다. 그는 "식욕과 성욕은 인간의 본성食色, 性也"(『孟子』「告子」上)이라고 하는 고자告子의 말을 반박하지 않았다. 오히려 "호색은 인간의 욕망好色, 人之所欲"(『孟子』「萬章」上)이라 하여 성욕을 인간의 정상적인 욕망으로 보았다. 심지어 맹자는 "과인에게는 문제가 있다. 과인은 재물을 좋아한다. (…중략…) 과인에게 문제가 있으니 과인은 호색한다"며 과연 왕도를 행할 수 있을지 두렵다고 하는 제선왕齊宣王에게 이렇게 말하였다. "왕께서 여색을 좋아하시되 백성들과 더불어 함께 하신다면 왕노릇하는 데 무슨 어려움이 있겠습니까?王如好色, 與百姓同之, 於王何有"(『孟子』「梁惠王」下)

오히려 맹자는 군주가 자신의 국가를 잘 다스리고자 한다면 모든 백성들로 하여금 가정을 이루고 생업을 갖게 하며, 성년 남자들은 모두 장가들고 시집가야 진정 "안으로는 원망하는 여자가 없고 밖으로는 홀아비가 없게 될 것內無怨女, 外無曠夫"이라고 했다. 백성의 성적 욕망을 만족시켜주는 것은 군주가 왕도王道의 업, 즉 국가의 안정과 질서를 유지하는 데 유익하다고 본 것이다. 이처럼 맹자는 왕이든 백성이든 '호색'은 인간의 본능에 속하는 것으로 사악한 일은 아니라고 보았다. 따라서 그것은 '호덕好德'과 병행할 수 있으며 충돌하지 않는다. 맹자에게 '색'과 '호색'은 반드시 폄의어는 아니었던 것이다.

그런데 여기에서 알 수 있듯이 색은 남녀의 사랑을 의미하지만 거기에 어떤 정서적 의미는 없다. 또한 결혼과도 무관하다. 『옥방비결玉房秘訣』 같은 방중서를 비롯해 중국 고대의 풍부한 성지식 관련 자료에 의하면 성교의 목적은 후손의 생산에만 있지 않고, 건강(양생)과 쾌락에도 큰 비중이 두어지고 있음을 알 수 있다. 하지만 그것은 어디까지나 남성들에 해당하는 것이다. 어머니는 딸이 시집갈 때 성행위를 묘사한 다양한 서적과 화보들을 넣어주었지만 그것들은 대부분 아들을 잘 잉태하는 체위를 그린 것이다. 여성의 성은 오직 출산 그것도 아들의 생산을 위해서만 존재한 반면, '아들이 없다無後'는 핑계로, 또 불로장생을 위해 남성들은 여러 명의 첩을 둘 수 있었고, 기방을 넘나들며 혼인제도 바깥에서 수많은 여성들을 상대할 수 있었다.

남성이 누린 다우多偶제도와 습속으로 인해 수많은 여성들이 그들의 정처正妻 바깥의 배우자가 되었다. 비첩婢妾이나 창기로 대표되는 이러한 여성들은 혼인이라는 견고한 제도를 통해 자기의 지위와 권익을 유지할 수 없었다. 믿는 것은 오직 성적 매력일 뿐이다. 극심한 통증에도 불구하고 전족이 천년 넘게 지속되었던 것도 바로 이 때문이다. 후술하겠지만 전족의 기능 중 하나가 남성의 성적 쾌락과 관련이 있었던 것이다.

사마천은 자객 예양豫讓의 입을 빌려 "남자는 자신을 알아주는 사람을 위해 목숨을 바치고 여자는 자기를 사랑해주는 남자를 위하여 화장을 한다士爲知己者死, 女爲悅己者容"(『史記』「刺客列傳」)고 했다. '여성 자신' 또는 '자신이 사랑하는 남성'이 아니라 '자기를 사랑해주는 남성悅己者'을 위해 화장을 한다고 보는 것은 오늘날까지도 계속되고 있는 남성의 대표적인 편견이다. 하지만 생활의 수단이 없어 전적으로 남자에 의지해 살아야 하는 고대의 여성이라면 그것은 생존전략의 일종으로 보아야 한다. 전족을 하고 귀고리를 하고 화장을 하는 것은 모두 과거 여성들의 '매력자본erotic capital'이었던 것이다.

정처와 그 이외의 여성간에는 명확한 분업이 이루어졌다.

가난한 농민에게는 해당하지 않겠지만, 자신의 합법적 혼인배우자를 갖고 있는 남성은 첩이나 기녀들에게는 가사나 육아 등을 요구하지 않았다. 첩이나 기녀는 오직 그의 성적 욕망을 충족시켜주면 된다. 그녀들은 소위 '이색사인以色事人', 즉 남성의 성적 만족을 충족시켜주는 것을 '전업'으로 하는 여성들이었다. 이런 여성들은 대부분 비천한 지위에 있었다. 대신 사회도덕관과 정절관의 구속력과 압력이 비교적 적었다. 남성에게 잘 보이기 위해 그녀들은 성적 기교를 연구하고 연마했으며, 동시에 그녀들 자신도 성적으로 방종할 수 있었다. 『금병매』나 『회방록繪芳錄』[1] 등 명청시대 소설에는 남성을 붙잡기 위해 성교 훈련을 하는 여성들의 눈물겨운 노력이 묘사되어 있다.

시집가는 딸에게 어머니는 "낮에는 요조숙녀, 밤에는 창부"가 될 것을 충고하지만 실제로 이 두 가지를 다 잘할 수 있는 여성은 많지 않다. 아니 기회가 거의 없다. 권력을 가진 남성에게는 요염하고 성적으로 기교가 빼어난 여성들이 줄지어 서 있기 마련이니까… 이같은 여성간의 분업은 정절을 강조하면서 한편에서는 다양한 성적 욕구를 충족코자 하는 남성의 수요에 딱 들어맞았다. 전자는 그의 자녀를 출산해주는 처의 몫이고 후자는 비첩과 창기의 몫이었다.

하지만 정절관념의 영향으로 인해 대부분의 여성들은 성을 수치스런 일로 생각했다. 고대사회의 일반적 관념에 의하면 도시와 농촌, 계층을 불문하고 양가(여염집) 여성은 성에 대

---

1 필명 西泠野樵 저, 『홍윤춘몽紅閨春夢』이라고도 한다. 1894년 상해서점에서 출판했다. 축백청祝栢靑, 진소유陳小儒, 왕란王蘭, 강한사江漢槎 등 금릉金陵, 진령(남경의 옛 이름)의 명사들과 명기名妓들의 이야기이다.

해 관심을 가져서 안 되었다. 그녀들은 "규방 안에서 이루어지는 부부의 사사로운 일은 천하의 수치"라 여겼다. 오직 망가진 여성, 천한 여성만이 성적 욕망을 표현하고 쾌락을 누릴 수 있었다.

이러한 관념으로 인해 그녀들은 의식적으로 자신의 성본능을 억압했다. 특히 "굶어죽는 것은 작은 일이지만 절개를 지키지 못하는 것은 큰일"이라고 하는 정주학程朱學의 성립 이래 여성의 정조는 '천리天理'로 여겨졌고 "음란은 만악의 으뜸萬惡淫爲首"이라는 말도 생겨났다. 창기를 제외하고 여성들은 성욕을 표현해서 안 되었으며 남성에게 즐거움을 주거나 종족 번식의 도구로서의 피동적 역할에 충실해야 했다(邢雨風·劉彩霞·唐名輝, 2005, 82면). 부부의 성생활은 오직 후손을 낳기 위한 것이며 아내는, 특히 어느 정도 신분이 있는 부인들은 성적 만족을 추구할 수 없었으며 더욱이 쾌락을 추구할 수 없었다. 그렇지 않으면 남편한테 음탕하다는 소리를 듣는다. 여성은 침상에서 웃음소리조차 내지 않는다. 성적 욕구를 표현한 여성은 남편에게 매를 맞기도 했다(盧玲, 2000, 54면).

물론 남녀간의 방사는 극히 비밀스러운 것이기 때문에 문헌에 나타난 사례들을 액면 그대로 받아들여서는 안 된다. 더욱이 시대에 따라 계층에 따라 성관념과 풍속에 차이가 있었음을 간과해서는 안 될 것이다. 굶어죽는 일이 가벼운 것은 사대부층에나 해당하는 말이다. 독서는커녕 하루하루 살기조차 버거운 대부분의 농민과 도시빈민들은 아내를 다른 남성의 씨받이나 성적 노리개로 임대해주기도 했으며, 또 여성 스스로 남편을 버리고 정분이 난 남성과 동거를 하거나 심지어는 전남편에게 이혼을 청구하기도 했다. 하지만 계층을 불문하고 해당하는 '당사자의 감정을 완전히 배제한 혼인', '생식을 목적으로 하는 혼인'은 결과적으로 대부분의 남녀로 하여금 결혼생활에서 애정을 결여하게 만들었다.

혼인의 목적은 "위로는 종묘를 받들고 아래로는 후손을 생산하는上以事宗廟而下以繼後世也"데 있었고, '합이성지호合二姓之好'라 하듯 혼인은 두 집안의 결합을 의미했다. '포판혼包辦婚'이라는 말처럼 그것을 주관하는 것은 부모의 명령과 중매인媒妁의 말솜씨였다. 결혼 당사자는 철저히 배제되었다. 민국 초까지도 주혼권은 여전히 조부모, 부모의 수중에 장악되어 있었다. 부모가 돌아가신 경우라도 친척의 손에 맡겨졌다.

20세기 초 연애지상주의가 대두하면서 유행했던 "혼인은 연애의 무덤"이라는 말과 정반대로 과거 혼인제도 아래에서 "혼인은 연애의 출발점"이 되어야 했다. 하지만 "부부유별夫婦有別은 있어도 부부유애夫婦有愛는 없었다"고 하는 풍우란馬友蘭, 펑유란의 말처럼 부부간에 애정을 표현하는 것은 경박한 일로 비난받았다. 이상적 부부관계란 마치 손님처럼 서로 공경하고相敬如賓, "침대 위에서는 부부, 침대 아래서는 군자上床夫妻, 下床君子"가 되는 것이다. 친밀함을 결여한 부부간의 이러한 애매한 태도를 사회학자 페이샤오퉁費孝通은 『강촌경제江村經濟—중국농민의 생활』(1987, 50면)이라는 책에서 다음과 같이 묘사했다.

아이가 생기기 전까지 아내에 대한 남편의 태도는 냉담하다. 최소한 공개적인 장소에서는 그러하다. 다른 사람이 와 있을 때는 집 안이라 해도 남편은 아내에게 친밀한 감정을 표시해서 안 되며 그럴 경우 사람들의 뒷담화거리가 되기 십상이다. 이런 상황에서 부부는 서로 가까워지기 어렵고 말을 나눌 기회조차 거의 없다. 차라리 제3자를 통해 말을 전했고 상대를 부르는 전문 용어가 없다. 일단 아이가 생기면 남편은 아내를 아무개엄마라 부를 수 있다. 그 후 그들은 자유롭게 말을 나눌 수 있고 가까이 다가갈 수도 있다.

2. 연애지상주의와 '영육일치의 사랑'

─근대적 연애관의 수용

'연애'라는 말이 등장하기 전, 남녀의 사랑을 표현하는 한자로 '연戀', '애愛' 혹은 '정情', '색色' 등이 있었다. 대체로 '연'은 남녀간의 사랑, '애'는 부모의 자식 사랑 같은 경우에 사용되었다. 하지만 연은 오늘날의 연애와도 달랐다. '연애'라는 신조어가 등장했을 때 부여받았던, "남녀의 순수한, 영혼과 육체가 일치된 깊은 사랑"의 의미라기보다는 주로 "남녀상열지사"만을 의미했다. '색'과 마찬가지로 다소 불결하고 '음淫'의 기운을 띤 용어였다. 심지어는 '간음'과 동의어로 이해되었다. 그런데 '연'이 '애'와 결합되면서 '연'은 이전과 다른 의미를 갖게 되었다.

중국에서 '연애'라는 단어는 『신청년』에 엠마 골드만Emma Goldman의 글을 번역하면서 붙인 「결혼과 연애」(『新靑年』 3-5, 1917.7) 라는 제목으로 처음 등장하지만 널리 유행하는 것은 1919년에 시작된 '노라 열풍'과 1920년대초 '엘렌 케이 열풍'을 거치면서였다.

잘 알려져 있듯이 노라는 노르웨이의 극작가 입센Henrik Ibsen, 1828~ 1906의 희곡 〈인형의 집〉의 주인공이다. 입센은 실제로 있었던 이야기를 각색해 자본주의 가정의 모순을 드러내고 노라라고 하는 새로운 여성의 형상을 만들어냈다고 하는데, 당시로서는 상당히 충격적인 여성상이라 1879년 초연 이래 세계 각지에서 '노라의 가출'을 둘러싸고 열띤 토론이 전개되었을 정도이다. 문제가 된 이 연극의 제3막에서, "모든 것에 앞서 당신은 아내이자 엄마야"라고 말하는 남편에게 노라는 "난 더 이상 그렇게 생각하지 않아요. 나는 모든 것에 앞서 한 사람의 인간이에요"라고 대답하고 결국 가출을 감행하기 때문이다. 그저 '인형이자 아내(그전에는 아버지의 인형이자 딸)'였을 뿐인 '인형의 집'에서 탈출해 자유를 찾으려던 노라의 투쟁은 사회에서 완전한 시민권을 획득하기 위해 싸웠던 수많은 여성들의 투쟁을 반영하는 것이었다. 이후 '노라'는 아내와 어머니로서의 의무를 거부하는 한이 있더라도 자유로운 인간으로서 살아갈 권리를 쟁취하기 위해 싸우는 여성을 상징하게 되었다(매릴린 옐롬, 2012, 제7장).

중국에 노라가 소개되는 것은 1918년 『신청년』 잡지가 기획한 '입센 특집호'(4권 6호)에서였다. 호적은 이 특집호 맨 앞에 실린 「입센주의易卜生主義」를 통해 청년들로 하여금 봉건적 '가家'제도에 저항하고 개인주의를 추구할 것을 주문했다. 그리고 그것이 사회건설 = 혁명으로 이어진다고 했다.

다음해 호적은 노라의 이야기를 바탕으로 〈종신대사〉라고 하는 희곡을 발표하는데,[2] 여

2 1919년 『신청년』 6권 3기에 처음 소개되었고 1923년에는 실제로 연극무대에 오른다.

강동수

진형철

기에서 중국의 노라는 연애의 자유를 쟁취하기 위해 집을 나간 '신여성'의 형상으로 재탄생했다. 〈종신대사〉의 여주인공 전아매田亞梅, 톈야메이는 연인 진陳선생과의 사랑을 위해 부모의 반대를 무릅쓰고 가출을 감행하는데 그것은 누가 보아도 '중국판' 노라였다.

후손을 빨리 얻고 싶은 욕심에 당시에도 여전히 조혼이 성행하고 있었다. 고향에 아내(대부분 남편보다 연상) 혹은 약혼자를 두고 도시로 나가 학교를 다니며 『신청년』, 『신조』 같은 잡지를 애독하던 이른바 '신청년'들은 중국판 노라에서 일종의 '대리만족'을 느꼈다. 그들은 (결혼을 주관하는) 가부장으로부터의 도피와 배우자 선택의 자유를 갈망하고 있었기 때문이다. 호적 자신, 스스로를 구식혼인의 피해자라 생각했지만 그렇다고 거기에서 탈출할 용기는 없었다. 그는 중매로 결혼한 강동수江冬秀, 장둥슈와 애정 없는 혼인을 지속하면서 미국유학 시절 진형철陳衡哲, 천헝저 같은 지적인 여성과 교제했다. '북경대 최초의 여교수'라는 타이틀이 늘 따라다니는 진형철은 '책머리에'서 소개했던 장경생의 프랑스 유학 동기인 임홍준과 결혼하게 된다. 호적은 아마도 자신과 비슷한 상태에 놓인 청년들의 열망에 편승해 '인형의 집'을 각색했을 것이다. 다시 말해 호적이 겨냥

근대 중국, 그 사랑과 욕망의 사회사

한 것은 여성만이 아니라 남녀를 포함한 '신청년'이었던 것이다.

호적 덕분에 노라는 순식간에 가출과 저항, 연애의 화신이 되어버렸다. 뒤에서 구체적으로 살펴보겠지만 이때를 전후해 수많은 청년남녀들이 부모가 정한 혼인을 거부하거나 연인을 찾아 가출을 감행한다. 일종의 '노라 강박증Nora compulsion'(Vera Schwarcz, 1975)이었다.

1925년 상해에서 '인형의 집'이 상연된 뒤 소설가이자 문예비평가인 심안빙沈雁冰, 선옌빙(필명 모순茅盾, 마오둔)은, 당시 입센의 영향력이 "마르크스 레닌에 견줄 만했다"고 했는데(沈雁冰, 1925, 38면) 실제로 입센은 문학뿐 아니라 근대 중국의 사회와 역사, 사상과 문화 등 영역에서도 커다란 영향을 미쳤다. 그의 말처럼 "연애의 발견이야말로 중국 여성해방의 출발점"이었고 한동안 모든 신문잡지가 연애문제로 도배되었다. 남녀 작가를 불문하고 소설의 주제도 연애였다. 심안빙에 의하면 1921년 4월부터 6월까지 발표된 120여 편의 소설 중 "남녀의 연애를 그린 소설이 전체의 98%를 차지"할 정도였다. 이런 상황은 1930년대초까지 계속되었다. 1930년대 초 발표한『중국철학사』에서 풍우란馮友蘭, 펑유란은 이렇게 말했다.

최근 중국에서 시끄럽게 말하고 논해지는 부녀문제는 대부분 '연애'라고 하는 제목에 집중해 있다. 부녀운동에 노력하는 사람들 대부분이 가능한 자유연애의 이론을 토론하고 선전할 뿐 아니라 자기자신도 실제로 그것을 시험해보고 있다. 이러한 추세는 사회의 각 방면에서 볼 수 있다. 사실주의 신소설의 출현과 낭만적 극본과 영화의 구성, 사회신문 그리고 일반 청년남녀가 애독하는 잡지의 재료에 연애문제를 벗어난 것이 없다.

한편 『신청년』에 실린 「입센주의」에서 호적은 입센주의를 이렇게 설명했다.

입센에 의하면 이른바 사회의 '도덕'이란 숱한 썩어빠진 낡은 습관에 지나지 않는다. 사회습관에 들어맞으면 바로 도덕이고 사회습관에 들어맞지 않으면 도덕이 아닌 것이다. 바로 우리 중국의 연장자들이 젊은 남녀가 자유결혼을 하는 것을 보고 '부도덕'하다고 하는 것과 같다. 왜 그럴까? '부모의 명령과 중매꾼의 말'이라고 하는 사회관습에 맞지 않기 때문인 것이다. 그러나 그들 연장자들은 자신들이 많은 첩을 두는 것은 아주 자연스러운 일이며 부도덕한 일로 여기지 않는다. 왜 그럴까? 습관이 그러하기 때문이다.

"도덕은 습관일 뿐이며 상대적"이라고 하는 호적의 이 말이야말로 신문화운동 시기 지식청년들에게 가장 강력한 메시지가 아니었을까? 유교도덕의 지배하에서 가장에 대한 그 어떤 비판도 의문도 용납되지 않았던 가정환경에서 성장했던 그들은 '입센주의'나 다음에 볼 '정조토론'을 통해 '가슴이 뻥 뚫리는' 듯한 체험을 했을 것이다. 정조는 개인의 선택, 취향일 뿐이지 도덕은 아니라거나 부모가 정해준 결혼에 맞서 가출을 감행하는 것은 낡은 도덕에 저항하는 행위라고 하는 말을 당대 최고의 지식인들이 하고 있으니 말이다. 그야말로 '문화혁명'이었다.

노라열이 채 가시지 않은 1922년 4월, 미국의 저명한 산아제한론자

마거릿 생어Margaret Sanger가 일본을 거쳐 중국을 방문했다. 4월 19일, 북경대에서 그녀는 산아제한의 필요성과 방법에 대해 강연을 했고 이때 호적은 통역을 맡았다. 머지않아 '성박사'라는 다소 조롱 섞인 별명을 얻게 되는 장경생 교수도 동행했다. 강연을 듣기 위해 강당 바깥까지 운집한 군중을 향해 생어는 여성이 아무리 정치적 사회적 경제적으로 권리를 얻는다 해도 자신의 신체를 지배할 수 없다면 그것은 진정한 해방이 아니며, 성과 출산은 그 주체인 여성 스스로가 결정해야 한다고 주장했다.

당시 생어는 원치 않는 임신과 낙태로 인해 만신창이가 된 노동계급 여성의 피임과 합법적 낙태를 위해 투쟁하고 있었다. 중국에서도 그녀는 출산기계가 되어버린 농촌여성과 낙태로 인해 생명을 잃고 있는 도시의 여공들을 직접 보았고 그녀들을 위해서 피임지식을 전하고 싶었다. 하지만 생어의 강연을 듣는 사람들은 그녀가 자세히 설명하는 여성의 신체구조와 그녀가 인정해야 한다고 하는 여성의 성적 욕망에 귀를 쫑긋했다. 지금까지 어느 누구도 이렇게 공개적인 장소에서 여성의 생식기와 성에 관해 구체적으로 말한 적이 없었으니 말이다. 컬럼비아대학에서 교육학을 전공한 여성인 유경당俞慶棠, 위칭탕교수도 호적

북경대에서 생어와 호적(생어 오른쪽), 장경생

과 함께 통역을 맡았는데 생어의 노골적인 표현을 차마 통역할 수 없어 남자의사에게 부탁하고 떠났을 정도라고 하니 그 강연에 열광한 것은 주로 남성들이었을 것이다.

생어가 귀국하고 나서도 중국의 주요 신문잡지들은 다투어 생어의 강연과 피임지식을 소개했다. 그야말로 '노라열'을 이은 '생어열'이었다. 장경생은 자신이 생어의 방중 이전에 이미 산아조절에 관한 글을 발표했음에도 주목을 받지 못했다면서 그 이유는 생어는 서양여성이고 자신은 중국남성이었기 때문이라고 훗날 불만을 털어놓는데 결코 틀린 말이 아니다. 당시 개인의 자주, 민주주의와 반권위주의에 목말라 하던 남성지식인들에게 '서양'과 '여성'은 '문명'과 '선진'의 동의어였기 때문이다.

노라가 개인주의와 자주독립의 아이콘이었다면 중국에서 생어는 여기에서 한발 더 나아가 여성의 신체와 성적 욕망, 그리고 성교육과 우생학에 대한 관심을 환기했다. 적게 낳아 적게 기르는 것이 여성의 건강과 남녀의 성적 만족, 그리고 국민의 질적 제고에 첩경이라는 것이다. 이후 산아제한이 우생의 차원에서 반드시 필요하다고 하는 주장, 반대로 인구가 줄어들어 멸망으로 가는 첩경이 될거라는 주장 사이에 논쟁이 전개되기도 했다.

아이러니한 것은 산아제한론자 생어열풍이 연애 중의 '연', 즉 성욕의 문제에 깊이 개입하게 된 것이다. '연애'라는 용어도 이때를 전후해 본격적으로 유행하며 점차 '애정'이라는 용어를 대신해갔다. '연애'라는 용어가 본격적으로 사용되면서 성욕, 즉 과거에 '색' 정도로 불리던 남녀간의 육체적 욕망도 연애를 구성하는 중요한 부분으로 인정받고 본격적으로 탐구되기 시작했다.

　당시 대표적인 여성 대상 잡지였던 『부녀잡지』(1915~1931)는 1920년에 심안빙이 필진으로 참여하고, 1921년부터 장석침이 주편을 맡게 되면서 서구적 연애와 성욕을 전면적으로 소개했다. '연애열'의 진원지였음에도 불구하고 오사애국운동 이후 차츰 이전의 유교비판에서 마르크스주의 선전으로 논조가 바뀌면서 1919년 후반 이후 『신청년』에는 연애에 관한 기사가 눈에 띄게 줄었다. 기껏해야 여성운동이나 러시아 여성의 실상을 소개하는 논문에만 조금 등장하는 정도였다. 그마저 21년 이후에는 거의 안 보이는데 『신청년』을 대신해 1921년부터 『부녀잡지』가 연애와 여성 관련 논의의 중심지가 되었다. 장석침은 『부녀잡지』뿐 아니라 『학생잡지』, 『교육잡지』, 『동방잡지』 등을 발행하던 상해의 상무인서관으로부터 『부녀잡지』의 판매부수를 늘려보라는 특명을 받았다. 네 가지 중 가장 안 팔리는 잡지였기 때문이다. 절강성 출신의 장석침은 노신(본명 저우수런周樹人)의 동생이기도 한 주작인周作人, 저우쭤런과 주건인周建人, 저우젠런, 오각농吳覺農, 우줴농, 심택민沈澤民, 선쩌민 등 주로 강소, 절강 지역 출신의 지식인들을 잡지의 필진으로 끌어들이고, '연애', '성도덕', '이혼', '피임' 같은 과감한 주제로 내용을 개편하는데, 그의 이러한 개혁은 대대적인 성공을 거두어 『부녀잡지』는 1920년대를 대표하는 여성대상 잡지가 되었다. 『부녀잡지』는 특히 연애와 이혼문제를 통해 독자들로부터 뜨거운 반응을 끌어냈다. 그만큼 이 문제가 당시 청년에게 절실했음을 의미하며 그 주된 원인은 '포판혼', 즉 배우자 선택권이 결혼 당사자에게 없다는 데에 있었다.

그런데 이때부터 '연애'는 더 이상 과거의 '남녀상열지사'가 아니라 '서양문명의 상징'이 되어버렸다. 연애를 해야 문명인이고 신여성이 되는 것이다. 또한 처음에 연애와 성욕을 구분했던 논자들이 차츰 연애라는 단어 안에 당당히 성욕을 포괄시키고 심지어 신성시하기까지 하는데, 그것은 엘렌 케이의 이른바 '영육일치적靈肉一致的 연애'를 접하고부터였다. 엘렌 케이는 조르주 상드George Sand의 영육일치적 연애관을 계승하여 연애는 남녀의 "정신적 공감과 성생활의 결합"이며 거기에는 권리와 의무, 강박과 점유가 존재하지 않는다. 따라서 연애가 파열되면 이혼 또한 자유로워야 한다고 했다. 그녀는 독립적 인격을 갖는 자유로운 남녀의 정신적 육체적 관계를 추구한 것이다. 연애를 통해 자유롭고 평등한 남녀관계를 정립하려고 한 엘렌 케이의 사상은 그 열렬한 지지자인 일본의 문학자 주천백촌廚川白村, 구리야가와 하쿠손에 의해 1920년, '근대적 연애관'으로 타이틀이 붙여진 직후 한국과 중국에도 곧바로 소개되었고 세 나라에서 모두 크게 환영받았다. 이 책의 첫째 장 제목이기도 한 "러브 이즈 베스트"는 한 중 일 세 나라의 청년들을 사로잡았다. 서양에서는 아동교육자, 모성보호론자 정도로 알려져 있고, 독일을 제외하고는 그다지 유명하지도 않았던 엘렌 케이가 1920년대 한 중 일 세 나라에서는 서양의 대표적인 여성이자 여성해방론자, 연애자유론자로 자리잡을 수 있었던 것은 일본 덕분이라 해도 과언이 아니다. 중국도 식민지 조선도 일본을 통해 연애를 수용했고 그 연애는 문명의 상징이었고 최고의 연애론은 엘렌 케이에서 나온다고 여겼던 것이다.

근대 중국, 그 사랑과 욕망의 사회사

그런데 엘렌 케이가 말하는 연애는 결혼이라는 제도 속에서만 이루어지는 것이 아니기 때문에 정조뿐 아니라 일부일처제에 대한 도전으로 발전할 수 있다. 이어 살펴보겠지만 이때를 전후해 여성의 성과 성도덕을 둘러싸고 다양한 토론이 등장한다.

참고문헌 및 더 읽을거리

1절

『論語』,『孟子』,『史記』

가지 노부유키, 이근우 역,『침묵의 종교 유교』경당, 2002.

江曉原,「中國人性觀念之演變」,『健康世界』, 1996.

江曉原,「中國古代的房中術－理論與技巧」,『歷史月刊』(臺灣) 1998~9.

江曉原,『雲雨－性張力下的中國人』, 上海：東方出版中心, 2006.

盧玲,『屈辱與風流－圖說中國女性』, 北京：團結出版社, 2000(→이은미 역,『중국여성』, 시그마북스, 2008).

費孝通,『江村經濟－中國農民的生活』, 北京：中華書局, 1987.

西冷野樵,『繪芳錄』, 北京大學出版社, 1988.

劉達臨,『性與中國文化』, 上海：人民出版社, 1997(→노승현 역,『중국성문화사』, 심산, 2003).

劉達臨・胡宏霞,『雲雨陰陽－中國性文化象徵』, 四川人民出版社, 2005.

赤松啓介,『女の歷史と民俗』, 東京：明石書店, 1993.

邢雨風・劉彩霞・唐名輝,『天理與人欲－傳統儒家文化視野中的女性婚姻生活』, 武昌：武漢大學出版社, 2005.

2절

『新靑年』,『新潮』,『婦女雜誌』

구리야가와 하쿠손, 이승신 역,『근대 일본의 연애관』, 문, 2010.

매릴린 옐롬, 이호영 역,『아내의 역사』, 책과함께, 2012.

本間久雄 譯,『エレンケイ論文集』, 東京：玄同社, 1922.

西槇偉,「1920年代中國における戀愛觀の受容と日本－『婦女雜誌』を中心に」,『比較文學研究』64, 1994.

沈雁冰,「談談『玩偶之家』」,『文學週報』176기, 1925.6.7.

앵거스 맥래런, 정기도 역,『피임의 역사』, 책세상, 1998.

王平陵,『中國婦女戀愛觀』, 上海：興華書店, 1926.

원형갑,『시경과 성』상・하, 한림원, 1994.

임우경,『근대 중국의 민족서사와 젠더－혁명의 천사가 된 노라』, 창비, 2014.

張競,『近代中國と'戀愛'の發見－西洋の衝擊と日中文學交流』, 東京：岩波書店, 1995(→임수빈 역,『근대 중국과 연애의 발견』, 소나무, 2007)

陳雨原,『中國婦女生活史』, 上海：商務印書館, 1937(→최수경 외역,『중국, 여성 그리고 역사』, 박이정, 2005)

천성림,「모성의 발견－엘렌 케이와 1920년대의 중국」,『동양사학연구』87, 2004.

펑유란, 정인재 역,『현대중국철학사』, 이제이북스, 2006.

許慧琦,「'娜拉'在中國－新女性形象的塑造及其演變(1900s~1930s)」, 臺北：國立政治大學歷史學系, 2003.

Vera Schwarcz, "Ibsen's Nora : the Promise and the Trap", *Bulletin of Concerned Asian Scholars*, Vol.7, 1975.

근대 중국의 연애와 성도덕 논쟁

1. 정조와 연애—『신청년』의 정조논쟁

1) 여성의 성욕을 억압하다—중국역사상의 정조숭배

연애가 혼인을 지속하는 가장 중요한 조건이라고 한다면 수절은 모순이다. 얼굴 한번 본 적 없는 정혼자를 위해 어찌 목숨을 끊을 수 있으며, 살아생전 서로 애모하는 마음이라곤 없었는데 어찌 죽은 남편을 위해 평생을 수절할 수 있겠는가?

이처럼 현대인의 시선으로는 이해하기 어려운 정조라는 도덕은 인류가 농경사회로 진입하고 남성중심의 부계혈통이 뿌리를 내리면서 거의 보편적으로 나타난 현상이었다. 처녀성을 유지한 여자라면 결혼 후에도 정조를 지킬 확률이 높다는 계산 때문이겠지만, 처녀에 집착하고 결혼 이후 여성에게만 일방적으로 정조의 의무를 부과한다든지 기혼여성의 간음을 잔인하게 처벌하는 것은 대부분의 문화권에 공통적으로 보인다. 그것은 자신의 '틀림없는' 혈통에게 재산을 물려주고 싶은 남성의 욕망에서 비롯된 것이며 따라서 재산이 많을수록 지위가 높을수록 그 강도도 더 높다. 인도의 '사티'(과부순사)에 비하면 다소 나을지도 모르겠지만, 남편이 죽고 나서 재가를 못하도록 국가가 전면에 나서서 절부를 표창하고 경제적 이익을 보장하는 것은 명청시대 중국의 특유한 현상이었고 이는 20세기 초까지도 이어졌다. 여기에서는 먼저 중국역사상의 정조[1](정녀, 열부 등)숭배의 기원과 발전, 사례 등을 간단히 살펴본 뒤 『신청년』 잡지를 통해 점화되었던 정조논쟁을 분석해본다.

계층에 따라 다소 차이는 있었겠지만 남아 있는 기록을 통해 볼 때 춘추전국시대 남녀관계는 절개니 정조니 하는 말이 무색할 정도로 자유분방했다.

공자가 정리했다는 고전 『시경』에는 남녀의 욕망이 노골적으로 묘사되어 있다. 공자에게 가르침을 청한 衛위나라의 남자南子라는 여성은 그 자신 상상을 초월하는 음란행각으로 유명하지만, 그녀의 남편인 영공靈公 역시 미

---

1 정조는 오직 여성에게만 해당하는 말로서 크게 혼전, 혼후로 구분할 수 있으며 혼후는 남편의 생존시와 사후로 나눌 수 있다. 혼전에는 '수동정守童貞', 즉 처녀성을 지키는 것이고 남편 생존 시에는 '수정守貞', 즉 남편 이외의 남자와 성관계를 갖지 않으며, 남편의 사후에는 '수절守節', 즉 재가하지 않는 것이다. 그러므로 사통과 재가, 성폭행을 당한 것은 모두 '정조상실'에 속한다.

자하라는 미소년과 동성애를 즐겼다. 여러 부인들 중 특별히 남자를 총애했던 영공은 그녀가 시집오기 전 동거했던 남성(宋 公子 朝)을 그리워하자 그를 위나라로 초대해줄 정도였다.

남자같이 음란한 여자를 만나지 말라고 부탁하는 제자들에게 공자는, "너희들이 생각하는 것 같은 짓을 한다면 하늘이 나를 벌할 것이야"라고 응수했다. 공자도 남자의 '음淫', 즉 성적 문란을 의식하고는 있었지만 그렇다고 수절이니 절개니 하는 것에 특별한 의미를 둔 것은 아니다. 『논어』에 과부가 재가할 수 없다는 내용은 보이지 않는다. 하나뿐인 아들 백아伯魚가 죽고 나서 며느리가 위衛나라로 재가했을 때도 공자는 반대하지 않았다.

춘추전국시대에는 왕이 신하의 처첩을 차지하거나 백부가 조카며느리와 동거하는 일도 많았다. 심지어 시아버지가 며느리를, 아들이 아버지의 첩이나 사촌형제의 아내를 데리고 사는 일도 드물지 않았다. 차츰 통일로 향해가는 전국시대 후기부터는 열녀를 표창하기 시작하며 전국을 통일한 뒤 진시황제는 "자식이 있는 여자가 재가하는 것은 죽어도 죄를 갚지 못할 부정한 짓이다. 내외가 서로 멀리하여 음란함을 금하고 남녀는 순결하고 성실해야 한다"(『史記』秦始皇本紀)며 가정의 안정을 통치의 중요한 문제로 두고 자식이 있는 과부의 재가를 금지하기 위해 여자의 수절을 장려하는 칙유를 내렸다. 진시황제는 과부가 되고 나서 죽을 때까지 수절했다는 파촉巴蜀지방의 젊은 과부 청淸을 먼저 표창하고 기념비까지 세워주었다. 다만 진시황제는 모든 재가를 부정한 것은 아니고 자식이 있는 여성의 재가만 반대한 것이며 남성의 음란도 엄격히 처벌했다.

수절은 여성의 성(욕)을 국가가 통제하는 것이다. 하지만 "사회적 규제만 없다면, 남성들은 평생 아무 여자나 섹스 상대로 삼으며 문란한 성생활을 즐길 것이라는 명제에는 의심할 여지가 없어 보인다. 반면 여성들은 다양한 상대를 접하는 것에는 별로 관심이 없다"고 하는 킨제이의 말처럼 가능하면 자신의 후손을 많이 퍼트리고 싶어 하는 남성과 달리, (대부분의) 여성은 생활만 안정될 수 있다면 성적 욕망보다 출산한 자녀의 양육을 선택할 것이다. 재가하는 여성은 대개 생활의 방도가 따로 없기 때문에 그 길을 선택한 것이다. 그런데 자식이 있는 여자의 재가는 전남편과 사이에 태어난 아이들의 양육을 방기하거나 가정의 해체를 가져올 수 있으므로 국가로서는 견제할 수밖에 없다. 민국시기 중국의 저명한 우생학자 반광단潘光旦, 판광단은 자녀의 생존율을 높인다는 점에서 수절을 우생학에 부합한다(潘光旦, 2000, 621면)고 했는데 전혀 무리한 발상은 아닌 듯하다. 한편, 표창을 해서라도 재가를 막으려고 하는 국가의 방침은 현실에서는 여전히 남녀관계가 문란했음을 말해주는 것이다.

진시황제 자신 어머니의 '성적 문란'의 희생자였다. 자신에게 "진 왕실의 후손이 아니라 여불위의 씨일 것"이라고 손가락질을 받게 만든 어머니는 남편(장양왕) 사후 노애라는 남자한테 빠져 아들을 둘씩이나 낳았으니 말이다.

유교를 국교화한 한漢왕조는 한층 더 열녀를 표창했다. 전한의 선제宣帝는 영천潁川지방의 수절 과부에게 비단을 하사해 표창했고 평제平帝와 안제安帝도 앞다투어 칙유를 내려 열녀를 표창했다. 전한시대 유향劉向의

『열녀전列女傳』, 반고班固의 『백호통白虎通』, 반소班昭의 『여계女誡』, 동중서董仲舒의 『춘추번로春秋繁露』 모두 수절을 훈계하고 있다. "남자는 재취하는 것이 당연한 도리이나 여자는 죽어도 재가해서 안 된다夫有再娶之義, 婦無二適之文"는 것이다.

국가의 표창에 더해 정절을 생명보다 더 귀중히 여기라는 유학자들의 가르침은 점차 효과를 발휘했다. 여자쪽에서 먼저 발벗고 나서서 수절을 실천한 것이다. 후한대 유장경劉長卿의 아내 환桓씨는 남편과 아들들이 모두 일찍 세상을 떠나자 친정부모가 재가하라고 압박할까 두려워 일부러 자신의 귀를 잘라버리고 얼굴을 망가뜨려 재가하지 않겠다는 결연한 의지를 보였다. 비슷한 시기 순채荀采라는 여성은 17세에 양유陽瑜에게 시집가 19세에 딸을 낳았지만 얼마 안 되어 남편이 먼저 세상을 뜨자 재가를 권하는 친정아버지 순상荀爽에 저항해 목을 매달아 죽었다.

한무제가 유교를 관학화했다고는 하나 아직 중국인의 생활 구석구석까지 스며들지는 못했고 위진에서 수당까지는 유교가 퇴조한 데다 북방 유목민의 풍속이 영향을 미쳐 송대 이후와 같이 엄격한 성도덕이 강요되지 않았다. 앞에서 본 것들은 그야말로 희귀한 사례일 뿐이다. 당唐대의 법률에 여자는 재가할 수 없다는 규정이 없으며 또한 정절을 고무하고 표창하는 일도 없었다.

송宋대(960~1279)는 '중국 윤리제도의 분수령'으로 일컬어지는데, 여성의 성도덕과 관련해 특히 그러했다. 북송시대의 유교 부흥은 남북조 이래 수당시대까지 중국인을 끌어당긴 불교와 도교의 그림자를 떨쳐내기 위해 시작되었다. 거기에는 북조뿐 아니라 선비족의 혈통이 흐르는 수당대까지 유행한 '호풍胡風', 즉 오랑캐의 풍속을 씻어내고 한족의 고유문화를 회복하려는 열망도 포함되어 있었다. 춘추시대 월나라의 서시나 전한시대의 조비연처럼 가녀린 몸을 하고, 여기에 더해 작은 발과 평평한 가슴을 지닌 여성이 전형적인 미인으로 등장하였다. 말을 타고 격구를 하던 건강하고 씩씩한 모습의 당나라 미녀를 떠올려볼 때 그야 말로 180도 미의 기준이 바뀐 것이다. 이런 외모는 '굳센 남자, 부드러운 여자男剛女柔' 같은 유교적 젠더관에 부합할 뿐 아니라 순종과 순결의 이미지를 덧대기에 유리했다. 남성이 하늘이나 태양이라면 여성은 대지나 달에 비유되었기 때문이다.

12세기, 즉 남송 이후 과거제도가 완비되고 과거의 텍스트로 주자朱子가 주석을 단 '사서오경'이 확정되면서 유교는 중국인에게 깊숙이 파고들었다. 북송시대 정이程頤의, "굶어 죽는 일은 사소한 일이나 절개를 잃는 것은 큰 일餓死事小, 失節事大"이라는 주장을 계승해, 주자는 "절개를 잃은 여자를 배필로 맞이하는 것도 절개를 잃는 일若娶失節者以配身, 是己失節者也"이라고 했다. 그는 남편을 잃은 여자의 아버지와 오빠들에게 서신을 보내 딸(누이)로 하여금 수절하게 하도록 적극 권유했다. 정이와 주희의 성리학, 즉 '정주학'은 '열녀불사이부烈女不事二夫'와 '충신불사이주忠臣不事二主'를 동일선상에 올려놓았다. 이후 '일부종사(또는 종일이종從一而終)'니 "(충신이 두 임금을 섬기지 않는 것처럼) 열녀는 두 남자를 섬기지 않는다"와 같이 아직까지도 우리에게 익숙한 말들이 점점 더 위력을 발휘하게 되었다. 충과 의가 남성의 최고 영예였다면 정과 절은 여성의 최고 영예이자 도덕이 되었다.

범엽范曄이『후한서』에 처음 개설했던 정사의 '열녀전列女傳'도 어느새 "여러 여성들의 이야기列女傳"가 아닌 "열녀의 이야기烈女傳"로 채워져버 렸고, 정사 이외의 기타문헌에 실리는 열녀烈女들의 수도 급속히 늘어났 다. 먼저 역대의 정사 열녀전에 실린 열녀烈女의 수를 보면『후한서後漢 書』20명,『진서晉書』38명,『북사北史』35명,『신당서新唐書』48명,『송사 宋史』43명,『금사金史』22명,『원사元史』187명,『명사明史』265명이었 다(聶崇岐, 1979). 또 민국시기의 학자 동가준董家遵이 1726년(청 옹정4년) 에 편찬되었던『고금도서집성古今圖書集成』에 근거해 동주부터 청왕조 전 기까지 수절한 여성을 집계한 연구결과에 의하면 아래 표와 같이 송대 이후로는 남편이 죽고 나서 개가하지 않은 수절여성뿐 아니라 남편이 죽고 나서 스스로 목숨을 끊은 열녀 또한 급증한 것을 알 수 있다. 퍼센 티지로 본다면 송대 이전 사서에 실린 절부 수는 거기에 실린 여성전체 의 0.26%에 불과했지만 송대 이후는 무려 99.74%가 된다(董家遵, 1995, 246면).『고금도서집성』은 청대 전기까지만 집계한 것이니, 청 중기 이 후까지 합산하면 명대보다 훨씬 더 많을 것이다. '독재정치의 전성시대' 로 일컬어지는 명청시대는 '절렬여성의 전성시대'이기도 했던 것이다.

〈표 1〉 역대 절부와 열녀 통계표

	주	진한	위진남북조	수당오대	송	원	명	청
수절	6	23	29	34	152	359	27141	9482
열녀	7	19	35	29	122	383	3688	2841

북송시대만 해도 과부의 재가는 그다지 엄격하지 않았다. 사대부나 평민 모두 이혼이나 재가를 많이 했다. 남편이 밖에 나가 3년 동안 돌아

오지 않거나 6년 동안 소식이 없으면 여자가 재가하거나 이혼할 수 있다고 송대의 법률은 규정했다. '(백성에) 앞서 근심하고, 낙은 뒤로 한다先憂後樂'란 말로 유명한 범중엄范仲淹은 어린 시절 아버지가 돌아가시고 어머니가 주朱씨에게 재가했기 때문에 잠시 성을 주씨로 바꾸었지만 훗날 관리가 되고 나서 본래의 성을 되찾았다. 그는 종족 중 과부가 된 여성의 재가를 위한 비용을 따로 마련해줄 것을 '의장전약義莊田約'에 규정했으며 아들인 범중순范仲純이 죽자 자신이 직접 중매에 나서 며느리를 홀애비가 된 제자 왕도王陶에게 시집보냈다. 여성의 재가에 족쇄를 채운 것으로 비판받는 정이도 조카가 죽고 나서 조카며느리 왕王씨가 장章씨에게 재가하는 것을 막지 않았다. 조카딸이 과부가 되었을 때는 자기 집에서 지내도록 한 뒤 재가시켰다.

범중엄, 정이 등을 계승해 성리학을 집대성한 남송의 주희야말로 여성에게 정절도덕의 족쇄를 채우는 데 결정적 역할을 했다. 그는 삼강오륜 도덕을 체계화하고, 정절을 여자의 도덕적 의무로 규정했다. 여자가 한 남자를 위해 수절하는 것이 남자가 의를 위해 목숨을 바치는 것과 동일한 개념으로 규정되었다.

하지만 진정으로 정주이학이 발휘되는 것은 중국의 마지막 두 왕조, 즉 명과 청이었다. 원말의 사회적 혼란에 편승해 역사상 가장 미천한 신분 출신의 황제가 된 주원장, 즉 명태조(홍무제)는 자신이 일으킨 반란을 민족주의의 미명으로 포장했었기에 황제가 된 뒤 명분을 얻기 위해서라도 '형사취수兄死取嫂' 같은 몽고풍을 일소하고 한족의 풍습을 강화해야 했다. 또 앞으로 자기 같은 사람이 나타날까 두려웠는지 백성들에게 효도와 순종을 가르치는 한편 여성의 정절을 유난히 강조했다. 『명회전明會典』에 의하면 그는 "서른 이전에 과부가 되어 오십 넘게 재가하지 않을 경우 마을 입구에 깃발旌을 세워 표시하고 본가의 요역을 면제해주라"는 명령을 내렸다. 요역 면제는 왜 여성의 수절이 명대 이후 급증했는지 그 비밀을 풀어주는 열쇠가 된다. 물론 어느 정도 재산이 있는 집에 한정되지만 중국 여성들은 지참금(장렴粧奩, 가장嫁妝 등으로 표현)의 형태로 친정의 재산을 일정 부분 상속했다. 특별히 딸을 사랑하거나 부귀한 집에서는 상당한 규모의 토지와 현금, 금은보석을 딸에게 주기도 했다. 남송대 강남의 일부 지역에서는 시집가지 않은 딸이 남자형제 몫의 절반을 유산으로 상속받기도 했다. 극히 드문 경우이지만 법정상속자인 친지親子나 양지養子가 없고 따로 유촉이 없었던 경우는 '호절戸絶'이라 하여 딸이 부모의 재산을 상속받을 수도 있었다.

하지만 명청대 이후로는 호절 가정의 경우 반드시 친족의 조카를 양자를 들이도록 법률로 규정했다. 이렇게 들인 양자는 법정 상속인으로서 제사와 재산을 모두 계승했기 때문에 딸이 재산을 물려받을 가능성은 거의 제로에 가까웠다. 더욱이 원대 이후부터는 남편과 사별한 뒤 개가하는 여성은 시댁의 재산은 물론 자신의 지참금마저 전남편의 집안에 주고 떠나야 했다. 이처럼 경제적으로 가장 취약한 계층이 된 과부에게 요역면제는 가뭄의 단비처럼 반가운 선물이 아닐 수 없었다. 개가하지 않은 여성에게는 남편의 친족이 아닌 자기 마음에 드는 아이를 양자로 세우거나 재산을 관리할 수 있게 한 판결도 보인다(夫馬進, 1993).

이처럼 국가와 사회가 여성의 정절을 표창하고 보상한 데는 정·절을 충(의)·효와 나란히 둠으로써 부부, 군신, 부자라는 인간관계의 가장 기본적인 도리로 확정해 사회 안정을 공고히 하려는 목적이 있었다. 또 과부의 수절은 시댁에 계속 머무르게 함으로써 시부모를 섬기고 남겨진 아이들을 보살피게 하려는 것이었다.

비록 이민족인 만주족이 세운 나라이지만 청은 명의 제도를 거의 그대로 답습했는데 여성의 수절과 관련해서는 『청회전清會典』에 유사한 규정이 있다. 그에 따르면, "서른 이전에 과부가 되어 오십까지도 개가하지 않는 경우 절부節婦라 칭한다. 시댁을 위해 희생하거나 혹은 성폭행을 거부하다 죽은 자는 열부烈婦, 열녀烈女라 한다. 아직 혼인을 치르지 않은 정혼자가 죽었다는 소식을 듣고 스스로 목숨을 끊어버리거나 혹은 곡을 하며 시댁에 들어가 살며 수절하는 자는 정녀貞女라 칭하며 표창한다"는 것이다.

옹정대에는 수절에 필요한 햇수를 5년 줄여, 수절한 지 15년 이상 되는 40세 이상의 절부도 정표旌表를 받을 수 있도록 했다. 아울러 '절효사'라는 사당을 세워 절렬여성과 효부의 이름을 새겨 넣도록 했다.

이에 청대 각 지방에서는 절녀와 열녀로 등록되는 여자가 해마다 수천 명에 이르렀다. 도광제가 즉위(1782)하고 나서 7년 간 보고된 숫자만도 3018명이나 되었다. 이 여성들에게 조정은 표창장과 함께 은 30냥을 하사하고 팻말을 세워주었다. 열녀가 탄생한 지역에는 열녀사당을 지어주고 정표도 세워주었다. 조정에서 이렇게 적극적으로 수절을 장려하고 선전한 덕에 일반 백성들도 자기 집안에서 열녀가 탄생하도록 지혜를 짜내고 열을 올렸다. 수절한 햇수를 속이는 일도 많았다.

이처럼 명청시대는 수절여성이 유난히 많았는데 청대의 특징으로 들수 있는 것은 성혼하기도 전에 죽은 약혼자를 뒤따라 자살하거나 시댁에 들어가 평생 과부로 살아가는 이른바 '정녀'가 유난히 많았고 그것이 중상층뿐 아니라 일반 서민에까지 번져나갔다는 것이다. 개항한 지 40년이 지난 1880년대에도 『신보申報』에는 계층을 불문하고 정녀가 된 여성의 기록이 끊이지 않았다. 이주포李珠蒲 자사刺史의 딸은 일찍이 공부랑중工部郎中 조정랑趙正郎의 계실로 들어가기로 했다. 그런데 뜻하지 않게 남자가 병으로 사망하자 여자는 슬픔을 이기지 못하고 열흘간 곡기를 끊어 그 뒤를 따라갔다(63호). 또 농사꾼 진秦모씨의 어여쁜 딸은 어려서 모씨와 결혼하기로 약혼했는데 혼례를 올리기 전에 그가 갑자기 사망하자 그 소식을 듣고 애통해 하다가 결국 목숨을 끊었다. 기자는 "이런 일은 세가대족世家大族에게도 어려운 일인데 하물며 농가에서 일어난 일"이라며 칭찬을 아끼지 않았다(67호).

딸이 약혼자를 따라 죽었다는 소식을 들은 아버지들은 하늘을 우러러 크게 웃으며 "잘 죽었다. 잘 죽었어!"라며 기뻐했다. 상층 남성은 아내나 딸의 실절을 '실신失身', 즉 몸을 버린 것으로 표현하며 자신이 관직을 박탈당하는 것만큼 치욕으로 받아들였다. 남편이 아닌 남성과의 성교뿐 아니라 재가 역시 실절로 여겨졌고, 실절의 범위가 확대되어 거의 병적인 수준이 되었다. 여자는 사별한 남편을 뒤따라 자살하는 것은 물론이고 조금 전에 본 것처럼 아직 혼례도 치르지 않았는데 정혼자가 죽으면 역시 따라죽었다. 남편을 따라 죽게 하는 것은 여성의 신체를 독점하려는 남성의 욕망이 극단화한 것이다. 이뿐 아니라 남성에게 능욕을 당해도 자살해야 했고 우연히 남자의 희롱을 당해도 죽어야 한다. 성폭행을 당했는데 죽지 않는 것 역시 절개를 잃은 것이 된다. 남자와 손이나 신체가 마주쳐도 몸이 더럽혀진 걸로 보았고, 가슴부분이 노출되어 남자가 보게 될 때도 이미 정조를 상실한 걸로 보았다. 실수로 남자의 성기를 본 여성은 이미 더럽혀진 몸이라 하여 그 남자한테 시집가거나 아니면 자살을 해야 했다. 남편과 사별한 여성은 '활인처活人妻', 즉 "살아남은, 남의 여자"라고 불리며 재수가 없다 여겼고 그런 여자를 아내로 맞이하는 것은 남성에게 치욕이었다.

물론 모든 절부와 열부(녀), 정녀가 외부의 강요나 압박에 의해 그 길을 선택한 것은 아니다. 입 하나 줄이려고 홀로 남은 며느리에게 재가를 강요하자 이름을 더럽히느니 차라리 죽음을 선택한 여성도 있었고 과부가 된 딸을 다른 남자에게 팔아넘기려 하자 이에 맞서 자살한 여성의 사례도 많았다. 순절이란 어쩌면 죽음보다 못한 재가를 거부한 여성의 책략일 수도 있다. 더욱이 명예와 칭송이 가져다주는 인간으로서의 자존감은 반드시 근대적 인권개념으로만 설명할 수 없는 것이다. 하지만 이것이야말로 중국 최초의 여성 아나키스트 하진何震, 허쩐의 말처럼 "피 한 방울 묻히지 않고 사람을 죽일 수 있는" 유교의 힘이 아닐런지? 그 후 중국근대문학의 아버지 노신은 유교를 '사람 잡아먹는 예교'라고 표현했다. 여성 자신도 모르게 정절이라는 도덕에 감염되어 남편을 따라 죽거나 얼굴도 한번 보지 않은 죽은 약혼자를 위해 목숨을 끊거나 평생을 수절하다 가난에 찌들려 사망했던 여성들을 겨냥한 말이다. 자발적이든 (반)강요에 의한 것이든 여성의 수절은 삶보다 명예, 그것도 가문의 명예를 중시하게 만든 유교, 정확히는 정주학이 국가권력과 결합함으로써 더더욱 견고한 도덕이 되어버렸다.

2) 정조논쟁

다소 지루할 정도로 중국 역사상의 정조문제를 개관해보았는데 이 문제야말로 이 책에서 다루려고 하는 다양한 연애문제의 핵심이라 생각했기 때문이다. 이 압도적인 힘을 가진 도덕, 여성의 정조가 중국에서 공개적인 토론의 대상이 된 것은 신문화운동 시기 『신청년』지상을 통해서였다. 그 배경에는 1914년 제정, 반포된 '포양조례'가 있었다. 원세개가 손문孫文, 쑨원한테서 중화민국 대총통의 자리를 양도받은 뒤 갑자기 공자숭배와 복고의 풍조가 전국을 휩쓸었는데, 여성의 도덕과 관련해서는 정절이 특히 강조되었다. 1914년 3월 북경정부는 '포양조례襃揚條例'를 만들어, "부녀의 정조와 절렬은 본 조례의 포양을 받을 수 있다"고 공포했다. 원세개가 직접 글자를 새겨넣고 금과 은을 두른 표창장이 만들어졌다.

이에 호응해 여성의 순절사례가 잇따라 보도되었다. 예컨대 『여자세계』[2] 창간호(1914)에 실린 두 기사를 소개해 보면, 정鄭씨는 정혼자 공龔모씨의 부음을 듣고 곧바로 곡기를 끊고 순절하려 했다. 꿈에 나타난 공모씨는 그녀에게 자살하지 말도록 권유했지만 결국 그녀는 공모

2 1904년, 상해에서 유아자幼亞子 등에 의해 창간된 개혁적 성향의 동명同名 잡지와 무관하다.

씨의 무덤 앞에서 음독자살했다. 또 곽廓씨는 남편 사후 외롭게 수절하다가 아이마저 요절하자 대들보에 목을 매달아 죽었다. 그녀의 시어머니가 며느리를 발견하고 막내아들을 시켜 입에 숨을 불어넣어 살려 놓았지만, 그녀는 깨어나자마자 가위로 자신의 '부정한' 입술을 도려내버리고 "다시 저세상으로 떠났다".

절렬부녀를 '기억'하기 위해 1914년에 설립된 청사관淸史館의 관장 조이손趙爾巽, 자오얼쉰은 당시 여성이 본받을 만하다고 여긴 수백 명의 열녀와 절부를 '열녀전'에 포함시켰다. 반대를 무릅쓰고 결국 황제(홍헌제)가 된 원세개는 1916년에 '천단헌장초안天壇憲章草案'을 반포해, 혼인은 반드시 조부모와 부모가 주관해야 한다고 규정했다. 가장이 주도하는 포판혼인(중매혼)은 입법형식으로 확인되었으며 남경임시정부가 선포한 혼인자주권은 없었던 일로 되었다.

원세개가 죽고 나서 중화민국 부총통을 역임한 풍국장馮國璋, 펑궈장은 1917년에 '수정포양조례修正褒揚條例'를 만들어 '시행세칙'을 공포했다. 그에 따르면 포양을 신청할 수 있는 절부는 "30세 이전에 수절하여 50세 이상이 된 자에 한정하며, 아직 50세가 안 되었다 해도 10년 넘게 수절한 자라면 포함"되었다. 절렬부녀란 강간에 저항하다 죽게 된 사람, 수치를 못 견디고 자살하거나, 죽은 남편을 따라 순절한 사람 등으로 정의했다. 한동안 절렬을 고취하는 소리가 시끄럽게 울려퍼졌다.

민국 초기 북경정부의 이같은 절렬표창과 언론보도는 신정新政 시기 근대학제 반포(남자 1904, 여자 1907) 이후 형성된 신지식청년들에게 큰 충격을 주었다. 그들은 여성의 일방적 정절과 연애 없는 정절에 회의하기 시작했다.

정조논쟁은 1918년 5월, 주작인이 『신청년』 4권 5호에 일본의 여사야정자與謝野晶子, 요사노 아키코가 쓴, 「정조는 도덕 이상으로 존귀하다」를 번역해 「정조론」이라는 제목으로 발표한 것이 발단이 되었다. 이때까지 중국에서는 '정조'라는 말을 거의 사용하지 않았고 '수절'이나 '정절'로 표현되었는데 이 글이 발표된 이후 '정조'라는 용어가 유행하게 된다. 다이쇼 일본의 대표적인 페미니스트였던 여사야정자는 평총뇌조平塚雷鳥, 히라츠카 라이테우와의 '모성보호논쟁'으로도 유명한 여성이다. 그녀는 국가가 개인의 모성에 개입해서도, 지원해서도 안 된다고 하여 모성보호를 주장하는 평총에 반대했다.

여사야정자가 이 글을 집필하기 직전, 일본에서는 부잣집딸과 그 집 운전사의 연애사건이 발생했는데 두 사람의 신분 때문에 대중매체의 주목을 받았다. 이에 대해 여사야정자는 "인간의 애정은 어떤 직업을 갖고 있는가에 따라 결정되는 것이 아니다. 운전사와 부잣집딸의 관계는 중매에 의한 사랑 없는 결혼이나 재산을 얻기 위한 결혼에 비하면 오히려 순수하고 윤리적"이라고 한다. 그리고 신분이나 직업의 귀천에 영향을 받지 않는 연애를 '연애의 민주주의화'의 하나라고 평가했다. 나아가 그녀는 중요한 화두 하나를 던졌다. 정조란 정신적인 것을 말하는가 아니면 육체적인 것을 말하는가의 문제였다. 당시 중국이나 일본은 물론 현재까지도 우리는 정조를 육체적인 순결에 한정하는 경향이 있다. 신혼 첫날밤의 혈흔이 순결의 최고 표지이며 남편 사후 다른 남자와 성관계를 갖지 않는 것이 바로 정조였다.

그런데 여사야정자는, "정조가 만일 정신적으로 지켜야 할 도덕이라면, 연인이나 배우자 이외의 이성에게 마음이 흔들리는 것 역시 간음을 저지른 것이다. (…중략…) 또 육체적으로 지켜야 하는 것이라면 두 사람 사이에 애정이 없어도, 심지어 다른 이성을 사랑하면서도 배우자와만 성교를 하면 정조가 된다"고 한다.

이처럼 정조란 딱 잘라 말하기 어려운 개념이라는 것인데 그것은 정조라는 도덕에 의문을 제기하기 위한 포석이었다. 결론부터 말하자면 그녀에게 정조란 "(한 개인의) 취향이고 신앙이며 결벽"일 뿐이다. 취향과 신앙은 도덕 못지않게 중요하고 존중될 가치는 있지만 절대 다른 사람에게 강요해서는 안 된다. 왜냐하면 정조는 재물과 같은 것으로, 그것이 자신에게 있다면 매우 좋겠지만 다른 사람에게는 있건 없건 상관할 필요가 없다는 것이다.

여사야정자는 또 "정조란 단지 여자에게만 필요한 도덕인가 아니면 남자에게도 필요한가?"를 묻는다. 그리고 "정조가 만일 여자만 지켜야 할 도덕이고 남자는 생리관계로 인해 정조를 지킬 수 없다면 정조는 도덕과 무관하다"고 잘라 말한다. 즉 정조가 도덕이 되려면 남녀 모두 지켜야 한다는 것이다.

요컨대 그녀는 정조란 도덕이라기보다는 연애에 수반되는 개인의 선택일 뿐이며 따라서 남에게 강요해서 안 된다는 것이며, 만일 도덕이라고 한다면 남녀 모두가 지켜야 하며 정신적 육체적 모두를 포괄한다고 한 것이다.

그런데 주작인은 왜 이 글을 번역했을까? 원세개와 북경정부의 도를 넘은 여성 정절 표창에 대한 반감이 가장 큰 이유였겠지만 한편에서는 주목할 만한 이슈를 내걸어 청년들의 관심을 끌어들이고자 하는 야심도 작용했을 것이다. 그는 「정조론」을 번역하면서 그 배경을 이렇게 설명했다.

지난 반 년 동안 『신청년』은 여자문제에 대한 의론을 모집했다. 처음에는 몇 편의 답신이 있었지만 최근 몇 달간은 아무 소리 없이 조용하기만 하다. 대체로 인간의 각성이란 마음 속에서 스스로 일어나야지, 스스로의 통절한 실감이 없으면 할 말이 없는 것이다. 여자뿐 아니라 남자문제도 해결해야 할 것이 많다

즉 그는 독자들의 관심을 끌기 위해 남녀 모두에게 민감한 성도덕, 즉 정조라고 하는 주제를 선택한 것이며, 이 글은 그의 바램대로 독자들로부터 큰 호응을 얻었고 송대 이후 여성의 최고 윤리인 것처럼 여겨져 온 중국인의 정조관념을 서서히 흔들기 시작했다.

주작인이 「정조론」을 번역, 발표한 뒤 『신청년』에는 정조뿐 아니라 여성의 독립과 해방을 논하는 다양한 글들이 발표되었다. '입센주의易ㅏ生主義' 전호專號로 기획된 4권 6호에는 나가룬羅家倫, 뤄자룬과 호적에 의해 번역된 「노라娜拉」가 실렸고 그 후에도 「정조문제」, 「나의 절렬관」, 「사회와 부녀해방문제」, 「결혼론」, 「미국의 부인」, 「전후의 부인문제」, 「종신대사」, 「남녀문제」 등이 실려 정조뿐 아니라 다양한 주제를 둘러싸고 여성문제에 대한 본격적인 토론이 전개되었다. 이 중에서 정조토론에 해당하는 것은 호적의 「정조문제」(5-1, 1918.7)와 노신의 「나의 절렬관」

(5-2, 1918.8)이다. 두 사람 모두 여성에게만 정조가 요구되는 구 정조관을 남녀불평등한 사상의 표현이라고 비판했다.

주작인이 번역한 여사야정자의 글을 매우 감명 깊게 읽었다는 호적은, "중국인은 정조를 최고의 미덕으로 여기면서도 그 의미는 전혀 생각하지 않았다"면서 정조를 법률로 장려하는 것에 절대 반대해야 한다고 한다. 왜냐하면 그것은 여성만의 정조를 요구하는 것이기 때문이다. 호적 역시 정조는 절대불변의 진리도 아니고 모순도 많다고 여겼지만 중요한 것은 반드시 남녀 쌍방에 적용되어야 하는 도덕이라는 점을 강조했다. 그는 정조란 애정 있는 남녀 사이에서 동등하게 추구되어야 한다면서 더불어 축첩제를 비판하고 자유연애에 기초한 결혼과 일부일처제를 주장했다.

호적의 주장을 요약하자면 첫째, 남자는 여자에 대해서, 남편은 아내에 대해서 반드시 정조의 태도를 가져야 한다. 둘째, 남자가 정조에 위배되는 행위, 예컨대 기방을 출입하거나 첩을 둘 경우 사회는 반드시 부정한 여자를 대하는 태도와 똑같이 그를 처벌해야 한다. 셋째, 여자는 정조가 없는 남편에게 정조를 지킬 책임이 없다. 넷째, 남자가 기녀와 놀아나고 첩을 들이는 것을 부도덕한 행위로 보지 않는 사회에서는 굳이 여자의 '절렬·정조'를 표창할 필요가 없다는 것이다.

호적은 약혼자가 병으로 죽자 아직 스물도 안 된 여자가 뒤따라 자살한 사건 두 가지를 신문에서 인용한 뒤 "죽은 약혼자와 얼굴 한번 본 적 없는 열일곱, 열여덟 소녀가 '열녀'라는 명성을 얻으려고 스스로 죽음을 선택했다. 이 무슨 비틀어진 도덕관이고 명예관이란 말인가!? 그러나

근대 중국, 그 사랑과 욕망의 사회사

여론은 그것을 '미덕'으로 찬양한다"고 비난했다. 실제로 자살한 소녀 중 한 명은 '중화민국' 법률에 따라 표창을 받았다.

노신은, '절렬'이란 "여자는 반드시 수절해야 하는 반면 남자는 여러 첩을 들일 수 있는 사회"가 조성한 정교하고 가혹한 '기형도덕'이라 비판하고, "남자는 결코 자기가 지킬 수 없는 일을 여자에게 요구해서 안 된다"고 한다. 그는 남녀에게 달리 적용되는 절렬이라는 위선적인 이중도덕에 분노한 것이다.

주작인이 번역한 '정조론'이 발표되고 약 8개월 뒤(『신청년』 6-4, 1919.4), '정조문제'를 둘러싼 논쟁이 일어났다. 논쟁의 발단은 남지선藍志先, 란즈셴[3]이라는 저널리스트가 쓴 한 통의 편지에서 시작되었다. 그는 '남지선이 호적에게 답하는 글'이라는 제목의 편지 형식으로 호적을 반박했다.

남지선은 여사야정자가 말한 '정조는 도덕이 아니다'라고 하는 관점에 명확히 반대의견을 제출하고, 정조란 부부간에 반드시 지켜야 할 도덕이라고 강조했다. 그는 부부사이에는 애정과 함께 정조라는 도덕이 강제되어야 한다고 한다. 불확실한 애정보다 상호 책임과 제재를 중요하게 본 것이다. 왜냐하면 애정은 맹목적이고 쉽게 변화하기 때문이다. 그는 "정조를 파기하는 것은 도덕상 극히 큰 죄악이며 상대의 인격을 훼손하는 것이다. 절대 가벼이 용서해서 안 된다"고 한다.

그가 보기에 정조는 "일부일처제를 유지하는 최고의 도덕"이며 "애정 위에 있는 도덕"으로 그것이 있어야 쌍방의 인격을 존중할 수 있고 부부관계의 안정을 확보할 수 있다. 즉 정조는 가정의 안정에 반드시

---

[3] 남지선(1887~1957). 본명은 남공무藍公武, 란궁우. 동경제국대학 철학과 졸업. 저널리스트이자 학자, 정치가.

필요한 도덕인 것이다. 다만 도덕은 절대적·보편적인 것은 아니고 시대와 함께 변화하므로 정조 또한 현대생활에 맞추어 조정할 필요는 있다고 한다. 예컨대 이혼은 현대생활에서 불가피하니 정조는 결혼생활 중인 부부 쌍방에게만 요구되는 도덕이고 두 사람이 헤어지고 난 다음에는 정조의 의무도 사라진다는 것이다.

호적 역시 남녀 모두 상호 정조를 지키자고 하는 것이므로 양자가 크게 충돌하는 것 같지 않다. 더욱이 남지선은 정조의 표준을 다소 완화시켜 여성의 육체적 순결에 대한 요구를 평생 한 남성에게만 평생 제한했던 것을 혼인관계 안에서만 제한하라고 한다. 정조는 현재 부부관계에 있는 남편에게만 지키면 된다는 것으로, 사실상 여성의 재혼도 인정한 셈이다. 중요한 것은 현재일 뿐이다.

두 사람의 결정적인 차이는 "정조는 타인이 간섭할 문제가 아니다", 즉 외부의 간섭이 필요하지 않다고 하는 여사야정자나 호적과 달리 남지선은 외부의 제재가 필요하다고 본 것이다.

"정조는 자율적 도덕으로 포양조례 같은 황당한 것을 용납해서 안 된다고 하는 것에 나는 매우 찬동한다. 하지만 외부의 제재를 말살해야 한다는 것에는 동의하기 어렵다 (…중략…) 법률상 소극적 제재 예컨대 유부남이나 유부녀의 간통죄라든가 부부동거의 의무 그리고 이혼에 두는 제한 등은 없어지면 안 된다"는 것이다. 즉 정조도덕의 행위를 표창하고 제창하는 등 적극적 간섭은 취소되어야 하지만 소극적 간섭, 예컨대 정조를 파괴한 행위를 징계하는 것은 부부관계의 유지에 필요하다는 것이다. 정조를 표창할 필요는 없지만 간통죄는 필요하다는 것인데 그의 초점은 주로 여성의 정조에 맞추어졌으며 남성에 대해서는 거의 언급하지 않았다.

최근 우리나라에서 간통죄를 폐지할 때의 명분은 여성의 성적 주체성(자기결정권)에 국가가 간여할 수 없다는 데 있었다. 하지만 폐지에 반대하는 사람들은 그렇게 해서라도 간통에 희생되는 여성을 보호해야 한다고 한다. 호적과 남지선의 차이도 여기에 있는 것이 아닐까? '자유주의'의 신봉자 호적은 정조도 개인의 자율에 맡겨야 한다고 생각한 반면 이 논쟁 이후 대학에서 칸트철학과 마르크스 자본론을 가르치게 될 저널리스트 남지선은 법적 제재 없이는 사회질서를 유지할 수 없다고 본 것이다. 간통죄 폐지가 여성에게 유리하다고만 볼 수 없는 것처럼 두 사람의 견해 중 어떤 것이 여성에게 유리할지 단정할 수는 없다. 다만 여성의 경제활동 참가가 걸음마 단계인 데다 재산상속권이 없었던 당시 중국에서 여성이 성적 자결권을 갖는다는 것은 요원한 일이었다. 여전히 정조야말로 보통 여성이 가질 수 있는 가장 큰 자산이었다.

하지만 신문화운동 시기 중국의 신청년들은 대부분 호적의 관점에 동의했다. '정조논쟁'이 시작되자마자 나가륜은 북경대 학생들이 간행한 잡지 『신조』(2-1, 1919)에 「여성해방」이라는 글을 발표해 호적과 노신, 주작인의 견해에 적극 찬성했다. '만악萬惡의 근원'이 가정이라 여긴 청년들은 부모의 강요로 이루어진, 사랑이 없는 형식적인 부부관계에서 모든 비극이 탄생했다고 생각하고 있었다. 미혼인 청년들은 연애든 성관계든 스스로가 주체가 되어 상대를 선택하고 관계를 맺고 싶었다. 또 호적이나 노신 모두 거기에 해당하지만 기혼남성들은 부모가 강제로 맺어 준 아내와 정신적 육체적으로 교감이 어려웠고 그런 상태에서 몸을 맞대고 싶지 않았다.

　정조토론이 있고 난 지 몇 년 지나서의 일이지만, 고향에서 독수공방하는 처 주안을 '어머니의 선물' 정도로 여겨 방치해두고 도시에서 만난 똑똑하고 세련된 제자 허광평과 불안한 동거생활을 이어가던 노신 같은 지식인에게 성관계나 정조 등에서 중요한 것은 결혼이라는 형식이나 제도가 아니라 자기 자신의 의지라고 하는 여사야정자의 말은 '복음'과도 같았을 것이다. 두 사람은 결국 아이도 낳고 사실혼을 이어갔지만 노신은 떠나려하지 않는 본부인 주안과 관계를 청산하지 않았다. 노신이 죽고 난 뒤 허광평은 주안의 생계까지 책임져야 했다. 주안이 재가하지 않은 것을 두고 과연 사랑이라 할 수 있을까? 자신을 아껴준 시

허광평

어머니에 대한 의리도 작용했겠지만, 독립의 능력을 갖지 못한 데다 구도덕이 짙게 배인 그녀는 "개한테 시집가면 개를 따르고, 닭한테 시집가면 닭을 따라야 한다嫁狗隨狗, 嫁鷄隨鷄"는 어릴적부터 주입받은 '부녀자의 덕'을 끝까지 실천했을 뿐이다. 그것은 홀로 남은 여성에게 생존의 길이기도 했다. 주안처럼 신여성에게 남편을 뺏긴 민국시기 수많은 '구여성'들은 신여성, 즉 '첩'에게 모욕을 당하는 한이 있어도 본부인 자리를 내주지 않았다. 그들은 여전히 재가란 도덕에 어긋난다고 생각했지만 그렇다

고 생활능력은 갖추지 못했던 것이다. 노신이 『중국소설사략中國小說史略』(1924)에서 은근히 재자가인才子佳人식의 불륜을 찬양하고 또 '노라는 집을 나가 어떻게 되었는가'(1923)라는 연설을 통해 여성의 경제적 독립을 강조한 것도 자신의 연애사와 무관하지 않을 것이다.

여사야정자의 글을 소개한 주작인은 형과 달랐다. 그는 일본 유학 중 하숙집 주인의 친척딸과 사랑에 빠져 반대를 무릅쓰고 결혼하지만 결국 이혼한다. 연애와 이혼 모두 자유롭게 실천한 것이다. 호적은 노신과 달리 중매혼으로 맺어진 아내와 끝까지 부부로 살긴 했지만 오히려 그 때문에 형식적인 정조에 더욱 불만이었을 것이다.

하지만 애정은 너무 불안하다. 결혼이라는 제도가 없다면 유지되기 어렵다. 사회학자들의 연구에 의하면 결혼의 전제조건이 남녀의 사랑이라고 생각하는 현대의 상식은 사실 서구에서도 역사가 그리 길지 않다. 근대 초까지도 유럽 대부분의 남녀들은 결혼한 후에 사랑이 저절로 생긴다고 믿었다. 오히려 사랑을 결혼의 전제 조건으로 여기는 것만큼 어리석은 것도 없었다. 사랑은 형체가 보이지 않는 특정한 감정이었고, 이는 시간이 지나면서 당연히 변하는 것이기 때문이다. 오히려 결혼에 필요한 것은 인내와 상호존경심이며 동시에 의무감이 따르는 도덕이었다. 하지만 18세기 계몽주의사상은 배우자선택에서 사랑을 가장 중요한 기준으로 만들었다. 그리고 결혼이 남녀의 자유로운 선택에 의한 계약임을 천명했다. 이렇게 사랑을 중요하게 여기는 결혼관은 17세기에 청교도들이 미국으로 이주하면서 전파되었고 18세기후반에는 중류층 사이에서 유행하기 시작했다(매릴린 옐롬, 2012, 269면).

물론 그 파급이 미치는 영역은 북경과 상해 등 대도시에 한정된 것이기는 하지만 신문화운동 시기 지식인과 청년들은 이러한 18세기 이후의 서양을 모든 가치판단의 척도로 삼았던 것이다. 그런데 신문화운동 시기에 중국에 유입된 서양사상은 계몽주의뿐 아니라 아나키즘, 공산주의 등 다양한 급진주의 사상도 있었다. 사랑이 있는 결혼을 추구하면서도 가족제도에는 얽매이기 싫었던 그들에게 사랑보다는 가족제도 유지 자체에 더 관심이 많았던 남지선의 주장은 그다지 매력적으로 다가오지 않았을 것이다. 정조에 관한 토론은 1920년대까지도 이어졌다. 예컨대 잡지『신여성』은 1927년 5월호에 4편의 논문을 실어 정조토론의 불씨를 또다시 지폈다.[4]

2. 애정의 신비를 벗기다─애정의 정칙논쟁

이영애와 유지태가 주연을 맡았던 '봄날은 간다'라는 영화를 본 사람이라면 기억할 것이다. 쿨하게 떠나는 여주인공에게 "사랑이 어떻게 변하니"하며 절규하던 유지태의 모습을. 사랑은 변할 수 없고 신비한 것이라는 생각은 예나 지금이나 청춘남녀들이 한번쯤 가져보았을 '신념'일 것이다. 그런데 장경생은 이러한 신념에 찬물을 끼얹었다. 그는

---

4   黃石,「戀愛雜談」; 謙弟,「戀愛貞操新論」; 劍波,「壁還戀愛貞操新論」; 章錫琛,「我的戀愛貞操觀」 등.

1923년 4월29일 북경의 『신보부간晨報副刊』에 「애정의 정칙과 진숙군 여사 사건에 관한 연구愛情的定則與陳淑君女士事的研究」(이하 「애정의 정칙」)를 실어, 영원한 사랑은 있을 수 없으며 조건에 따라 언제든 변할 수 있음을 말했다. 그의 표현에 의하면 '연애의 이동성'이다. 어쩌면 너무도 당연한 이 말에 당시 많은 사람들은 분노했고 몇 달간 논쟁이 전개되었다.

장경생이 이 글을 발표한 것은 자신의 유학동기이자 북경대 동료교수인 담희홍의 연애사건이 여론의 비난의 중심에 섰기 때문이었다. 사건의 전말은 다음과 같다.

담희홍은 아내 진위군陳緯君, 천웨이쥔[5]이 죽고 나서 처제인 진숙군陳淑君, 천수쥔과 사랑에 빠져 재혼까지 했다. 숙군은 형부와 두 조카를 남겨놓고 먼저 세상을 떠난 언니를 위해 고향인 광동에서 북경으로 전학해 언니 집에서 살림을 봐주고 조카들을 돌보다 형부와 사랑에 빠진 것이다. 언니가 죽은 지 두 달도 안 되어서의 일이다. 1923년 당시 진숙군은 22세, 담희홍은 33세로 각각 학생과 교수 신분이었다. 그런데 이 소식을 듣고 고향에서 진숙군의 약혼자임를 자처하는 심후배沈厚培, 선허우페이라는 자가 달려 와 두 사람을 질책하는 글을 신문에 발표했다.[6] 많은 사람들이 진과 담의 패덕을 비난했다. 이에 장은 「애정의 정칙」을 써서 '애정의 네 가지 정칙', 즉 애정에는 감정, 인격, 용모, 재능, 명예(지위), 재산과 같은 조건이 필요하며 애정은 비교 가능하고 또 변할 수 있으며 부부는 벗의 일 종이라고 하면서 두 사람의 결합이 애정의 정칙에 부합하는 것이라고 했다. 그

5 거물급 정치가 왕정위의 처 진벽군陳璧君, 천비쥔의 여동생이다. 장경생은 1910년 진벽군의 부탁으로 왕정위 구출사건에 개입했다.
6 「沈厚培致晨報編輯函」, 『晨報』, 1923.1.16.

가 보기에 진숙군은 자유를 사랑하는 신여성이며 애정이 무엇인지 잘 이해하는 여성이며 주의를 실행한 여성이었다. 그녀의 애정이 변한 것은 순전히 조건의 지배를 받았기 때문이라는 것이다.

장경생의 이 변호성의 글은 도리어 반발을 불러 일으켜 이후 『신보부간』 지상을 통해 격렬한 논쟁이 전개되었다. 장의 글이 발표된 1923년 4월 29일부터 6월 25일까지 두 달 동안 당시 신보부간 주편 쑨푸위안孫伏園은 50여 통의 편지를 받았고 그 중 35편(토론원고 24편, 서신 11건)의 글을 『신보부간』에 게재했다. 필자 중에는 노신과 같은 저명인사들도 있었지만 대부분은 무명의 일반 독자들이었다. 당시 북경여자사범대학 학생이자 머지않아 노신과 연애에 빠지게 될 허광평도 '유심維心'이라는 필명으로 글을 실었다.

35편의 토론 원고와 서신을 보면 극소수를 제외하고는 장경생과 담희홍·진숙군에 대한 인신공격성의 글이 대부분이다. 예컨대 많은 논자들이 담과 진의 행위는 매우 부도덕하며 장경생 같은 교수가 이런 글을 쓴 것은 친구를 변호하는 행위이자 나아가서는 사회에 악행을 조장하는 행위라고 비판했다. 논객 중 유일한 여성으로 보이는 허광평 역시 장경생의 태도는 공정하지 못하며 "진숙군은 진정 자유를 사랑하는 자가 아니다"라고 비판할 정도였다. 장경생의 입장에 찬동하는 자는 거의 없었지만 찬동하는 자라 해도 "그의 정칙은 정혼 이전에만 적용 가능하며 이미 정혼했거나 결혼한 자에게는 적용할 수 없다"는 입장이 지배적이었다.

논자들은 대부분 "애정은 신비롭고 불가사의한 것"이라거나 "애정은 추상적이고 전체적이며 과학적 방법으로 분석할 수 없다"는 생각을 갖고 있었다. 그러므로 애정이 재산과 같은 조건에 의해 바뀔 수 있다고 한다면 매음부와 다를 것이 무엇인가라며 분노하기도 했다. 지리한 논쟁이 계속되자 장경생은 6월 20일과 22일에 걸쳐 그간의 논쟁에 대한 자신의 견해를 정리해 「애정의 정칙 토론에 답한다」라는 글을 발표하고 논쟁을 마무리지으려 했지만 그 후로도 몇 편의 서신이 더 실렸다.

이 논쟁을 통해 우리는 1920년대 초 중국의 청년지식인들이 애정문제에 지대한 관심을 갖고 있었지만 한편에서 여전히 보수적인 도덕을 견지하고 있었음을 알 수 있다. 애정의 정칙 논쟁을 보며 노신은 서신을 보내 "이번 토론은 중국인이 여전히 토론의 자격을 갖추지 못했음을 보여주는 증좌"라고 실망감을 감추지 못했고, 또 왕극좌王克佐, 왕커줘는 "현대의 청년들이 '오사운동'의 대세례를 거치고 나서도 이처럼 진부할 줄은 꿈에도 생각하지 못했다"고 했지만 신사상과 구도덕의 충돌은 피하기 어려운 문제였던 것이다.

한편 담희홍과 진숙군사건이 발생하기 직전인 1923년 2월호 『부녀잡지』에는 자신의 고통스런 결혼생활을 호소하는 한 교수의 글이 실렸다. 자신을 동남東南대학 교수 정진훈鄭振壎, 정쩐쉰이라고 소개한 필자에 의하면 그의 아내는 전형적인 구식여성으로 학교교육을 제대로 받지 않았고 전족과 귀고리를 하고 늘 짙은 화장을 하고 있었다. 오랜만에 고향 집에 가도 아내는 애정을 표시하기는커녕 뚱한 표정으로 묵묵히 부엌에서 일만 했다. 그는 아내를 신여성으로 만들고 싶었다. 먼저 '지식의 계발'이라는 뜻을 담아 '계지啓知'라는 새 이름을 지어주었다. 그리고 전족을 풀고 귀고리를 하지 않고 세련된 복장에 화장기 없는 얼굴로 자기와 다정한 모습으로 활보하자고 부탁했다. 하지만 아내는 남편의 뜻을 따라주지 않았다. 그는 자신이 아내에게 원하는 것은 정서적 소통, 애정의 표현이지 구식의 며느리가 아니라며 이젠 더 이상 함께 할 자신이 없으니 '도혼逃婚', 즉 "결혼으로부터 도피"를 원한다고 호소했다.[7]

그의 아내는 "마치 손님처럼 서로를 대하는" 과거의 모범적인 부부상에 해당한다. 하지만 연애지상주의가 범람하던 당시, 신문화인의 대표격인 대학교수는 그것이 문명을 거스르는 행위라 여겼던 것 같다. 그는 부부란 마치 연인처럼 친구처럼 남들이 보는 앞에서도 서로 친밀하게 대하고 무엇보다도 취미나 대화로 소통할 수 있기 바란 것이다. 노력해도 안 되니 아내와 이혼하고 싶다는 그에게 많은 남성독자들이 공감하고 지지하는 답글을 올렸다.

다만 연사蓮史라는 필명의 한 여성은 정교수의 도혼이나 이혼을 반대하지는 않지만 현재 중국에서 여성은 사회적 약자이며, 더욱이 여전히 처녀를 숭배하는 사회에서 이혼당한 여자는 재가하기 어려운 일임을 상기시켰다. 구여성인 아내를 자신이 원하는 식의 신여성으로 개조하는 것 자체가 폭력이라고도 했다.

1923년 봄을 뜨겁게 달구었던 '애정의 정칙' 논쟁에서 장경생에게 적극 찬동한 사람은 정교수처럼 구식아내에 불만을 가진 남성지식인들이었다. 하지만 더 좋은 조건을 따라 얼마든지 이동할 수 있고 비교할 수 있는 것이 애정이라는 메시지는 허광평이나 연사라는 필명의 여성이 말했듯이 사회적 약자인 여성에게는 분명 불리한 것이다.

7   曠夫(鄭振壎),「我自己的婚姻史」,『婦女雜誌』 9-2, 1923.2.

3. 일부일처제를 넘어 — 신성도덕논쟁과 '정인제'

프랑스의 철학자 자크 데리다는 현행 일부일처제 결혼제도를 부정하며 그 대안으로 '시민결합union civil'을 내놓기도 했다. 그는 결혼이란 개념의 모호함이나 종교적 위선을 없애는 대신, 강제되지 않는 복수의 섹스파트너들 사이의 유연한 규약, 계약 관계를 제출한 것이다.

1981년 갤럽조사에 의하면 조사대상 10개국 중 인생에서 종교가 차지하는 비중이 가장 낮게 나타난 나라는 스웨덴이었다. 성행위가 고상한 윤리적 의미를 갖는다고 생각하는 기독교인들과 달리 스웨덴 사람들은 섹스는 식사나 운전과 같고, 그것이 제3자에게 피해를 주지 않는 한 통제를 가할 필요도 없다고 했다. 결혼제도에 대해서도 엄격하지 않아 '동반자적 결혼companionate marriage'을 주장한다. '우애결혼'이라고도 하는데 해방과 친밀한 유대감이 균형을 이루는 결혼이다. 1920년대 중국에도 '시민결합'이나 '동반자적 결혼'과 유사한 주장이 등장했으니 바로 '신성도덕新性道德'과 '정인제情人制'였다.

신성도덕은 처음에 '연애의 이동성'이라는 구호를 걸고 등장했다. 1921년 장석침이 주편을 맡은 이래 『부녀잡지』는 엘렌 케이의 열렬한 지지자였던 본간구웅本間久雄, 혼마 히사오의 글을 자주 소개하는데 그 중 「연애의 이동성과 일부일처제의 개조」(8권 9호)나 「연애관의 변천」(10권 1호) 등은 "연애의 감정은 이동성을 함유한다. 또 육체의 교감이 없는 연애, 즉 플라토닉 러브는 결코 진정한 연애가 아니다. (…중략…) 연애의 이동

新性道德討論集目次

신성도덕토론집

성을 인정하지 않는 일부일처제도는 이제 새로운 일부일처제로 대체되지 않으면 안 된다(…중략…) 최근 구미에서 제창되는 '시험결혼Experiment Marriage'을 권할 만하다"며 연애의 이동성을 인정하고, 시험결혼(시혼제)을 제창하였다.

연애의 이동성과 시혼제는 '신성도덕'논쟁으로 발전했다. 이 논쟁은 장석침과 주건인이 '신성도덕전문호'로 발행한 『부녀잡지』 11권 1호(1925.1)에 각각 「신성도덕이란 무엇인가」와 「성도덕의 과학적 표준」을 발표해, "도덕이란 절대적 기준이 없는 상대적인 개념"으로서 "(정조를 포함한) 성도덕은 각 민족에 따라 다르며 성적 욕망은 그것이 자유와 평등의 원칙에 서는 한 도덕적이며 남녀 쌍방이 상호의 성욕을 존중해준다면 굳이 일부일처를 지키지 않는다고 해도 부도덕한 것은 아니다"라고 주장하면서 시작되었다.

그러나 "한 개인의 성적인 행위가 타인에게 해를 입히지 않는 한 부도덕하다고 볼 수 없으며 배우자의 동의를 얻은 일부이처 혹은 이부일처도 그것이 타인과 사회에 해를 입히지 않는 한 부도덕하다고 할 수 없다"고 하는 그들의 주장은 사실 쉽게 받아들이기 어려운 논리였다. 여기에서 북경대의 진백년陳百年, 천바이녠 교수[8]가 "신성도덕이란 일부다처제一夫多妻制와 다름없다"고 공격하면서 논쟁이 확대되었다. 진교수는 "현재 중국의 가정은 대대적으로 개혁할 필요가 있다. 내 생각에는 엄격한 일부일처제의 소가정이 가장 합리적이고 이상적이다. 지금 개혁을 자임하는 신성도덕가들은 결국 일부다처를 인정하는 것이며 온몸으로 일부다처의 새로운 호부護符를 만들어내고 있다. 나는 거기에 항의하지 않을 수 없다"[9]고 한다. 비록 일처다부와 일부다처를 주장하는 것이 도덕에 위배되지는 않지만 현재 중국사회에는 오직 일부다처라는 사실만 있고 일처다부는 존재하지 않는다. 그러므로 그들의 새로운 견해는 일부다처를 위한 연막에 불과하다는 것이다. 이후 이 논쟁은 연애의 성격(점유인가 주는 것인가), 질투와 연애의 상관성 등을 둘러싸고 이어졌다.

『정보晶報』와『시사신보時事新報』등도 진교수에 호응해, 주건인과 장석침 등이 청년들을 잘못된 길로 이끌고 있으며 '일처다부'를 제창하고 있다고 비판했다.

진교수의 비평에 대해 먼저 반박하고 나선 것은 고균정顧均正, 구쥔정이었다. 그는「일처다부의 새로운 호부一夫多妻的新號符를 읽고 나서」를 발표해 "연애는 반드시 점유욕을 갖는다"는 진교수의 관점을 반박하고, 의식이 있는 사람이라면 점유욕 같은 '야만적 악습'을 극복할 수 있을거라고 한다. 이어 허언오許言午, 쉬옌우도「신성도덕의 토론―진백년선생의 '일부다처의 신호부'를 읽고」를 발표해 장과 주 두 사람을 성원하고, 신성도덕이 무절제한 욕망추구縱慾나 일부다처 등과 어떻게 다른지를 분석했다.

8 　진백년1886~1983의 본명은 대제大齊이며 절강성 출신이다. 중국현대심리학의 선구자로 알려져 있다. 1914년 이후 북경대심리학과 교수로 재직했고『신청년』의 필자였다.

9 　百年,「一夫多妻的新護符」,『現代評論』제1권 14기, 1925.3.14. 신성도덕 논쟁은 이후 단행본으로 간행되었다(婦女問題研究會 編,『新性道德討論集, 上海 : 開明書店, 1926). 여기에 소개된 글은 모두 거기에 실려 있다.

그는 "일부다처에 반대하는 진선생의 주장은 매우 정상적이기는 하지만, 주와 장 두 선생의 글은 사실 그가 반박하는 것과 다르다"며 진백년이 오독을 한 것이라고 했다.

장과 주도 각각 글을 발표해 자신들의 입장을 변호했다. 그들의 글은 요약된 형태로 『현대평론』 제22기(5월 9일) '통신'란에 발표되었고 진백년도 여기에 답글을 실었다. 장은 자신이 신성도덕을 제창한 것은 오직 새로운 성도덕을 제창하기 위해서이지 결코 일부다처를 고취하려는 의도는 없었다고 해명했다. 그는 "진정한 일부일처제는 반드시 양성관계의 완전한 자유 위에 구축된 자발적인 것이어야 한다. 현재와 같이 아내를 남편의 점유물로 삼는 것이어서는 안 된다. 그것은 미봉적이고 허위적인 도덕으로 암흑의 죄악을 장려하며 법률과 여론에 의지해 유지되는 일부일처제이다"라고 하여 현재와 같은 위선적 일부일처제는 반드시 개혁되어야 함을 다시금 주장했다.

중국에서 혼인자주권이 법제화되는 것은 1930년의 일[10]이다. 하지만 그 전은 물론 그 후에도 대부분의 농촌지역에서는 여전히 중매혼이 이어지고 있었다. 북평北平(1927~1949년 동안의 북경), 천진天津, 톈진, 상해, 남경南京, 난징, 성도成都, 청두 등 대도시에서조차 1937년까지 평균 54.72%의 청년들이 여전히 부모가 주관(포판)하는 결혼을 했다(劉英 薛素珍, 1987, 4면). 신식교육과 서구문화의 세례를 받은 도시의 청년 학생들과 지식인들은 농촌에 남아 있는 조강지처와 정서적으로 교감이 어려웠고 결국은 도시에서 만난 여학생이나 신여성과 사랑에 빠

10 1930년 12월 26일, 국민정부는 민법친속편民法親屬篇을 공포해 "혼약婚約은 반드시 남녀 당사자 스스로가 결정해야 한다"는 혼인자주권을 확립했다.

지는 경우가 많았다. 유학생 중에는 서양의 여성과 결혼해서 돌아오는 경우도 적지 않았다.

고향에 아내가 있음에도 프랑스 유학 중 수많은 여성과 연애를 했을 뿐 아니라 평생 후회하는 일로 서양여성과 국제결혼을 하지 않은 것을 꼽았던 장경생은 북경대 철학과 교수로 재직하던 1925년에 발표한『아름다운 사회를 만드는 방법美的社會組織法』에서 소위 '정인제'를 제시했다. 그는 일부일처제는 물론 일부다처제나 일처다부제 모두 남성중심의 제도인 반면 정인제는 혼인제도의 범위를 벗어난 남녀간의 가장 자유로운 성적, 정신적 결합이라고 한다. 나아가 앞으로 모든 혼인제도는 반드시 소멸될 것이며 '정인제'로 대체될 것이라고 전망했다.

연애의 이동성이든 정인제든 신성도덕론이든 궁극적으로는 남녀 쌍방의 자유로운 연애와 자유이혼으로 귀결되는 것이며 이는 중매결혼과 이혼 부자유로 고심하고 있던 당시 남성지식인들의 공통된 염원이라 해도 과언이 아닐 것이다. '신성도덕호' 바로 전에 부녀잡지는 '이혼특집호'를 기획한 바 있는데 재판을 찍을 정도로 반응이 뜨거웠다.

정조논쟁과 그 후속이라 할 수 있는 신성도덕논쟁을 거치면서 중국의 지식계에는 개인의 다양한 성적 취향을 인정할 것과, 도덕 특히 성도덕이 갖는 상대주의에 주목했다. 신성도덕을 제창한 주작인과 장석침의 논리는 웨스터마크Edward Westermarck의 연구(인류혼인진화사)에 상당 부분 근거하고 있었는데 한편에서 중국 소수민족의 다양한 혼인풍속도 인용했다. 이같은 도덕의 상대성에 대한 자각은 오랜 시간 중국인을 지배해 온 유교적 세계관을 극복하는 데 큰 도움이 된다. 하지만 "진정한 사랑은 소유가 아니라 주는 것"이며 "독점욕이 없으면 질투도 일어나지 않는다. 그러므로 상대가 원하면 언제든 떠나보내야 한다." "이혼은 절대적으로 자유로워야 한다. 동시에 여러 사람과 연애를 할 수도 있다." "일부다처 일처다부 모두 문제가 되지 않는다"고 하는 논리는 아직 여성교육의 수혜자가 많지 않았고 더욱이 경제적 독립은 꿈도 꿀 수 없는 현실에서 지나치게 이상적인 공리공담이 아닐 수 없다. 더욱이 여성의 출산과 육아 문제는 전혀 고려하지 않았다. 이런 새로운 성도덕은 그들에게 현실문제라고 하기보다 연애에 가탁한 이상사회 건설론이 아니었을까? 사실 이러한 유토피아적 양성관계는 청말에 이미 강유위康有爲, 캉유웨이가 『대동서大同書』에서 제출했었다. 이 책에서 강유위가 그려낸 이상사회의 양성관계는 축첩과 기생질을 금지할 뿐 아니라 심지어 부부관계도 폐지해야 한다. 성욕의 해소는 "사랑하면 합치고 싫어지면 헤어지는 것"이다. 이를 위해 최소 1개월, 최대 1년의 계약을 체결하며 서로 맞으면 계약을 갱신해 자동연장한다. 다만 40세 이상은 성욕을 단절시키고 남녀를 격리해야 한다고 한다. 인구의 질을 떨어뜨린다는 것이 그 이유이다. 철저히 우생학적 입장이다.

신성도덕호를 끝으로 『부녀잡지』 편집을 사직하는 장석침은 그 후 주건인과 함께 개명開明서점을 설립해 1926년에 『신여성』이란 잡지를 창간하고 신성도덕 논쟁을 이어갔다.

이 잡지는 1927년 1월호에 미국의 저명한 아나키스트이자 여성해방론자인 엠마 골드만Emma Goldman의 「혼인과 연애」를 번역해 실었다.[11] 이 글에서 골드만은 자유연애를 주장하고 "결혼은 실패한 사회체제"라고 비

판했다. 그녀가 보기에 결혼이란 본질상 '경제적 조약economic arrangement'
이자 일종의 '보험insurance pact'이었다. "혼인이라는 보험은 여성으로 하
여금 남편에게 의지하는 기생충으로 만들었다" 그러므로 "여자는 혼인을
그 '최종직업ultimate calling'으로 삼아서는 안 되며 남녀의 애정은 계약이나
매매행위로 전락해서는 안 된다". 그녀는 혼인이 아니라, 생명의 '가장
강렬하고 심원한 원소이자 희망과 기쁨의 출발인' 연애를 추구할 것을
여성들에게 주문했다. 여성의 입장에서 논한 '정인제' 혹은 '신성도덕'이
라 할 수 있다. 하지만 자유를 얻은 대신 생활의 안정과 평온을 누리지
못했던 그녀의 개인사를 생각해볼 때 연애만 추구하고 결혼이라는 계약
을 포기하는 것이 모든 여성에게 기쁨을 가져다주기는 어려울 것이다.
이러한 사례는 다음 장에서 살펴 볼 '도혼'사건들을 통해 볼 수 있다.

『신청년』이 1920년대 들어와 차츰 마르크스주의를 전파하는 잡지로
변모한 뒤『부녀잡지』는 보다 자극적인 이슈로 여성문제 토론의 중심지
가 되고자 했다. 정조논쟁이나 그 연장인 신성도덕토론이 과연 여성문
제 해결을 위한 진정성 있는 토론이었는지 의구심이 드는 것은 사실이
다. 그럼에도 불구하고 이 논쟁들을 통해 여성의 성욕망과 정조 등 섹슈
얼리티가 공론의 장에 올랐다는 것은 의미 있는 일이다. 장석침 등은 중
국남성들이 여성의 성적 욕망을 너무 무시했다며 남녀 모두 만족하는
성을 추구할 것을 주문했던 것이다.

다만 신성도덕에 회의했던 진백년은 프
리섹스와 프리러브를 혼동한 듯하며, 이에
반해 장석침 등은 짝짓기의 비극, 즉 배타

11 이 글은 10년 전인 1917년『新靑年』(3-5,
1917.7)에「결혼과 연애」라는 제목으로 일부
번역된 바 있다

적 사랑을 간과한 듯하다. 사실 역사상 배타적 사랑이 낳은 폭력과 살인이 얼마나 많았는가? 어쩌면 그것은 아직 경제적 독립을 이루지 못한 여성에게는 보호장치일 수도 있다.

4. 여성의 성적 만족은 구국의 첩경

—장경생의 '성교구국론'

1923년 '애정의 정칙' 토론으로 하루아침에 명사가 된 장경생은 그 후 "성기를 포함한 각종 성 문제 연구는 천문학 등 기타 과학과 마찬가지로 결코 더럽지도 또 고상하지도 않은 일종의 지식 탐구일 뿐"이라며 '성전도사'의 길로 나섰다.

먼저 1925년 겨울부터 각 개인의 성사를 수집하였고 약 200편의 원고 가운데 7편을 선별했다. 거기에는 피임, 여성의 성주기, 성고조(오르가슴), 성히스테리, 바람직한 성교 횟수, 몽정과 자위행위의 유해성, 동성애 등에 관한 내용이 담겨 있는데 각 원고마다 자신의 성지식을 총동원해 의견을 첨부한 뒤 1926년 4월에 『성사性史』라는 제목으로 출판했다.

이 책의 서문에서 장경생은 『성사性史』가 결코 '음서'가 아닌 '철학서이자 과학과 예술의 책'임을 거듭 강조한다. 나아가 "성충동의 결과인 남녀 결합의 현상, 부부제도, 가정의 성립, 자녀의 양육과 종법의 건립,

경제관계 등은 적지 않은 사회학을 포괄한다"고 하는 데서 알 수 있듯 그는 성을 단순한 성행위나 생물학적 성sex 아닌 사회·문화·제도적으로 규정되는 '섹슈얼리티sexuality'로 이해했다.

훗날 그 자신의 회고에 따르면 그의 성사 조사는 "프로이트 이후 가장 영향력 있는 성학자의 한 사람"으로 평가받는 영국의 성심리학자 해블럭 엘리스Havelock Ellis, 1859~1939의 『성심리총서Studies in the Psychology of Sex』로부터 지대한 영향을 받았다고 한다.[12] 1897년에서 1910에 걸쳐 씌어진 이 대작에서 엘리스는 각종 성의 문제를 논술한 뒤 여러 개인의 성사를 첨부했다. 장경생 또한 성이 과학적인 학문이 되기 위해서는 엘리스가 그랬던 것처럼 정상적이든 변태적이든 가능한 다양한 자료를 수집하여 증거로 삼아 결론을 도출해야 한다는 것이다.

『성사』는 발간 직후 엄청난 파문을 일으켰다. 임어당林語堂, 린위탕에 의하면 출판 직후 상해의 한 서점에는 책을 사려는 사람뿐 아니라 호기심으로 몰려든 사람들로 인해 소동이 벌어졌으며 질서유지를 위해 경찰은 결국 강제로 물을 뿌려 군중을 해산했고 그제서야 비로소 교통이 정리되었다고 한다. 임어당은 장경생을 '중국의 킨제이'로 높이 평가하고, 자신이 처음 성사를 읽었을 때의 느낌을 "온몸의 피가 솟구치는 것 같았고 그 세밀한 묘사는 골수에까지 사무칠 정도"였다고 회고했다(林語堂, 1953). 노골적인 묘사에 더욱이 대학교수가 편집한 성교육서라고 하니 성교육에 목말라 하던 청

---

12 張競生, 「十年情場」, 『文集』下, 104면 참조. 엘리스는 여성도 남성 못지않게 성욕을 갖고 있으며 성행위를 즐기는 능력에서 결코 남성에 뒤지지 않는다는 것을 강조했다. 다만 여성의 성적 충동이 남성보다 더 복잡하고 덜 자발적이라는 점에서 차이가 날 뿐이라고 주장했다. 엘리스의 성심리 이론, 성과학의 역사에서 엘리스가 차지하는 의미에 대해서는 Paul Robinson(1989) 참조.

년들은 식음을 잊고 성사를 읽는 등 '성사폐인'이 늘어났다.

성에 대한 호기심은 넘쳐흐르지만 정상적으로 학습할 기회가 없었던 학생들, 특히 여학생들의 경우 밤마다 침대 속에 감추어 놓고 읽는 바람에 하루는 기숙사 사감이 일제히 수색한 결과『성사』가 나오지 않은 방이 없었을 지경이었다. 한 사범학교에서는 3000명의 학생에게서 3000권의『성사』를 찾아냈다고 한다(章錫琛, 1927.3, 238면). 성사가 워낙 잘나가다 보니 장경생의 이름을 도용한 제2편이니 속편이니 하는 가짜『성사』들이 암암리에 유통되었는데 그것들은 모두 색정소설 이상으로 음란한 내용을 담고 있었다.

장경생은 원래 계속해서『성사』2집, 3집을 낼 생각이었지만 파문이 커지자 결국 포기했다. 하지만 그에게는 '대음충大淫蟲'이니 '성박사'니, '음란서생'이니 하는 별명이 붙여졌고 보수적인 도덕가들로부터 맹렬한 비난을 받았다.

이 책이 출판된 지 1년도 안 되어 장경생은 북경대 교수직을 그만두고 사온여謝蘊如, 세원루, 팽조량彭兆良, 평자오량 등과 함께 상해에서 '아름다운 책방美的書店'을 설립하고 1927년 1월에는『신문화』라는 잡지를 창간했다. 주로 성학관련 논문과 엘리스의 성학총서를 번역해 연재했지만 여성의 재산권 등 여권주의를 고취하기도 했다.『신문화』잡지를 통해 장경생은 계속해서 성학 전도사 역할을 자처하는 한편 '아름다운 성', '나라를 구하는 성'에 대해 탐구하기 시작했다. 그는 먼저 성교의 목적은 출산이 아니라 남녀간 무궁한 정신적·육체적 쾌락을 주고받는 데 있다고 한다. 이를 위해서는 '정완情玩'이 필요하다. '정완'이란 성교 전남녀가 서로를 감상하며 신체를 쓰다듬는 것으로 애무를 포함한 '전희' 와 비슷한 개념이다. 그가 보기에 과거 중국인의 성생활은 그야말로 '전 쟁'이었다. 남자는 사정射精밖에 관심이 없고 여자는 섹스房事를 의무로 보는 강박관념이 있었다. 남자는 여자의 쾌락에는 도통 관심이 없고 오 직 자신의 만족만 채우려 했다. 정완과 함께 그는 '의통意通', 즉 감정의 소통을 제시했다. 그가 보기에 성교의 목적은 결국 남녀의 정신적 육체 적 '소통'인 것이다.

나아가 그는 이같은 성적 쾌락이 우생과 구국의 첩경이 될 수 있다며 '제3종수론'이라는 가설을 제시했다. '제3종수론'은 장경생의 성학에서 가장 핵심이 되는 부분으로 그 자신의 체험을 통해 얻은 '가설'이라고 한다. 그것은 간단히 말해 성관계시 여성으로 하여금 극도로 흥분하게 만들면 여성은 제3의 액체[13]를 분출하는데 그것은 마치 남자가 사정하 는 것과 같고 제3종수를 분출할 수 있는 여성이 수태한 아이는 머리가 좋고 건강하다는 것이다.

장경생이 '제3종수'를 표방한 것은 성교시 남성만 쾌락을 얻어서 안 되고 여성도 절정에 도달하게 해야 함을 강조하려는 것이었다. "여자의 쾌락은 또 남자를 흥분하게 만든다"고 하는 데서 알 수 있듯이 그것은 남녀 모두에게 유 익하다. 그의 표현에 의하면 "남자만의 '독락 獨樂'에서 남녀 상호간의 '공락共樂'"이다. 여 성으로 하여금 제3종수를 배출하게 하려면 남성은 성교에 앞서 충분한 정완을 통해 상호

---

13 장경생에 의하면 제1종수는 음도(질 벽)에서 제2종수는 음핵에서, 제3종수는 바르톨린 선Bartholin glands에서 배출된다. 그 것을 발견한 덴마크의 해부학자 바르톨린 의 이름을 딴 것이다. 바르톨린 선은 1950 년대 그라펜부르크Grafenburg 박사가 주장한 G-Spot과 비슷한 듯한데 모두 생물학적으 로나 해부학적으로 확인된 것은 아니다.

간의 육감과 정서를 교환하고 또한 평소 단전과 복식호흡, 성부호흡을 연마해 사정을 지연하는 훈련을 해야 한다고 한다. 그는 사정을 지연시키는 것을 '신교神交'라 이름 붙였다. 또한 잦은 성교보다는 한 주에 1~2번이 적당하고 시간은 최소 20분 이상 40분에서 한 시간 정도로 늘려야 한다. 무엇보다도 여성이 주동적 위치에 서서 적극적으로 행동하게 해야 한다. 여성에게도 성주기가 있으며 고조기에는 여성도 자진해서 요구하고 사랑을 나누어야 한다. 쾌락은 여성의 의무 아닌 권리이기 때문이다.

'제3종수론'은 단행본으로도 출판했는데 단번에 베스트셀러가 되었다. 당시 그가 운영한 '아름다운 책방'은 중국 최초로 여성종업원을 고용한 것으로도 유명한데 이 책을 사려고 아침부터 서점 앞에 장사진을 친 남성들이 여종업원에게 "제3종수 나왔어요?"하고 물어보는 바람에 무척 곤혹스러워했다고 한다.

장경생이 '제3종수'를 주장한 것은 남녀 함께 즐기는 성이 결국 국민의 질을 우수하게 만들어 구국의 첩경이 될 거라는 믿음 때문이었다. 그는 현재 중국인의 열등성이 활기 없는 남녀의 성생활에 기인한다고 보았다. 유럽인이 중국인보다 훨씬 건강하고 우수한 이유는 그들이 성교 시 열정적이며 대부분의 여성이 제3종수를 배출하기 때문이라는 것이다. 그는 제3종수를 배출할 수 있는 여성은 성적인 히스테리가 없기 때문에 난자도 활력이 있고 건강하여 임신이 잘 되며 수태된 아이는 건강하고 총명하다고 한다. 요컨대 우수한 민족을 원한다면 우생학의 주창자 프랜시스 골턴Francis Galton의 주장처럼 우수한 유전자를 가진 사람과 결혼하는 것보다 침대에서 여성을 만족시켜 제3종수를 배출하게 만들라는 것이다.

하지만 『성사』 출간 당시처럼 '제3종수론'도 도처에서 쏟아지는 비난을 감수해야 했다. 애정의 정칙 논쟁 때 그를 지지해주었던 지식인들도 비난의 대열에 합류했다. 그들은 장경생이 말하는 '신교'가 고대 중국의 방중술, 특히 도교의 양생술의 하나인 '환정보뇌還精補腦'나 '접이불루接而不漏'를 연상시킨다고 했다. 『신여성』을 창간해 신성도덕론을 전파하고 성교육 운동을 전개하고 있던 주건인과 장석침은 장경생이 "도교의 채보가采補家로 전락했다"느니 '방사사상方士思想'으로써 성지식을 전파하고 있다"고 맹비난했다. 또 "장경생의 소위 '신교'는 비과학적이며 나아가서는 각종 질병을 초래할 수 있다"고 공격했다. 장경생이 보수적 도덕가 아닌 주건인이나 장석침같은 진보적 지식인들로부터 비난을 받은 것은 아마도 그가 결여한 과학적 방법과 태도 때문일 것이다. 연애 못지 않게 '과학주의'도 1920년대 중국을 지배한 사조였기 때문이다. 성에 대한 장경생의 접근방법은 지나치게 고풍스럽고 현학적이었음을 부인하기 어렵다. 결국 『신문화』는 창간 후 1년도 안 되어 결국 상해임시법원에 의해 '외설'죄로 폐간당했다.

5. 심미관의 변화

1) 전족과 성

사람들은 저마다 미의 기준을 갖고 있다. 개인의 취향도 무시할 수 없지만 대개는 자신이 살고 있는 시대의 심미관에 영향을 받는다. 그러므로 영원한 미의 기준은 있을 수 없다. 서시처럼 가냘픈 미녀가 미인의 척도인 시대가 있었고 양귀비처럼 풍만한 몸매를 가진 여성이 최고의 미녀로 꼽히기도 한다. 분명한 것은 그 기준이란 권력을 가진 측이 정한다는 것이다. 여성의 경제적 자립이 불가능했던 시대에는 결혼이야말로 여성의 운명을 좌우할 '종신대사終身大事'였기에 여성은 남성의 가치와 기준에 맞춰 자신의 얼굴과 몸을 만들어야 했다. 사산, 영아사망 등으로 인해 탄생·성장하기도 전에 죽어버리는 아이가 너무 많았기 때문에 다산을 기대할 수 있는 풍만한 유방과 커다란 엉덩이는 동서고금을 막론하고 여성미의 중요한 포인트였다. 거기에 가느다란 허리까지 갖추어졌다면 금상첨화일 것이고.

그런데 중국남성들은 발에 집착했다. 10세기 이후 천년동안 중국의 남성들이 생각한 여성 최고의 아름다움은 작은 발이었다. 시대가 내려오면서 이상적인 발사이즈는 점점 더 줄어들어 19세기에는 약 9센티 정도밖에 안 되었다. 흔히 말하는 '삼촌금련三寸金蓮'이다. 수많은 문인들이 작은 발을 예찬했고 전족신을 벗겨 거기에 술을 따라 마시기도 했다. 그들은 한 꺼풀 한 꺼풀 전족을 감은 비단천을 벗기면서 입과 손으로 여성의 발을 핥고 쓰다듬고 냄새를 맡으며 황홀경에 빠졌다. 신체의 특정부분에 과도하게 집착하는, 일종의 페티시즘fetishism이라 할 수 있는데 문제는 그것이 특별한 사람들만의 변태적 취미가 아니라 거의 모든 남성들에게 해당한다는 것이다.

남자들은 중매가 들어오거나 기녀를 선택할 때면 "발은요?" 하고 물었다. 누런 피부에 작달만한 키를 가진 여성이라 해도 발만 작으면 중매가 쇄도하고 기방에는 손님이 넘쳐흘렀다. 얼굴은 볼 필요도 없었다. 오직 전족한 발에 코를 대고 손으로 만지다보면 성적 욕구가 해결되었으니 말이다.

전족한 기녀

전족이 언제부터 시작되었는가에 대해서는 여러 가지 설이 있다. 영현伶玄의 『조비연외전趙飛燕外傳』[14]에 의하면 전한시대 성제成帝는 발기가 잘 안 될 때면 총애하는 후궁 조비연의 발을 만져 해결했다고 하는데, 이로 인해 이미 전한시대부터 전족이 있었을 거라 보기도 한다. 당나라 때 현종玄宗이 총애했던 양귀비도 작은 발을 갖고 있었다고 한다. 하지만 작은 발을 선호하는 것은 신데렐라의 유리구두에서도 알 수 있듯이 동서고금을 불문하고 일반적인 경향이었다. 여성의 활동이 제한 당했

14 이 소설은 한대에 출판된 것으로 표기하고 있지만 노신 등은 고증을 통해 당唐대에 쓰인 것으로 본다.

던 전근대사회에서 작은 발은 그 자체로 고귀함과 정숙함을 의미했으며 심미관에 영향을 미쳤을 것이다. 요컨대 작은 발을 선호했다는 것만으로 이미 전족이 등장했다고 보기는 어려운 것이다.

당나라 시대의 문헌에는 전족의 흔적이 보이지 않으며 그 이전의 회화 등에서도 볼 수 없다. 학자들은 대개 10세기 이후부터 전족이 유행했을 것으로 본다. 당나라가 멸망하고 송나라가 등장하기 전 중국은 오대십국五代十國으로 분열되어 있었다. 십국 중 하나로, 송宋나라가 분열을 수습하고 나서도 10년 넘게 존속했던 남당南唐(937~975)이라는 나라의 마지막 군주(보통 '후주後主'라 부른다) 이욱李煜이 손님들을 모아 놓고 연회를 베풀 때 무희이자 총애하는 후궁인 요낭窅娘에게 2미터가 넘는 금련, 즉 금으로 만든 연꽃 위에서 춤을 추게 했는데, 비단을 칭칭 감아 초승달처럼 뾰족하게 만든 발로 춤을 추는 그녀의 모습은 마치 선녀가 하강한

요낭의 전족

것 같았다고 한다. 이러한 '퍼포먼스'는 요낭 한 사람의 아이디어라고 하기보다 이미 궁중 무희들 사이에 유행했던 것을 보다 예술적으로 표현한 것이 아닌가 생각된다.

이후 여성들 사이에 '전족', 말 그대로 천으로 발을 동여매는 풍습이 유행하게 되었고 요낭이 금련 위에서 춤을 추었기 때문에 '금련'은 전족의 다른 말이 되었다. 요낭은 훗날의 전족처럼 기형적인 발을 가진 것이 아니라 마치 스카프를 두르듯 발에 멋을 낸 것인데 아름답다는 입소문이 나면서

근대 중국, 그 사랑과 욕망의 사회사

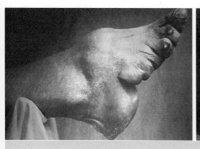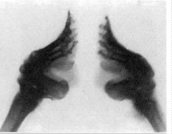

전족한 발의 모습과 투시도

딸 가진 엄마들은 아이가 서너 살만 되면 강제로 발을 묶어 평생 자라지
못하게 만들었다.

너무 끔찍해서 설명하지 않겠지만, "전족 한 쌍에 눈물 두 동이"라는
말처럼 전족이 완성되기까지 고통은 이루 말할 수 없었다. 고통도 고통
이려니와 일상생활 및 평생 그것을 관리하는 데서 오는 불편함은 상상
을 초월한다. 그럼에도 불구하고 전족이 천 년 넘게 이어진 것은 여성도
어느 정도 동조했기 때문이다. 울부짖는 딸이 애처로워 전족을 포기한
어머니는 훗날 좋은 혼처를 구할 수 없게 된 딸로부터 원망을 들어야 한
다. 고통의 대가로 주어지는 좋은 혼처와 남자의 사랑이라는 달콤한 유
혹을 뿌리치기 어려웠던 것이다.

전족이 성행한 이유에 대해서는 흔히 여성의 '덕', 특히 정절관과 관
련해서 말해진다. 한무제시대 동중서董仲舒에 의해 다듬어진 유교의 음
양관에 따르면 음陰, 땅坤, 그리고 안內에 해당하는 여성은 정숙하고 나
대지 말아야 한다. 전족을 하게 되면 바깥활동에 제약을 받으니 아무래
도 집안에만 붙어 있고 외부출입을 자제하게 된다. 그만큼 남자를 접촉

할 기회가 줄어들어 정조를 상실할 위험도 적어질 것이니, 전족은 그야 말로 '발에 채운 정조대'(엘리자베스 애보트, 2006, 480면)였던 셈이다. 전족을 했다는 것은 그 자체로 정조를 유지한 여성, 고귀한 여성의 표지가 된다.

전족의 크기는 시대가 내려오면서 더욱 작아졌고 발이 작아지는 만큼 여성의 정절도 강조되었다. 원래는 궁중의 후궁이나 귀부인, 창기들처럼 육체노동을 하지 않고도 살 수 있는 여성들에게 한정되었던 것이 "굶어죽는 것은 사소한 일이지만 절개를 잃는 것은 큰 일"이라고 하는 성리학의 가르침이 등장하면서 점차 일반 여성들에까지 확대되었다. 주자는 복건성 현감으로 재직할 당시 이 지역 여성들의 품행이 단정치 못하다 여겨, 함부로 돌아다닐 수 없도록 전족을 의무화하는 포고령을 내렸다고 한다(張仲, 1994, 52면).

이렇게 전족이 여성의 행동을 구속하고 바깥활동을 방해하기 때문에 거란족, 여진족, 몽골족 등 북방 유목민의 침략이 잦았던 송대 이후 발이 작은 여성이 오히려 유리했던 경우도 있었고 이것이 전족의 원인이 되었다고도 본다. 유목민이 물자와 여성을 약탈해갈 때 발이 작은 여성은 데려가기 불편해 포기했고 이로 인해 민간에서 딸을 전족시키는 풍이 더욱 유행했다는 것이다(徐建寅, 1900). 1906년, 청조가 전족금지령을 발포하면서, 또 여성교육이 보급되면서 전족은 점차 과거의 유물이 되어가는데, 이때까지 전족한 여성은 확실히 강남지방보다 화북지방에 압도적으로 많았다. 그렇다면 약탈방지와 전족 사이에 어느 정도 인과관계가 성립한다고 볼 수 있겠다. 하지만 쉽게 도망갈 수 없는 전족 여성이

근대 중국, 그 사랑과 욕망의 사회사

당했을 끔찍한 폭력을 생각할 때 유목민의 폭행을 피하려고 전족을 했다는 식의 설명은 본질을 벗어난 것이다. 지역간의 차이는 오히려 생산활동 참가와 무관하지 않은데, 화중이나 화남지역에 비해 화북지방 여성의 전족비율이 높았던 것은 농사나 양잠 등 여성의 경제활동 참여도가 강남에 비해 훨씬 낮았기 때문이다.

한편 여성의 활동이 제한받고 가정에 갇히게 된 것은 전족의 결과이지 원인은 아니다. 전족이 천 년 넘게 이어진 것은 앞서 언급했듯이 여성의 동조 없이는 불가능한데 그것은 전족이 여성의 몸값을 높일 수 있는 수단이었기 때문이다. 몸을 움직이지 않아도 되는 규방의 상류층 여성이나 창기 같은 매음여성뿐 아니라 일반 농민 등 중하층 여성에까지 전족이 확대해간 것은 얼굴은 타고난 것이지만 발은 노력여하에 따라 얼마든지 '삼촌금련'으로 만들 수 있다는 희망 때문이었다.

그렇다면 남성들은 이 작은 발을 왜 그리 좋아했는가? 결론적으로 말해 전족은 성을 위한 것이었다. 출산과도 무관하다. 오로지 남자의 성욕을 만족시킬 수 있는 '제2의 성기'이며 '최음기구'였다. 전족을 가리켜 '음구淫具'라고 부르는 것도 이 때문이다.

첫째 전족은 여성의 성감대이자 전희의 도구였다. 또 남성의 성욕을 자극하는 최음제 역할을 했다. 소설 『금병매』에는 전족이 갖는 성적 코드를 암시하는 장면이 자주 나오는데 특히 제27회에는 서문경西門慶이 반금련潘金蓮의 전족을 밧줄로 묶어두고 희롱하는 장면이 세밀하게 묘사되어 있다. 소설뿐 아니라 명청시대 춘궁화나 춘궁조각을 보면 남자가 마치 도취한 듯 여자의 발을 애무하는 것이 묘사되어 있는데 여성은 한결같이

『금병매』에서 전족한 반금련을 희롱하는 서문경

『금병매』 속의 말흉

'말흉抹胸'이라 불리는 가슴가리개를 하고 전족신을 신고 있다. 오히려 성기는 적나라하게 노출되어 있다. 발이 성기보다 중요했던 것이다. 여성의 맨발을 볼 수 있는 '특권'을 가진 상대 남성은 여성의 전족신을 벗기면서 쥐었다 폈다 애무를 하고 냄새를 맡는다. 그러는 동안 극도로 흥분하며 상대 여성도 성적으로 고조된다. 때로 전족을 포개고 거기에 생긴 틈으로 사정을 하기도 했다. 전족이 성의 도구가 되는 것은 발바닥이 움푹 패여 마치 여성의 성기와 같고, 그곳에 섹스를 할 수 있었기 때문이다. 일그러진 뒤꿈치와 엄지발가락의 틈새에 성기를 집어넣는 남자도 있었다(Howard S. Levy, 1966).

명청시대 여성의 말흉

근대 중국, 그 사랑과 욕망의 사회사

중국의 방중술에는 여성이 흥분해 애액을 많이 배출할수록 남성은 건강하게 오래 산다고 되어 있다. 그리고 남성은 가급적 사정을 하지 말아야 건강을 유지할 수 있다. 이를 위해서는 여성을 최대한 오래 흥분시켜서 그녀의 음기를 빨아들여야 한다. 그래서인지 중국의 남성은 얼마나 여러 번 사정을 했는지에는 별 관심이 없다고 한다. 성교시간이나 여자의 절정을 더 중요한 것으로 친다. '접이불루接而不漏'라 하듯 시간만 끌고 아예 사정을 안 하는 것이 제일 좋지만 그것이 여의치 않을 때는 한 번만 확실하게 하는 것이다. 『금병매』의 주인공 서문경 역시 대체로 한 번의 성교에 사정은 한 번밖에 하지 않는다. 남성들에게 전족은 여성의 성감대이자 대체성기로 여러 가지 쓰임새가 있었던 것이다.

둘째, 중국 남성들이 좋아하는 체위와 무관하지 않을까 추측된다. 명청시대에 널리 유포되었던 춘궁화를 보면 여성의 다리가 남성의 어깨에 올려진 경우가 적지 않다. 소설도 마찬가지다. 『금병매』 제6회에는 왕노파의 중매로 반금련을 만난 서문경이 그녀와 첫 번째 정사를 나누는 장면이 있는데, 거기에는 "비단버선을 높이 쳐드니 어깨 위로 자그마한 두 발이 나타난다"고 묘사되어 있다. 제27회에도 반금련의 다리를 높이 매달아 놓고 희롱하는 장면이 있다. 이런 체위를 좋아한 것은 그것이 임신의 가능성을 높여주기 때문일 수도 있지만, 사정을 피하는 데서 알 수 있듯이 여러 처첩을 거느린 남성이라면 성교의 목적에 임신보다는 양생과 쾌락에 무게가 두어지고 있었다. 동성애 장에서도 살펴보겠지만 명청시대에는 여성과 거의 구분하기 어려운 '백면서생'이 인기였으니 커다란 발보다는 작은 발이 운치 있고 남자로서도 힘이 덜 들었을 것이다.

셋째, 전족한 여성의 성기는 성적인 만족을 준다는 속설 때문이었다. 후대를 생산하기 위해서라고는 하지만 그보다는 주로 주인남자의 쾌락을 위해서 데려온 첩들은 거의가 전족을 한 여성들이다. 서양인이 야만적이라 비웃는 중국의 첩제도와 전족을 자신 있게 옹호했던 북경대의 대표적인 보수파 교수 고홍명은 이렇게 말했다. "여자의 전족은 엉덩이에 집중적으로 살이 몰리게 만들어 매우 풍만한 모습을 갖게 하며, 그로 인해 여자의 은밀한 곳私處이 단단하게 조여진다. 이건 서양인은 꿈도 꿀 수 없는 중국인만의 훌륭한 방식이다." 발이 기형적으로 작다 보니 걸음걸이가 달라져서 하체에 힘이 들어가면서 다리와 질 주변의 근육이 탱탱해진다는 논리이다.

전족을 하는 쿠바 여성(『점석재화보』)

반 훌릭 등 여러 연구자들이 지적했지만 전족과 성적 만족 사이에 어떤 의학적 근거가 있는 것은 아니다. 오래전부터 중국남성들은 발이 작은 여자와의 성교시 쾌락을 말과 글로 묘사해왔고, 이는 마치 임산부가 신 것을 좋아하면 뱃속의 아이가 아들이 될 가능성이 높아진다고 하는 속설처럼 입에서 입으로 전해지면서 마치 사실인 양 되었던 것이다. 다만 전족한 여성은 서 있을 때 발에 힘이 많이 들어가

허벅지나 둔부가 특별히 발달할 수 있으며 또 보폭이 좁아 걸을 때 엉덩이가 더 많이 흔들리기 때문에(愼思, 1925.3.10) 그 자체로 성적 매력을 뿜어낼 수는 있다. 이는 하이힐도 마찬가지이다. 실험에 의하면 동서를 불문하고 남성들은 단화보다 하이힐을 신은 여성에게 성적 매력을 느꼈다. 그 이유는 중국의 남성들이 전족한 여성에게 기대하는 것과 별반 다르지 않을 것이다. 그림에서처럼 20세기 초 쿠바의 여성도 전족을 하고 있다. 이 지역까지 진출한 중국인(화교)에서 유래하는 것일 수도 있겠지만, 작은 발에 대한 남성의 집착은 동서고금을 불문하는 것이다.

전족을 가리키는 용어 '금련' 자체도 성적 코드를 갖고 있다. 불교에서 연꽃은 자궁을 의미한다. 창이나 문에 붙여 장식하는 중국의 전통 민간공예 '전지剪紙'를 보면 '연꽃을 희롱하는 물고기魚戱蓮'나 '연꽃을 쪼는 새鳥穿蓮', '연꽃에서 태어난 아이蓮生貴子'처럼 연은 여성의 자궁, 성기를 암시했다.

요컨대 비록 의학적으로는 입증되지 않았지만 전족은 중국 남성들의 눈과 귀, 그리고 코를 즐겁게 해주었다. 침실에서는 전족을 손과 발로 애무하고 사정을 하기도 했다. 이쯤되면 '제2의 성기'라고 해도 과언이 아닐 것이다. 어쩌면 진짜 성기보다 더 에로틱한 최음도구였다. 전족한 여성은 이로 인해 혼인시장과 성산업시장에서 높은 가치를 부여받았다.

생물학적으로 본다면 여성의 작은 발이 대대로 남성의 선호대상이 되어 '성선택'의 가장 중요한 요소가 되면서 점점 더 작아졌을 것이다. 문화적으로도 작은 발이 매력적이라고 가르침을 받은 남자아이는 이후 어른이 되었을 때 그런 특징들에 초점을 맞추게 될 가능성이 높다. 이것이

바로 전족이 천년 넘게 유지된 비결인 것이다.

이민족인 청조 지배하에서 한족남성들이 결국 변발을 받아들인 반면 여성의 전족풍속은 사그라들지 않은 것에 대해 양계초는, "강한 남자의 머리가 연약한 여자의 발만 못하다强男之頭, 不若弱女之足"(梁啓超, 1999, 33면)고 했는데, 에로틱한 발이 주는 성적 매력은 거부할 수 없었던 것이다.

2) 전족에서 유방으로 – 성적 매력포인트의 변화

중국 지식인이 전족을 비판하고 전족하지 않은 자연의 발로 돌아가기를 주장하는 '천족운동'(또는 부전족운동)을 본격적으로 전개하는 것은 1890년대 이후의 일이다. 그 이전에도 소설가 이여진李汝珍이나 학자 유정섭兪正燮 등이 이미 전족의 비인도적 측면을 지적한 바 있다. 이여진은 '중국판 걸리버여행기'로 불리는 『경화연鏡花緣』에 남성들이 전족의 고통을 겪는 장면을 설정해 전족문화를 통쾌하고 신랄하게 풍자했으며, 유정섭은 전족으로 음의 기운이 약해져 음양의 조화가 상실되었다며, 다소 고풍스러운 이유로 반대했다. 개항 이후 공자진龔自珍이나 전영錢泳 등도 전족을 반대했다. 전영은 여성의 진정한 아름다움은 인위적인 미가 아닌 자연미에 있다고 했다.

본격적인 전족비판이 전개되는 것은 변법운동시기 유신파 지식인들을 통해서였다. 조기유신파로 분류되는 정관응鄭觀應이나 송서宋恕, 그리고 변법파의 거두인 강유위, 양계초, 담사동 등은 모두 여자교육진흥과 함께 전족폐지를 주장했다. 그 논리는 대체로 유사했다. 글을 읽을 줄 아는 어머니는 자녀의 훌륭한 교사가 될 것이며, 또 건강한 신체를 가진 부모 밑에 건강한 자녀가 태어난다고 하는 교육적, 우생적 발상 때문이었다. 즉 지적이고 건강한 어머니는 장기적으로 국민의 질을 향상시킨다는 논리로, 그것은 20세기 내내 중국의 지배적 사조가 된 내셔널리즘의 일환이었다.

개혁에 결사반대했던 서태후도 의화단전쟁(1900)을 겪은 뒤에는 청조의 연명을 위해서라도 일부 개혁 내용을 실천하기 시작하는데 그 중 하나가 여자교육진흥과 전족폐지였다. 그 이전의 미션계나 일반 사립여학교는 물론이고 여자교육이 제도화되는 1907년 이후 급증한 공립의 여학교에서도 전족한 학생은 아예 받아주지 않았다. 과거의 전족신 대신 굽낮은 단화를 신은 여학생의 상큼한 모습이 차츰 전족으로 인해 휘청거리는 과거 여성의 아름다움을 대체해갔다.

흔히 유행은 '상행하효上行下效', 즉 위에서 하면 아래에서 따라한다고 한다. 여학생이 하는 것이면 교복이든 단발이든 무조건 따라했던 기녀들마저 천족 대열에 합세하면서 전족은 급속히 과거의 유물이 되어 갔다. 최대한 도시에서는 그러했다. 또 "서구의 풍조가 밀려오자 강남의 명기들이 서구의 풍조를 제일 먼저 받아들였다. 그들은 전족을 하지 않는 것을 유행의 첨단으로 여겼다. 풍류객들도 기녀를 평가할 때 주안점을 허리에 두었다"(왕서노, 514면)고 하듯이 작은 발을 대신해 가느다란 허리가 미의 기준으로 부상했다.

하지만 작은 것은 여전히 아름다웠다. 전족을 대신해 가는 허리와 함

속흉용 내의(소마갑)의 앞, 뒷면

마돈나가 입었던 초기형태의 코르셋
(중국의 속흉과 비슷하다)

께 작은 유방도 유행했다. 이른바 '속흉束胸'이라고 불리는 것으로, 가슴이 납작해질 때까지 천으로 꽁꽁 동여매는 것이다. 언제 시작되었는지 확정하기는 어렵지만 여학교가 급증한 청말에 시작되어 1920년대에 특히 유행했다. 일설에 의하면 속흉의 원조는 오히려 기녀라고도 한다(張競生, 1927.5). 19세기 말에 늙은 기녀들이 동기童妓처럼 보여 몸값을 올려보려고 시작했다는 것이다. 기녀들의 생존전략이었던 셈이다.

속흉이 유행하자 명청시대에 여성들이 입었던 '말흉抹胸'이라고 하는 가슴가리개를 대신해 '소마갑小馬甲'(또는 '소배심小背心')이라는 속흉용 내의도 등장했다. 마갑은 조끼에 해당하는 단어로, 마치 초기 형태의 서양 코르셋처럼 앞트임을 한 뒤 단추나 끈으로 꽉 조이는 것이다. 상체를 조이므로 옷맵시를 내는 데도 도움이 되었기 때문에 민국시기 내내 여성들이 즐겨 입었다. 특히 단정한 교복을 입은 여학생이나 여교사들 사이에서 크게 유행했다. 소마갑을 입지 않고 유방을 드러낸 여성은 '촌부村婦'

근대 중국, 그 사랑과 욕망의 사회사

청말의 기녀들

민국시기 기녀들

니 '촌하파村下婆'니 불리며 비웃음을 당했다. 상체를 너무 조이는 바람에 곱사등이가 되거나 호흡장애로 사망하는 여성이 나오자 남경국민정부는 속흉 단속에 나서지만 효과를 거두지는 못했다(『申報』, 1929.12.7).

기녀들도 소마갑을 즐겨 착용했는데 그것은 기녀 자신이 패션리더였기 때문이기도 하지만 여학생처럼 참신하고 순진한 모습을 하고 있으면 몸값이 올라갔기 때문이다. 민국시기 고급기녀의 사진을 보면 오히려 일반여성보다 더 수수해서 놀라게 된다. 기녀들의 복장을 오히려 상류층 여성이 따라하는 역전현상도 일어났다.

이처럼 여학생과 기녀를 중심으로 전족은 급속히 사라져갔지만 그것은 어디까지나 도시에 해당하는 이야기였다. 오지나 농촌의 여성들은 여전히 전족을 해야 시집을 잘 갈 수 있었고 서구문화에 호의적이지 않은 군벌들도 전족한 여성을 선호했다(『申報』, 1928.7.13).

원세개는 유명한 '전족광'이었다. 청말에 서태후에게 여학교 진흥을

상주할 때 전족 폐지를 주청하는 등 진보적인 모습을 보여주기도 했지만 그 자신은 이미 전족한 첩을 여러 명 두고 있었다. 조선 출신의 첩이 낳은 딸袁靜雪의 회고에 의하면 조선에서 데려온 세 명을 제외하면 원세개의 첩들은 모두 전족을 하고 있었다. 발이 작을수록 총애했기 때문에 전족을 하지 않은 조선 여성들은 조금이라도 발을 작게 보이려고 늘 까치발을 하고 종종걸음으로 다녔다고 한다. 원세개는 '홍헌제'가 되어 후궁을 선발할 때도 자신은 만주족 황제와는 달라야 한다며 전족한 여성을 뽑게 했다(張仲, 1994, 62면).

속흉이 유행하는 한편 서양여성의 풍만한 유방을 찬미하며, "풍만한 유방이야말로 진정한 여성미"라고 하는 주장들도 전개되었다. 이른바 "속흉풀기", 즉 '방흉放胸' 운동이었다. 그 선봉에 나선 것이 생물학자 주건인과 철학자 장경생 박사였다. 전족과 속흉에 반대한 두 사람 모두 저명한 영국의 성性과학자 해블럭 엘리스의 영향을 받아 제2차 성징의 충분한 발달이 건강한 후대를 생산한다며 우생학적 각도에서 여성미를 찬미했다. 그들은 "가슴압박은 야만적인 습관이며 문화 수준이 높아질수록 여성의 가슴 곡선을 드러나게 하는 것이 보편적"(彭兆良, 1927.2)이라고 하는 엘리스의 말에 따라 풍만한 유방을 드러내는 것을 문명의 상징으로 여겼다.

특히 장경생은 "남자는 코, 여자는 유방"이라며 코가 큰 남자와 유방이 큰 여자는 이성으로부터 성선택의 기회가 많아 생식에도 유리할 뿐아니라 여성의 외모가 여성스러울수록, 예컨대 유방이 발달한 여성일수록 머리 좋고 건강한 자녀를 출산한다고 주장했다. 프랑스 유학시절 수

많은 여성과 연애를 했던 장경생은 중국인의 외모에 불만이 많았다. 남자는 수염이 없고 성기가 작으며 여자는 유방이 작고 전체적으로 볼륨이 없어 남녀를 구분하기 어렵다는 것이다. 그는 사회의 진화를 위해서는 외모상 남자는 남자답고 여자는 여자다워야 함을 강조했다.

민국시기 브래지어 광고

앞에서도 언급했지만 전족 대신 가느다란 허리가 미의 기준이 되면서 허리를 돋보이게 하는 '풍유비둔豊乳肥臀'의 글래머 여성이 부각되었다. 브래지어를 하고 이브닝드레스를 입은 S라인의 서구 모델이 잡지를 장식하기 시작했고 그녀들이 입은 속옷, 즉 브래지어가 관심의 대상이 되었다. 1910년대 미국에서 무용수를 중심으로 시작된 브래지어(중국에서는 문흉文胸 또는 의흉義胸이라고 부른다)가 중국에 소개되는 것은 1927년의 일이며 1930년에는 상해의 한 상점에서 브래지어를 전문적으로 판매했다. 브래지어는 상체를 조이면서도 속흉처럼 지나치게 끼지 않아 편하고 또

가슴골을 드러낸 여성

유방을 한곳으로 모아주기 때문에 여성미를 돋보이게 했다. 장경생 같은 지식인들의 속흉 반대는 사실 크게 성공을 거두지 못하지만 도시의 멋쟁이 여성들은 '소마갑' 같은 속흉내의 대신 브래지어를 착용함으로써 새로운 유행을 선도해갔다. 브래지어는 속흉과 방흉 사이의 절충인

섹시한 치파오 차림으로 술광고를 하는 민국여성 　 브래지어를 착용한 배우 완령옥 　 수영복 차림의 여학생

셈이다.

　1930년대 상해는 '동방의 파리'라 불렸는데, 서양에서 유행한 패션이 중국의 대도시에서 유행하기까지 시차는 겨우 몇 달에 불과했다. 서양의 것이라면 무조건 환호하는 경향이 있었기에 늘씬한 서양의 모델이 입은 화려한 드레스, 심지어 그 안에 입은 시스루내의까지도 여성들의 마음을 사로잡았다.

　1934년, 고유도덕의 회복과 중국의 서양화를 반대하며 남경정부가 일으킨 '신생활운동'으로 인해 여성의 파마나 노출의상 등이 단속을 받게 되었다. 이에 서양의 이브닝드레스가 유행하는 한편에서 중국과 서양의 복장을 융합한 원피스형 치파오가 등장해 크게 유행했다. 옆이 트인 섹시한 치파오의 멋을 더욱 살리기 위해서는 뽕브라를 해서라도 가슴을

치파오와 하이힐로 멋을 낸 민국여성　　　　민국 신여성들이 즐겨 신은 하이힐　　　　잡지 『양우화보』에 실린 섹시한 여성

크게 만들어야 했다. 점점 커다란 유방 및 유방의 곡선을 살리는 브래지어가 유행하게 되었다. 연애스캔들로 인해 "사람이 두렵다"는 유서를 남기고 1935년에 자살로 생을 마감한 당대 최고의 여배우 완령옥阮玲玉, 롼링위는 중국에서 최초로 브래지어를 착용한 여성으로 알려져 있다. 사진에서처럼 그녀는 뽕브라를 해 가슴볼륨을 살린 치파오를 즐겨 입었다. 그밖에도 가슴골을 드러낸 수영복 차림의 미녀들이 잡지를 장식했다.

　한편 치파오나 서양식드레스가 유행함에 따라 레이스 달린 스타킹과 하이힐도 유행했다. 대부분 수입품이었기 때문에 그것을 즐겨 착용하는 여성은 항일전쟁기가 되면 '사회의 기생충', '매국녀' 등으로 비난을 받게 되며 덩달아 신여성도 재규정되게 된다. 1920년대까지 신여성이라고 하면 교육을 받고 연애를 할 줄 알며 직업을 가진 여성, 다시 말해 자각적인 여성을 의미했지만 1930년대가 되면 개인주의적이고 멋만 부리며 허영으로 가득한 여성이 되는 것이다. 연애에 대해서도 이전에는 자신의 의지에 의한 배우자선택이라는 점이 신여성의 조건이었다면 1930년대 중반부터는 허영을 만족시키기 위해 권력과 부를 가진 남성의 첩도 마다하지 않고 그것을 연애라 포장하는 여성이라는 낙인이 찍힌다.

근대 중국, 그 사랑과 욕망의 사회사

참고문헌 및 더 읽을거리

1절

『申報』,『新青年』,『新潮』

潘光旦,『潘光旦文集』, 제12책, 2000.

與謝野晶子 著, 周作人 譯,「貞操論」,『新青年』4-5. 1918.5.

董家遵,「歷代節婦烈女的統計」, 董家遵 著, 卞恩才 整理,『中國古代婚姻史研究』, 番禺 : 廣東人民出版社,
1995(原載『現代史學』301, 1936).

루쉰 · 쉬광핑, 임지영 역,『루쉰의 편지—루쉰과 쉬광핑이 나눈 43통의 편지와 일기』, 이룸, 2004.

聶崇岐,「女子再嫁問題之歷史演變」, 鮑家麟 편저,『中國婦女史論集』, 臺北 : 牧童出版社, 1979.

'포양조례',『政府公報』제662호, 1914년 3월12일

매릴린 옐롬, 이호영 역,『아내의 역사』, 책과함께, 2012.

夫馬進,「中國明淸代における寡婦の地位と强制再婚の風習」, 前川和也 編,『家族, 世帶, 家門—工業化以前の
世界から』, 東京 : ミネルワ書房, 1993.

윤혜영,『루쉰의 사랑 중국의 자랑 쉬광핑』, 서해문집, 2008.

楊立新 主編, 楊立新 校點,『大淸民律初案 · 民國民律草案』, 吉林人民出版社, 2002.

이선이,「근대 중국의 부녀해방론」,『중국사연구』7, 1999.

전여강, 이재정 역,『공자의 이름으로 죽은 여성들』, 예문서원, 1999.

천성림,「중국 사회주의여성해방론의 선구자 하진」,『근대 중국 사상세계의 한 흐름』, 신서원, 2002.

2절

『晨報副刊』,『婦女雜誌』,『新女性』.

呂芳上,「1920年代中國知識分子有關情愛問題的抉擇與討論」, 呂芳上 주편,『近代中國的婦女與國家 1600~
1950』, 臺北 : 中央硏究院近代史硏究所, 2003.

3절

강유위, 이성애 역,『대동서』, 민음사, 1991.

梅生 編,『中國婦女問題討論集』, 上海 : 新文化書社, 1923.

婦女問題硏究會 編,『新性道德討論集, 上海 : 開明書店, 1926.

劉英 薛素珍 주편,『中國婚姻家庭硏究』, 社會科學文獻出版社, 1987.

蔣功成 · 江曉原,「優生與愛情—詩歌, 肺結核與優生學在中國的傳播」,『自然辨證法通信』35-3, 2013.6.

趙鳳喈,『中國婦女在法律上之地位』, 香港 : 食貨月刊社, 1973.

周敍琪,『一九一〇~一九二〇年代都會新婦女生活風貌—以『婦女雜誌』爲分析實例』, 國立臺灣大學文史叢刊,
1996.

E. 웨스트마크, 정동호 외역,『인류혼인사』, 세창, 2013.

4절

張競生,『性史』, 北京 : 文化書社, 1928.

周彦文 編,『張競生文集』上·下, 廣州 : 廣州出版社, 1998.

林語堂,「張競生開風氣之先」(1953)(→『情色文學』, 2000.10.17에 전재).

張競生,「怎樣使性慾最發展－與其利益」,『新文化』창간호, 1927.1.

張競生,「第三種水與卵珠及生機的電和優種的關係」,『新文化』1-2, 1927.2.

張競生,「性部呼吸」,『新文化』1-4~5, 1927.5~6.

慨士(周建人),「什麽是'神交' : 評美的人生觀」,『新女性』1-3, 1926.3.

章錫琛,「新女性與性的研究」,『新女性』2-3(1927.3)

劉達臨,『性與中國文化』, 上海 : 人民出版社, 1997.

신언준,「유미주의의 괴사상가 장경생박사」,『동광』1931.9(→민두기 편,『신언준현대중국관계논설선』, 문학과지성사, 2000에 전재)

Paul Robinson, *The Modrenization of Sex : Havelock Ellis, Alfred Kinsey, William Masters and Virginia Johnson*, Ithaca, New York : Cornell University Press, 1989(초판 1976).

천성림,「'性博士' 張競生, 그리고 1920년대 중국인의 '戀愛'와 '性' 담론」,『중국학보』57, 2008.

가토 슈이치, 서호철 역,『연애결혼은 무엇을 가져왔는가』, 소화, 2013.

5절 1항

辜鴻銘,『辜鴻銘文集』, 海口 : 海南出版社, 1996.

盧玲,『屈辱與風流』, 北京 : 團結出版社, 2000.

빠스깔 뒤비, 동문선 편집부 역,『침실의 문화사』, 동문선, 1994.

사카모토 히로코, 양일모·조경란 역,『중국 민족주의의 신화』, 지식의풍경, 2007.

샤오춘레이, 유소영 역,『욕망과 지혜의 문화사전 몸』, 푸른숲, 2006.

徐建寅,「無足會陳詞」,『萬國公報』133, 1900.2.

소소생, 강태권 역,『금병매』1~10, 솔, 2002.

愼思,「小脚狂」,『晨報』, 1925.3.10.

梁啓超,「變法通義」,『梁啓超全集』1, 北京 : 北京出版社, 1999.

엘리자베스 애보트, 이희재 역,『독신의 탄생』, 해냄, 2006.

吳昊,『中國婦女服飾與身體革命』, 上海 : 東方出版中心, 2006.

劉巨才,『選美史』, 上海 : 文藝出版社, 1997.

劉達臨,『中國性史圖鑑』, 北京 : 時代文藝出版社, 2003.

잉겔로베 에버펠트, 강희진 역,『유혹의 역사』, 미래의창, 2009.

張仲,『小脚與辮子』, 北京 : 國際文化出版公司, 1994.

中國古代性文化博物館 편,『秘戱圖譜』, 上海 : 性博物館 내부자료, 연대미상.

馮國超,『中國古代性學報告』, 北京 : 華夏出版社, 2013.

黃强,『中國內衣史』, 中國紡織出版社, 2008.

Ko, Dorothy, *Cinderella's sisters : a revisionist history of footbinding*, Univ. of California P., 2007.

Howard, Levy, *Chinese Footbinding : The History of the Curious Erotic Customs*, New York : Walton Rawls, 1966.

H. 반 훌릭, 장원철 역, 『중국성풍속사—선사시대에서 명나라까지』, 까치, 1993.

5절 2항

克士(周建人), 「束胸習慣與性知識」, 『婦女雜誌』 9-5, 1923.5.
「禁令査禁女子胸束—內政部重申禁令」, 『申報』, 1929.12.7.
윤혜영・천성림, 『중국근현대여성사』, 서해문집, 2016.
張競生, 「大奶復興」, 『新文化』 1-5, 1927.5.
王書奴, 신현규 역, 『중국창기사』, 어문학사, 2012.
吳昊, 『中國婦女服飾與身體革命』, 上海 : 東方出版中心, 2008.
李子雲 외저, 『百年中國女性形象』, 珠海 : 珠海出版社, 2002(→ 김은희 역, 『렌즈에 비친 중국여성 100년사』,
      어문학사, 2011).
日本 中國女性史硏究會, 『中国女性の一〇〇年—史料にみる步み』(→ 이양자・김문희 역, 『중국여성사 100년—해
      방과 자립의 발자취』, 한울, 2010).
張仲, 『小脚與辮子』, 北京 : 國際文化出版公司, 1994.
卓影, 『麗人行—民國上海婦女之生活』, 甦州 : 古吳軒出版社, 2004.
彭兆良, 「視覺與性美的關係」, 『新文化』 1-2, 1927.2.
黃强, 『中國內衣史』, 北京 : 中國紡織出版社, 2008.
添生, 「纏足與束胸」, 『申報』, 1928.7.13
Paul Robinson, *The Modrenization of Sex* : *Havelock Ellis, Alfred Kinsey, William Masters and
      Virginia Johnson*, Ithaca, New York : Cornell University Press, 1989(초판 1976).

1. 집을 나간 노라들 – '도혼'의 실천과 곤경

전통시대 중국에서 혼인은 두 가문의 결합合二姓之好이며 결정권은 부모나 조부모에게 있었다. 해피엔딩으로 끝난 한무제 시기의 탁문군과 사마상여의 이야기는 극히 드문 사례에 속한다. 남녀가 눈이 맞아 부모의 허락을 받지 않고 살면 '사분私奔'이라 하여 짐승만도 못한 짓거리로 간주했다. 부모는 자식을 때려죽여도 큰 죄가 되지 않았다.

청대 중후기에 해당하는 1797년(가경 2년), 사천성 관현灌縣에 사는 이세해李世楷의 딸 이저李姐는 주봉룡周俸灘이라는 남자와 서로 사랑했지만 부모가 결혼을 허락하지 않자 함께 사랑의 도피행각을 벌였다. 하지만 여자는 결국 아버지한테 발각당해 매를 맞아 죽었다. 두 연인에게는 '간괴동조奸拐同逃', 즉 유괴 및 사통과 도피죄가 씌워졌고 혼자 살아남은 남자는 법률에 의거해 교살형에 처해졌다. 딸을 죽인 아버지는 몽둥이 몇 대 맞고 풀려났다. 그런데도 가경제는 아버지에 대한 처벌이 너무 가혹하다면서 앞으로 이런 일이 일어난다면 부모에게 죄를 묻지 말도록 지시했다(常建華, 2006, 15면).

개항 후 서양의 풍속이 전해지면서 문명결혼이니 하여 혼인절차는 점차 간소화되었지만 '주혼권'은 여전히 가장의 수중에 놓여 있었다. 민국 시기까지도 중매인媒妁을 통한 정혼訂婚(또는 婚約으로 표현)과 성혼의식은 혼인 성립에 불가결한 요소였으며 정혼은 자녀의 의사와 무관하게 조부모나 부모, 기타 친족 등 집안 어른이 결정했다. 여전히 혼인의 주체는 남녀 당사자가 아닌 것이다.

사회와 풍속의 변화를 감안해 청말에서 민국초기에 걸쳐 서양과 일본의 민법을 참고한 민법초안이 만들어졌지만(대청민율초안, 민국민율초안), 정국의 혼란으로 인해 정식으로 시행되지는 못했다. 불안정하나마 군벌세력을 통합해 중국이 통일되었던 1928년 이후 비로소 중국 최초의 정식 민법이 제정되어 1929~30년 사이에 반포되었다(중화민국민법. 속칭 '신민법').

1930년 12월에 공포된 민법 '친속편' 제972조는, "혼인은 반드시 남녀 당사자가 결정해야 한다"고 하여 혼약의 주체가 남녀 당사자임을 분명히 했고, 제973조는 "17세 미만의 남자와 15세 미만의 여자는 정혼할 수 없다"고 하여 태어나기도 전에 자녀들을 약혼시키는 과거의 '복위혼腹爲婚', 그리고 '동양식童養息(민며느리)'을 없앴다. 나아가 "혼약을 결정하는 남녀 쌍방이 혼약을 해제할 수 있다"고 규정했다. 남녀의 자주적인 혼약을 어느 정도 보호한 것이다.

'신민법'은 1920년대 중국에서 일어난 사회변화와 요구를 반영한 결과물이었다. 신문화운동 시기 청년들이 열광한 연애지상주의와 무관하지 않겠지만, 1919년 '조오정趙五貞, 자오우쩐 사건'을 시작으로 1920년대 내내 도혼逃婚이니 항혼抗婚이니 하여 부모가 결정한 배우자를 피해 연인과 도피행각을 벌이거나 극단적인 경우 결혼을 거부하고 자살을 감행하는 사건이 빈번히 발생했기 때문이다.

여기에서는 1920년을 전후해서 빈번하게 보고되었던 도혼 사례를 통해 여성들의 연애에 대한 생각과 현실의 제약을 고찰해보기로 한다.

부모가 정해준 여자와 함께 살 수 없다며 고향을 떠나 북경대에서 청강을 하며 도서관 사서로 일하고 있던 장사長沙, 창사 출신 청년 모택동毛澤東, 마오쩌둥을 분노케 하여 수많은 글을 발표하게 만들었던 '조오정여사 자살사건'이 일어난 것은 1919년 11월 14일이었다. 장사 출신의 조오정은 부모가 일방적으로 정한 결혼에 저항하여 시집가는 가마에서 스스로 목을 찔러 죽었다. 다음날 장사『대공보』는 「시집가는 가마에서 목을 찔러 자결한 신부의 참극에 관하여」라는 제목으로 이 사건을 보도했다. 기다렸다는 듯 여론계가 들썩였다. 이 사건을 둘러싸고 거의 한달 동안 혼인제도개혁, 여성해방을 주제로 한 토론이 신문잡지 등 매체를 통해 전개되었다.

이 비극적 사건이 있고 몇 달 뒤인 1920년 2월에는 비교적 성공적인 '결혼거부와 가출'사건이 일어났다. 주인공은 이번에도 장사 여성인 이흔숙李欣淑, 리쉰수이었다. 부모가 정한 혼인으로부터 도피하기 위해 그녀는 친구의 열렬한 지지와 남동생의 경제적 지원을 받아 북경으로 도피한 뒤 오빠 집에 살면서 호적과 같은 신문화운동의 거물들로부터 경제적, 학업상의 원조를 받았다. 장사『대공보』와 북경의『신보晨報』등 진보적인 여론진영도 모두 언론을 통해 그녀의 행동을 지지했다. 그녀는 결국 혼약 해지에 성공하고 여학교에 입학한다. 이때 그녀는 신문에 글을 올려, "나는 지금 나 개인의 인격을 존중하기로 했다. 적극적으로 환경에 분투하기로 결심했다. 이제 광명을 향해 전진하려 한다"(香蘇, 1920.2.29)고 성명했다. 이흔숙의 경우에서 알 수 있듯이 집안형제 중 개명적인 사람이 있다면 '도혼', 즉 혼약파기는 순조로울 수 있다. 1919년 일어난 북경여자사범대학의 '이초李超, 리차오 사건'을 보자. 남자형제가 없던 이초는 부모님이 모두 돌아가신 뒤, "대가 끊기면 친족의 조카를 양자로 삼아 제사와 재산을 상속하게 한다"고 하는 명청대 이후 민국초기까지 시행된 법률조항에 따라 하루아침에 거지나 다름없는 신세가 되었다. 이초 부모님의 재산을 고스란히 물려받은 그녀의 사촌오빠는 이초에게 어서 학업을 중단하고 낙향해 결혼하라고 종용하며 학비와 생활비 지원을 중단해버렸다. 이초는 분한 나머지 시름시름 앓다가 곧 사망했다.

이흔숙처럼 '도혼'과 학업에 성공하려면 결국 남성의 지원과 경제적 배경이 있어야 하는 것이다. 호적이 이흔숙을 지원했던 것도 이초의 비극이 더 이상 발생하지 않기를 바라서일 것이다. 그는 이초가 죽고 나서 곧바로 글을 발표해 하루빨리 여성의 재산상속권을 법제화할 것을 주장한 바 있다.

조오정과 이흔숙 사건 이후 항혼이나 도혼으로 표현된 약혼 혹은 결혼거부의 사례가 속출했다. 몇 가지를 소개해 본다.

소주蘇州 출신의 한 여성은 학업을 핑계로 가출했지만 그녀의 어머니에 의하면 사실은 정혼한 남자와 결혼하기 싫어 도망친 것이었다. 그녀는 결국 병에 걸려 죽었다(『民國日報』, 1921.7.8). 북경에 사는 왕모양은 얼굴도 모르는 정혼자 장張모씨가 황당한 성격에 품행이 단정하지 않다는 말을 듣고 혼인을 거부하고 도망해버렸다(『民國日報』, 1921.5.1). 내막은 알 수 없지만 단지 그것만으로 도망친 것 같지는 않고 연인이 있었을 것으로 보인다.

많은 부모들이 딸의 도혼에 대해 극도로 분노하였고 또 이로 인해 딸과 관계를 단절하기도 했다. 예컨대 첩의 딸인 만박萬樸, 완포라는 여성은 생모가 돌아가시고 나서 아버지와 적모(아버지의 정처)가 추진하는 결혼을 거부해 북경으로 도망쳤지만 결국 부모의 경제적 원조 단절로 인해 살길이 막막해졌다(『民國日報』, 1922.2.13).

더러 남자측과 협상해 정혼을 취소하는 부모도 있었다. 딸이 집을 나간 뒤 한 아버지는 신문에 다음과 같이 알림글을 실었다. "나의 딸 운미雲美, 윈메이는 21세로 일찍이 담영천談榮泉, 탄룽촨의 셋째 아들 담임근談林根, 탄린건과 결혼을 약속했다. 그런데 딸이 1월 22일에 갑자기 집을 나가버렸다. 아직까지 감감무소식이다. 곧바로 중매인을 통해 담영천에게 알

렸는데 다행히 약혼을 취소해주겠다고 한다."(『民國日報』, 1928.11.3)

하지만 운미 아버지처럼 개명된 부모는 드물었다. 대부분 협박이나 경고성의 광고를 내 결국 딸을 찾아낸 뒤 원래 정혼한 남자와 강제로 결혼을 시켰다. 딸을 도와 혼약을 해지하는 가정은 5% 정도에 불과했다(雷家瓊, 2011).

연인과 함께 도혼하는 여성은 집안의 재물을 갖고 가는 경우가 많았기 때문에 여자 집에서는 딸을 유괴했다거나 혹은 재물을 사취詐取했다는 구실로써 남자를 고소하는 경우가 많았다. 공장 감독관의 딸 임영林英, 린잉은 정혼자에게 시집가기 7일 전에 금속노동자 늑아동勒阿東, 러아둥과 함께 도혼했는데, 그녀의 아버지는 늑아동을 찾아내 그를 경찰에 고소해 압송한 뒤 백방으로 딸을 찾아내 결국 귀가하게 했다. 딸 순닙順囡, 순난이 연인 왕아도王阿桃, 왕아타오와 함께 도혼하자 그녀의 아버지는 끝내 그들의 주소지를 알아내 고발해버렸고 상해 지방법원형사는 왕아도가 간음을 목적으로 20세 미만의 여자를 유괴했다며 6개월간 도형徒刑에 처했다(『民國日報』, 1929.9.15).

주귀영周貴英, 저우귀잉은 딸을 불혹의 나이인 강전림江全林, 쟝촨린에게 시집보내기로 하고 500원을 받아 챙긴 뒤 아편을 흡식했다. 그런데 딸이 연인인 전천근錢泉根, 첸촨근과 함께 도망가버리자 그는 두 사람을 기어이 찾아낸 뒤 딸을 유괴했다는 이유로 전천근을 법정에 고소했다(『民國日報』, 1930.1.21).

남간신藍柬臣, 란젠천은 딸 남서방藍緖芳, 란쉬팡이 공공연히 신문을 통해 혼인자주를 선포하고 공증결혼을 청하자 결국 딸의 주소지를 알아낸 뒤

근대 중국, 그 사랑과 욕망의 사회사

딸과 그 연인 진명기陳鳴岐, 천밍치를 체포해 구속해달라고 법원에 고소했다. 진명기는 20세 미만의 여자를 유괴해 간음한 죄로 도형 6개월에 처해졌다.

이러한 사례들을 통해 알 수 있듯이 도혼은 성공하기 어려웠다. 노신이 1923년 12월에 북경여자사범대학교 학생들을 대상으로 한 강연 '노라는 집을 나가 어떻게 되었는가'를 통해 거듭 강조한 것처럼 직업이나 재산과 같은 경제적 배경 없이 무작정 가출을 하게 된다면 마치 자유를 찾아 집을 나간 고양이가 주인에게 붙들려와 더 혹독한 감시를 당하는 것처럼 딸들도 결국 가장의 손에 이끌려와 정혼자에게 시집가야 했다. 1925년 발표한 노신의 소설『슬픈 이별(상서傷逝)』을 보자. 아름답고 적극적이었던 여주인공 자군子君, 즈쥔은 사랑하는 남자 연생涓生, 환성과 부모의 동의 없이 동거생활에 들어가지만 행복도 잠시, 하루하루 줄어드는 돈과 식량으로 비참한 생활을 하다가 결국 죽음에 이른다. 노신은 중국의 노라가 되기로 결심한 중국의 청년여성들이 가장이 정한 결혼을 벗어나 연인을 찾아나서는 것이 유행처럼 번지는 상황에서 이 소설을 쓴 것이다.

이상의 사례에서 알 수 있듯이 일단 혼인이 정해지고 나면 그것을 해제할 경우 강력한 제재가 뒤따랐다. 저항의 대가는 감당하기 어려웠다. 도혼에 성공한다 해도 주변의 따가운 시선을 피하기 어려웠다. 1930년 11월 상해 서홍교진西虹橋鎭에 사는 장혜진張惠珍, 장후이전이라는 여성을 사촌오빠 전혜민錢惠民, 첸후이민이 방문했을 때 사람들은 그들이 정분이 나서 함께 도망한 남녀인줄 알고 상황을 물어보지도 않고 마구 때려죽였다

(『民國日報』, 1930.11.16). 그들을 기다리고 있는 빈곤뿐 아니라 이러한 악의로 가득한 사람들의 시선은 도혼한 여성을 더욱 힘들게 했을 것이다.

그렇다면 당시 혼약의 파기에 대해 법률은 어떤 판단을 내렸을까? 결론적으로 말해 정식의 민법이 반포되기 전까지 혼인은 여전히 집안의 일이었으며 일단 정혼이 이루어지고 나면 파기하기란 거의 불가능했다. 『대청회전大淸會典』(刑部 戶律婚姻)에는, "시집 장가婚嫁 모두 조부모, 부모가 주혼한다. 조부모 부모가 모두 없는 경우 나머지 친척이 주혼한다"고 하여 부모 조부모 혹은 기타 존장의 주혼권을 지지했다.

이러한 법률규정은 민국초에도 바뀌지 않았다. 1918년 북양정부 대리원大理院[1] 법조에 의하면, "현행률은 남녀 시집 장가의 주혼권이 조부모와 부모에게 있다. 만일 조부모 부모가 모두 계시고 또 동거하는 경우 응당 부모가 주혼하며 조부모의 동의를 얻어야 한다. 그렇지 않은 경우 조부모는 혼약을 철회할 수 있다"고 하여 여전히 혼인당사자를 배제시키고 있다. 하지만 앞에서 보았듯이 현실에서는 많은 여성들이 도혼을 통해 부모의 강제에 의한 혼인을 벗어나고자 했다. 결국 사법기관에서도, "일단 정혼한 여자가 만일 다른 사람에게 시집가는 것을 허락했다면 (…중략…) 일반 법리는 대개 강제로 이행할 수 없다. (…중략…) 만일 혼약을 파기하고 다른 사람한테 시집을 가려는悔婚另嫁 안건을 처리하게 될 경우 판결기관에서는 가능한 온건한 방식으로 해결될 수 있도록 당사자를 권유해야 한다"고 하여 가급적 평화적인 배상방법으로 문제를 처리하도록

---

1 청조는 건국 초기 대리시大理寺를 설치해 법률을 관장하게 했다. 광서 32년(1906)에 대리시는 대리원으로 바뀌었다. 대리원 아래에는 고등법원 지방법원과 초급법원이 있었다. 대리원은 4급 법원 체계 중 최고상소법정이며 법률의 최고 해석기구였다.

요구했다. 하지만 여학생들 사이에 '임기臨嫁도혼'(결혼식 직전 도망)하는 일이 유행하자 1924년 북경사법부는 그들을 간음이나 사기죄 정도로 논해야 하며 당사자를 잡지 못한 경우 여학생의 부모를 추궁해 풍화를 바로잡아야 한다고 지시했다. 이에 소초녀肖楚女, 샤오추뉘라는 여성은, "청년이 도피하는 것을 범죄와 형벌로써 논하다니. 참으로 손을 쓸 도리가 없군"이라며 비판했지만 도혼의 단속과 법적 제재는 한층 강해졌다.

정치적 제재가 사회적 변화의 물결을 거스를 수는 없었다. 북경정부의 제재에도 불구하고 국민혁명의 시대를 거치면서 여성의 혼인자주권은 점차 법적으로 보호받게 된다.

국민당 제2차 전국대표대회에서 통과된 '부녀운동결의안'에는 "결혼과 이혼 절대자유원칙에 근거해 혼인법을 제정할 것"과 "압박을 받아 도혼한 부녀를 보호할 것"이 있었다.

남경정부 수립 이후 최고법원이 1930년 발포한 제783호 법령에는, "혼약은 반드시 남녀 당사자 스스로 결정해야 한다. 남녀 스스로 결정한 혼약이나 본인의 동의를 얻은 것이 아니라면 효력을 발생하기 어렵다"고 되어 있었다. 최고법원은 여러 차례 판례를 통해 "비록 우리나라 구율舊律에서는 부모가 주혼권을 갖고 어린 자녀의 혼약을 정하는 것을 용인했지만 그것은 혼인자유의 원칙에 어긋난다. 오늘날 혼인자유제도 하에서는 그 존재를 인정할 수 없다. 그러므로 자녀는 성년 후 부모가 대신 정한 혼약에 대해 만일 아직까지 명확히 추인을 한 경우가 아니라면 일단 해제를 청구하고 그 이유여하를 불문하고 반드시 법률상 정당한 혼약해지의 권리를 행사할 수 있다"고 했다.

이처럼 남경국민정부 시기에 비로소 여성의 혼인자주권은 법률로 인정받게 되었다. 하지만 법률이 일상생활 속으로 스며드는 데는 많은 시간이 필요하다. 여전히 관습이 법률보다 중요했다. 도시의 식자층을 제외한 대부분의 여성들은 이러한 법이 존재한다는 것조차 알지 못했으며 또 몇몇 안건에 대한 실제 판결을 보면 여성의 혼인자주권은 무시되었을 뿐 아니라 심지어 법률의 명의로 박탈당하기도 했다. 상해 포동浦東, 푸둥 일화사창日華絲廠의 여공 김초제金抄弟, 진차오디의 경우를 보자. 그녀는 같은 공장에서 일하는 고덕명顧德明, 구더밍과 사랑에 빠졌다. 하지만 그녀는 이미 비단가게에서 일하는 시아소施阿小, 스아샤오에게 시집가기로 되어 있었다. 김초제는 혼인자주를 쟁취하기 위해 고덕명이 있는 곳으로 도망해 변호사 주수정朱樹槙, 주수전에게 고덕명과 부부로 결합할 수 있게 해달라고 부탁했다. 그녀는 "이 일은 국민당의 강령인 자유결합에 따른 것이며, 법적으로도 타인은 간여할 수 없는 것"(『民國日報』, 1929.1.22)이라고 주장했다. 하지만 김초제의 어머니는 기어이 딸을 시아소에게 보내 함께 살게 했고 두 사람은 곧 정식으로 혼인했다. 고덕명은 주변호사의 도움을 받아 지방법원에 김초제의 혼인이 유효함을 청구했다. 하지만 법관은, "원고가 주장하는 자유혼약은 자유의 참뜻에 부합하지 않는다. 자유연애라면 몰라도 자유혼인은 될 수 없다. 그러므로 원고의 고소를 취하한다"고 판결하고 고덕밍에게 소송비를 부담하게 했다(『民國日報』, 1929.2.27).

앞서 언급한 여학생 남서방도 결국 연애결혼을 실현하지 못했다. 그녀는 연인 진명기와 결혼하기 위해 학업도 포기하고 집을 나온 뒤 상해

부녀협회에 구제를 요청하고 당분간 그곳에 거주했다. 그리고 "나는 현재 20세이다. 법에 따르면 자주혼약의 권리가 있다. 모든 혼인문제는 본인의 동의를 얻지 못한 경우 여하를 불문하고 승인될 수 없다. 그런데 집안에서 독단적으로 혼약을 했으니 무효"(『民國日報』, 1930.10.1)라는 성명을 냈다. 프랑스 조계지에 방을 얻어 연인과 동거하던 그녀는 결국 1930년 10월 9일, 두 명의 증혼자를 불러 공개적으로 혼례식을 거행했다. 하지만 주소지를 알아낸 아버지가 결국 두 사람을 찾아내 지방법원으로 송부했고 법정은 1928년 법전 제257조, "동의에 의한 것이든 아니든 20세 미만의 남녀를 친권자나 감호인한테서 꾀어내 데려 온 자는 6개월 이상 5년 이하의 도형徒刑에 처한다"에 의거해, 진명기를 도형 6개월에 처하고 남서방은 "아버지를 따라 귀가하고 부친의 뜻에 순종하도록" 판결했다(『民國日報』, 1930.10.17).

지금까지 본 것처럼 도혼이 성공할 확률은 극히 낮았다. 부모의 뜻을 거스르는 것 자체가 불효에 해당하는 데다 도주한 남녀는 신분이 다른 경우가 많아 사회질서를 어지럽힌다는 비난을 감수해야 한다. 그럼에도 불구하고 극히 일부는 정혼의 올가미에서 벗어나 학업에 정진했고 또 자유연애를 실천했다. 이것은 그야말로 '미약한 혁명'이다. 왜냐하면 딸의 결혼에 행사하던 부모(특히 부)의 권력을 흔드는 데 이바지했기 때문이다. 도혼과 연애자주의 실천은 가부장의 권위에 대한 도전이며 그 자체로 혁명이었다. 부모가 정해준 혼약를 거부해 도망을 치거나 혹은 마음에 둔 상대와 야반도주를 하는 등 근대 이전에도 도혼현상은 늘 있어왔다. 연애자주가 특별히 신문화운동 시기에 특별히 대중매체를 통해 빈번하게 등장했다고 하는 것은 부모가 임의로 정한 결혼에 대한 청년들의 불만이 비로소 쏟아져 나왔다고 하기보다도 '도혼'이 그만큼 자율성과 자유의지의 추구라고 하는 근대성을 대표하는 시대정신을 구현한 '사건'으로서 주목받았기 때문일 것이다. 그들은 노라로 상징되는 연애자주의 실천자였다.

2. 도시의 뒷골목 사랑—대기와 평거

개항 이후 서구문명이 유입되면서 전통적 결혼제도에도 큰 변화가 일어났다. 비록 실현되지 못하는 경우가 더 많기는 했지만 첫 장에서 본 위아보처럼 자신의 의지로 배우자를 선택한다든지 전통적 '육례'[2]를 간소화하거나 무시하기도 했고 서양식 복장으로 간소한 혼례(심지어 집단결혼)를 치른다든지 하는 것들은 모두 '문명결혼'이라는 이름으로 불리면서 점차 과거의 혼례를 대신해갔다. 도시의 서민들 사이에는 오늘날의 러브호텔이나 동거 비슷한 것이 유행했다. 여성 욕망의 표현이며 정조관의 약화라 할 수 있다. 그밖에도 법적으로 금지되었던 만주족과 한족의 통혼이 인정되었고 소수민족 간의 통혼도 크게 증가했다. '외혼' 혹은 '국제결혼'이라 하여 서양인과의 결혼도 나타났다.

---

2 납채納采, 문명問名, 납길納吉, 납징納徵, 청기請期, 친영親迎.

1) 러브호텔-대기

청말 민국시기 연애는 주로 지식인이 담론을 주도하고 실천하였다. 비록 법적으로 인정받지 못한 결합이라도 남녀간에 연애만 있다면 신성한 것이며 그 연애는 정서적 육체적 합일을 의미했다. 정신적인 공감만으로는 반쪽 사랑인 것이다. 하지만 첩을 두거나 기방을 드나들 수 있는 남성과 달리 여성은 다른 남자를 만나 사랑을 나누다 들키면 곧바로 간통죄로 처벌된다.

이런 여성들을 겨냥한 사업이 개항 이후 대도시의 뒷골목에 등장했다. 당시 '대기臺基'라고 불리던 곳인데 상해에서 시작되어 이후 대도시로 퍼져나갔다. '대기'라고 부른 것은 처음 등장한 대기가 지방의 소극단을 위한 연극무대를 개조해 여관으로 만들었기 때문이다. 많은 여성들이 호기심에서 또는 연인을 만나기 위해 대기에서 연인과 은밀한 만남을 가졌다.

대기는 여러 가지 기능과 성격을 갖고 있었는데 첫째는 서로 알고 있는 남녀가 사랑을 나누기 위해 또는 사통을 위해 빌린 곳으로, 오늘날 '러브호텔'과 유사한 곳이었다. 그것은 성매매가 아닌, 두 사람의 의지에 의한 자유로운 만남이었다. "(대기는) 남녀가 몰래 운우지정을 나누기 위해 빌리는 장소"로서, "방 한 칸에 탁자 하나가 있다. 사사로이 정을 통하고자 하나 뜻을 이루지 못한 사람들은 모두 여기로 와서 그 뜻을 이루었다"(「論防淫」, 『申報』, 1878.2.6. 이하 날짜만 기재. 참고문헌 참조)고 당시 신문은 전하고 있다. 기본적으로는 직업적 매춘여성이 아니라 일반여성들이 연인을 만나기 위해 빌린 장소이며 이것이 대기의 시작이기도 했다. 그 중에는 미혼의 남녀가 서로 사귀는 과정에서 오는 경우도 있었지만 사실상 간통을 위해 온 남녀도 적지 않았다. 그래서 "(대기란) 남녀가 간음을 하기 위해 빌린 장소"라거나 "남녀가 몰래 운우지정을 나누기 위해 빌리는 장소"라는 말이 나온 것이다.

두 번째는 대기를 운영하는 주인(주로 중년여성)한테 돈을 주며 평소 점찍어둔 남(녀)를 데려오게 한 뒤 밀회를 하는 경우이다. 주인이 데려오는 여자는 일반 양가여성인 경우가 많아 남성고객은 색다른 쾌락을 맛볼 수 있었다. 고객 중에는 여성도 있었다. 일부 대가집 마님들은 주동적으로 대기를 드나들며 남자와 환락을 나누었다. 그녀들은 사당에 향불을 피우러 간다거나 연극을 보러 간다는 등 핑계를 대 여종을 따돌린 뒤 인력거를 빌려 잽싸게 옷을 갈아 입고 대기로 달려가 미소년을 불러 정을 통했다(1896.3.10). 하지만 "대개 양가부녀를 유인해 다른 남자와 구차한 만남을 주선했다"(吳友如, 2003)고 하듯 대기를 드나든 것은 주로 평범한 가정의 여성들이었다. 그녀들은 돈을 버는 재미에, 혹은 호기심에, 혹은 욕망을 추구해 이곳으로 왔을 것이다.

세 번째는 전형적인 매춘형이다. "(대기란) 비밀리에 매음을 제공하는 장소"(姚公鶴, 1989, 93면)라거나, "속칭 함육장咸肉莊 또는 한장韓莊이라 칭하는 비밀의 매음 주선지가 바로 대기"(王金海, 2002, 12면)라는 설명에서 알 수 있다. 대기를 운영하는 사람은 일반 가정집을 대기로 꾸민 뒤 간판도 내걸지 않고 손님이 오면 후원에 있는 아늑한 방으로 안내한 뒤 성매매를 알선한다. 이때 성을 파는 것은 대부분 창기이지만 용돈을 벌려고 온 양가부인도 적지 않았다. 대기 업주의 관리가 불철저했는지 남성고객이 밀실로 들어서 여자의 얼굴을 본 순간 자신의 아내임을 확인하고 놀라 내뺐다고 하는 기사도 있다.

이상 세 가지 중 첫 번째와 두 번째는 여성이 자발적 또는 반자발적으로 결정한 것이다. 그리고 두 번째와 세 번째는 모두 성매매에 속한다. 두 번째와 세 번째는 사실상 구분이 안 되는 경우도 많았을 것이다. 차이가 있다면 전자의 경우 원하는 상대를 미리 점찍어 만나며 성매수자 중에는 여성도 있었다는 것이다.

그밖에도, 한 부잣집 딸은 "수시로 대기를 드나들며 향락을 즐겼"고 (1877.6.18), "남편이 집닭家鷄을 버리고 들닭野鷄(창기를 말함)를 좇아다니더니 심지어 아내를 버렸다. 이후 부인은 대기를 드나든 것"(1893.9.22)이라고 하듯 단순한 호기심에서, 또 맞바람을 피우려고 대기를 드나드는 여성도 많았다.

이처럼 대기를 드나드는 사람들의 목적은 다양했는데 시설 역시 창문도 없는 쪽방에서부터 밀실을 갖춘 여러 층의 큰 건물까지 다양했다. 『구상해백추도舊上海百醜圖』에 그려진 대기는 서양식 정원을 가진 세련된 서양식 건물에서 나이든 남성과 서양식 복장을 한 여성의 밀회가 이루어지고 있음을 보여준다. 이른바 '상등실'인 듯하다. 일부 큰 대기에는 종을 데리고 오는 대가집 사모님도 있었다. 온갖 금은보석으로 치장하고 와서는 상아의자가 놓여진 호화로운 밀실에서 은밀한 정사를 나누고 거액을 지불했다.

이처럼 남녀 모두 다양한 목적을 갖고 드나들었던 대기는 수요가 폭

대기에서 만나는 남녀(『구상해백추도』)

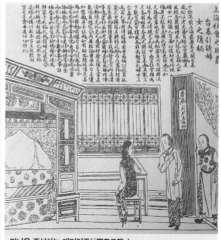
만남을 주선하는 대기업주(『圖畵日報』)

발하자 점차 변태 성매매업소로 발전해갔고 결국 공개적 매음기구로 바뀌었다(王金海, 2002, 12면).

1878년 7월 30일 『신보』의 「번창하는 대기論不窮臺基」라는 기사에 의하면 당시 상해의 영국과 프랑스 조계지에는 200~300개 정도의 대기가 있었다고 한다. 하지만 음성적인 영업을 하던 대기까지 합치면 그 수는 훨씬 더 많을 것이다.

대기가 이처럼 팽창한 것은 도시와 상업의 발전, 부조화한 성비구조 때문이었다.[3] 아편전쟁 후 상해는 중국 최대의 경제도시로 급성장했고 도시화와 산업화에 따라 인근 농촌으로부터 대량의 노동력이 유입되었다. 가정을 쉽게 벗어날 수 없는 여성보다는 남성이 유리했고, 여성은 기혼보다 미혼이 유리했다. 기혼여성은 농사일에 시부모 봉양으로 가정을 벗어나기 어려운 반면 미혼여성은 어떻게든 입 하나 줄이고 가계에 보탬이 되어야 했기 때문이다. 공장주도 출산과 육아에서 상대적으로 자유로운 미혼여성을 선호했다.

1878년 상해 프랑스 조계지의 인구통계에 의하면 15세 이상의 중국인 중 여성인구는 남성의 3분의 1에 불과했다고 하는데 고향에 가족을 두고 온 기혼남성도, 아직 미혼인 남성도 도시에서의 고된 삶을 위로받고 또 성적인 욕구를 해소하기 위해 여자가 필요했다. 때문에

청말의 상해 조계지

상해에는 각종 오락업과 창기업이 번성했다. 특히 조계租界(외국인 거류지)의 확대에 따라 온갖 매춘업소가 등장하는데 1860년 기준, 상해에서 이름난 기원만도 1100여 곳이나 되었다. 기록에 남아 있지 않은 소규모 기원까지 합하면 그 수는 헤아릴 수 없을 정도로 많을 것이다.

『신보』와 그 자매지인 『점석재화보點石齋畵報』에는 1880년대 이후 1890년대까지 대기에 관한 기사가 끊임없이 등장하다가 민국시기 이후 거의 안 보이는데 이는 대기가 없어져서가 아니라 대기에 대한 관심이 전만 못해서일 것이다. 여당관女倘官(아편관의 여종업원), 마사지걸, 여초대(웨이트리스) 등 온갖 유형의 성

3 민국시기가 되면 성비불균형은 더욱 극심해져 1934~1935년 기혼남녀성비례는 128. 미혼남녀 성비는 216.7에 달했다(舊上海市公安局檔案. 檔號 Q176/1/142, '上海市民婚嫁比較圖'. 上海市檔案館 소장).

산업이 등장했고 그런 가운데 대기도 여전히 간판을 내걸지 않은 채 러브호텔로 성매매업소로 유지되고 있었다. 상해에서 시작된 대기는 이후 다른 대도시로 번져나갔다. 기원이나 아편관과 달리 정부에 세금을 낼 필요가 없었던 것도 대기가 번성하는 이유 중 하나였다(1881.7.9).

1930년대 상해에는 공창公娼 외에도 변태적 성매매가 기승을 부렸다. 1937년에 발표된 한 통계에 의하면 공공조계에 거주하는 여성 34만 9,774명 중 25만 명이 '음업淫業'에 종사하고 있었다고 하는데(吳健熙 田一平, 2006, 52면), '음업'에 종사하는 여성은 창기뿐 아니라 기타 다양한 업소에서 유사 또는 변태성매매를 하는 여성까지 포함한 숫자일 것이다. 여성안마사나 마사지걸을 비롯해 커피숍이나 오락장, 카페 등에서 일하는 여성은 대부분 남성손님도 상대했기 때문이다. 기원도 '서우書寓'에서 '정붕釘棚'까지 다양했다. '서우' 같은 최고등급의 기원을 제외하면 대부분 서너 명 정도밖에 수용할 수 없는 소규모 기원이었다. 가게는 간판을 달지 않고 비밀리에 영업을 했다. 또 '정붕'이라고 하여 가난한 집의 부녀가 가족을 먹이기 위해 몸을 파는 경우도 있었는데 그녀들이 상대하는 손님은 대부분 인력거부나 부두노동자, 상점점원 등 사회 하층에서 일하는 남자들이었다. 북경에는 '토창土娼'이라 불리는 가정집 성매매업소가 있었다.

고급기원을 제외하고 대부분의 성매매업소가 간판을 내걸지 않은 채 마치 일반가정처럼 꾸미고 고객을 받았다. 이러한 변태 성매매업소 다수가 대기에서 출발했다고 볼 수 있다. 사천 지역에서는 아예 성매매업소를 대기라 부르기도 했다.

이처럼 1860년대를 전후해 상해 등 대도시를 중심으로 등장한 대기는 규모나 성격, 드나든 사람들의 계층도 다양하기 때문에 그 정체를 정확히 파악하기가 어렵다. 분명한 것은 이러한 현상이 도시 남녀들의 자유로운 남녀교제와 성적 욕망의 추구, 정조관념의 약화를 어느 정도 반영한다는 것이다. 비록 그곳을 드나든 여성의 목소리는 남아 있지 않지만 매체에 나타난 그녀들의 행동을 통해 볼 때 그들은 혼인에 대한 불만에서 혹은 자유로운 이성교제를 추구하여 그곳을 드나들었음을 알 수 있다. 단순한 호기심에서, 오직 향락을 위해, 돈 때문에 온 여성도 적지 않았지만 그것이 전부는 아니라는 것이다. 여성도 당당히 남성의 성을 매수했고, 미혼여성은 혼전 성경험을 했다. 이는 여성에게 요구되었던 최고의 윤리, 즉 정조관의 급속한 파괴가 시작되었음을 의미한다. 물론 그러한 행동이 가능했던 것은 도시라고 하는 자유로운 공간 덕분이었다. 농촌에서라면 금세 들통났을 남녀의 은밀한 만남이 도시의 뒷골목에서는 장소를 빌리는 대가로 약간의 돈만 지불하면 언제든 자유로운 정사가 가능했던 것이다.

하지만 짧은 환락의 대가는 혹독했다. 기방을 다니는 것은 아무 문제가 없었지만 대기에서 양가여성 특히 미혼여성과 만날 경우 간통으로 처벌되기 때문에 들킨 뒤에 자살하는 남성이 적지 않았다. 또 약혼은 했지만 아직 결혼상대가 누구인지 정확히 모르는 상태에서 각자 대기를 드나들던 미혼남녀가 침상에서 이야기를 나누다 비로소 상대가 자신의 약혼자임을 알고는 동반자살을 하기도 했다(1874.10.23). 대기에서의 무절제한 성생활로 인해 성기가 빠져 나가 죽은 남성도 있었고(1896.3.4),

대기를 드나들다 임신한 한 여성은 낙태수술 중 과다출혈로 사망하기도 했다(1880.5.24). 성병의 확산도 문제였다. 기녀와 오입쟁이 사이에서만 유행할 병이 이제 일반 여성을 통해 널리 확산된 것이다.

2) 비혼동거-평두

상해 등 대도시에는 '평두姘頭'(또는 '평거姘居') 현상도 유행했다. 예쁠 연姸자와 혼동하기 쉽지만, 평姘이라는 한자는 남녀의 사통이나 간통을 의미한다. 간통은 남녀가 함께 저지르는 일인데 '奸'이니 '姘'자 모두 '여女'자만 붙어 있으니 참으로 억울한 일이다.

"매작의 말과 부모의 명이 필요 없는 것이 바로 상해의 평두이다"(1873. 12.25)라고 하듯이 평두란 사회적으로 인가한 정식의 혼인절차를 거치지 않고 남녀가 동거하는 것이다. 앞에서 본 대기가 남녀가 짧은 시간 동안 은밀한 만남을 갖는 일회성의 '러브호텔'이라면, 평거는 방을 빌려 일정 기간 동안 연인이 동거하는 것이다.

이런 현상은 개항 후 20~30년이 지나 상해에서 크게 유행했다. 그 것을 주동한 것은 중하층 여성들로, 자신의 본남편을 버리고 다른 남자 와 동거하는 일이 빈번했던 것이다. 평두에 대해 신문은, "평두姘頭는 참 으로 가소롭고 수치스런 일이다. 남편이 없는 여자가 정인과 사통할 뿐 아니라 남편이 있는 여자가 돈 많은 남자와 대놓고 짝을 이룬다"고 표 현했다(1871.10.5). 동거하는 남자 중 큰 부자는 드물었고 적지만 일정한 수입이 있는 소매상, 점원, 웨이터, 수위 등 직업군이 많았다. 부유한 남자는 평거하던 여자를 아내나 첩으로 들이기도 하는데 그 경우 일체의 생활비를 부담해야 한다. 그러므로 일반 남성들은 평거로 만족하는 것이다.

역대로 도덕과 예법을 말하고 민의 모범이 되었음을 표방해 온 사인士人들도 평거를 하곤 했다. 예컨대 1881년 발생한 소송사건은 평부姘夫가 과거에 합격해 관직을 기다리는 사람이었다. 그는 원래 절강성 출신이었지만 소주에서 관직 배정을 기다리며 무위도식하다가 한 부인의 도움으로 생활하게 되었다. 그리고 그 부인과 평거를 시작했지만 얼마 안 되어 가산을 탕진해버렸다. 두 사람은 이후 상해로 옮겨와서도 계속 평거생활을 했는데 여자가 기녀로 일하면서 생활비를 조달했다.

하지만 평거하는 여자는 대개 하층여성이었다. 주로 고향을 떠나 혼자 공장에서 일하던 여공들 사이에 평부를 구해 단기간 혹은 장기간 동거생활을 하는 일이 많았다. 즉 평거의 풍은 중하층의 혼자 사는 남녀간에 가장 유행했으며 그들은 대개 가격이 저렴한 작은 방 하나를 빌려 잠시 보금자리로 삼거나 혹은 남녀가 공동으로 노동을 하고 생활비를 분담했다. 남자가 돈을 벌어 동거녀姘婦를 부양하기도 했다. 죽지사竹枝詞는 이런 평거생활을 하는 남녀의 상황을 "좁은 방에 깊이 웅크리고 사는 모습이 마치 새와 같다"고 표현했다.

이러한 남녀의 동거관계는 혼인의 유지에 필요한 책임과 의무, 이해관계가 결여되어 있어 대부분 오래 지속되지는 못했다. 평거관계를 맺은 남녀는 대부분 평거가 끝나면 바로 헤어졌다. 이것을 가리켜 '탁평拆

姘'이라고 했다.

일반 민중들 사이에서는 사실 여성의 정조보다 먹고 사는 일이 절박하기 때문에 '정조'가 지켜지기 어렵다. 대기와 마찬가지로 평거 또한 어느 정도 여성이 주동한 연애의 실천으로 볼 수 있지만 생존을 위한 책략으로서의 성격이 더 강했다. 평거현상 외에 '기부棄夫'라는 말도 자주 보이는데 그것은 기혼여성이 일방적으로 남편을 버리는 것이다. 새 연인이 생겼거나 남편의 경제적 무능이 원인이었다. 예컨대 1873년 『신보』는 가정부로 일하던 아내를 찾아 고향에서 올라 온 남편이 귀향을 종용하자 남편에게 삿대질을 하며 싸우는 여성을 소개했다. 이미 다른 남자와 정분이 난 그의 아내는 화려한 생활을 하고 있었고 다시는 고향에 돌아가고 싶지 않았다. 이에 남편을 밀쳐버렸고 남편은 마차에 치어 크게 다쳤다. 하지만 아내는 이미 도망치고 없었다(1873.4.4). 이처럼 도시로 일하러 나간 아내를 찾아왔다가 무시당하고 쫓겨간 농부 남편의 이야기는 민국시기 내내 신문잡지에 등장한다.

예컨대 1930년대 초 한 잡지에 소개된 심씨 아주머니沈奶奶라고 하는 소주 출신 상해의 한 여공은 정부情夫가 생기고부터 농부인 남편에게 더 이상 송금을 해주지 않았고 심지어는 따지러 온 남편에게 "사내대장부로 마누라 하나 먹여 살리지 못하고 이제 마누라가 겨우 자활해 살려고 하니까 돈을 달라고 하다니 무슨 낯짝이냐"라며 퍼부어댔다(楊美眞, 1933.2). 1929년, 생활비贍養費를 지불하는 것과 관련된 43건의 이혼안건 중 여자가 제출한 이혼소송 2건의 원인은 남자는 집에서 놀고 여자는 밖에서 일했기 때문이었다. 연애는 경제적 조건에 따라 얼마든지 이동할 수 있는 것이다. 평거나 기부 관련 기사는 민국시대에 자주 신문잡지에도 꾸준히 등장하고 있다.

근대로의 이행기에는 낡은 제약들이 해체되고 새로운 자유의 공간과 행동의 기회가 등장한다. 한마디로 자결권과 자율성에 대한 요구가 주도적 가치가 된 것이다. 하지만 이것은 주로 남성에게 해당하는 것이다. 대기나 평거 현상은 그러한 틈새를 뚫고 자율성을 실천한 극소수 여성들의 이야기로 볼 수 있다.

3. 사랑은 국경을 넘어 – 국제결혼

서태후가 신정시기에 유지를 내려 만주족과 한족의 통혼을 권장한 이래 만주족과 한족의 통혼뿐 아니라 한족과 소수민족 및 소수민족간의 통혼도 점차 일상화되었다. 그런데 청말민초에는 외국인과의 결혼도 상당히 빈번했다. 개항을 전후해 '화선花船', 즉 화려하게 꾸민 배에서 외국인을 상대로 성매매를 하는 기녀도 있었고, 미주지역이나 동남아시아 등으로 진출한 막노동자 쿨리(광동에서는 '돼지새끼'란 뜻이 담긴 '저자猪子'라고 불렀다)를 상대하기 위해 출국했다가 현지에 정착해 현지인과 결혼한 여성들('저화猪花'라고도 한다)도 있었다. 해외로 건너간 남성들의 본적은 복건福建, 푸젠과 광동이 가장 많은데 복건인은 주로 말레이시아나 인도네

말레이시아 여성과 결혼한 중국남성(1930년대)

시아 등 동남아로, 광동인은 미국으로 많이 갔다(오드 아르네 베스타, 2014, 제6장).

상해 광주 한구 천진 북경 등 대도시에서는 유학생을 중심으로 외국인과의 통혼이 늘어났다. 『청패류초淸稗類鈔』(婚姻類)에 의하면 "서구 풍속이 전파되면서 다투어 그것들을 취한다. 특히 유학을 다녀온 청년들은 국제결혼을 선망하여 줏대 없이 모방하고 있다"고 한다. 많은 유학생들이 서양의 여성과 결혼해서 돌아왔고 심지어 '국제결혼'이라는 단어도 등장하였다.

쿨리들을 상대하기 위해 동남아시아나 미국 등지로 팔려나간 '저화'를 제외하면 일반여성 중 서양인과 결혼한 최초의 중국 여성은 "중국 제일 미녀, 재녀, 궁녀"로 칭해지는 저명한 여작가 유덕령裕德齡, 위더링이었다. 그녀는 주일본대사로 파견된 아버지를 따라 아홉 살에 일본으로 건너갔고 4년 뒤에는 또 프랑스로 가서 피아노와 무도를 배웠다. 그녀의 뛰어난 미모와 세련미, 외국어 실력을 보고 서태후는 유덕령과 그녀의 자매를 궁으로 불러 여관女官으로 삼아 비서이자 외교 업무를 담당하게 했다. 그 후 그녀는 상해에서 미국 주상해영사관駐滬領事館에서 부영사로

근대 중국, 그 사랑과 욕망의 사회사

유덕령

서태후와 유덕령(서태후의 오른편이 유덕령)

일하던 영국인과 사랑에 빠져 1907년 5월21일 상해에서 결혼했다. 아쉽게도 두 사람은 훗날 이혼했다.

중국 남성 중 서양여성과 결혼한 사람으로는 신장 317센티의, 역대 세계 최장신으로 알려진 첨세채詹世釵, 잔스차이가 있다. 키가 너무 커서 아기 때도 서서 엄마젖을 빨았다고 한다. 1861년 상해 영국조계에서 잉크공장 노동자로 일하던 그는 그의 상업적 가치에 주목한 한 영국상인의 눈에 띄어 영국 런던으로 건너갔고 "세계에서 가장 키 큰 사나이"로 전시되었다. 극단은 무도회를 열어 그를 둘러싸고 서양의 무희들이 춤을 추게 했다. 무도회가 끝나면 사람들은 그의 옆에 서서 돈을 내고 사진을 찍었다. 한때 '첨세채 거인열'이 일어났고 수많은 도시에서 그를 초청해 순회공연했다. 덕분에 그를 데려온 극단단장은 큰 부자가 되었다. 1871년, 30세의 첨은 영국국적을 얻어 해외로 나간 중국인 예능인 가운데 최초로 영국국적의 중국인이 되었고 이 해 가을 그는 8년 연하의 예쁜 중

딸을 안은 첨세채

첨세채 부부

산충 출신의 영국여성과 결혼식을 올렸다.

　그밖에도 수많은 중국 예능인들이 1870년대부터 20세기 초에 걸쳐 서양 각국으로 팔려나갔고 거기에서 그들은 서양여성과 결혼하고 아이도 낳았다. 예를 들어 전아희田阿喜는 1850년, 20세 때 서양인이 조직한 중국 잡기단雜技團의 일원이 되어 영국으로 갔다. 서양사람들은 특이한 복장에 변발을 한 이 중국인을 마치 외계인처럼 생각했고 각별한 흥미를 느꼈다. 그는 몇 년 뒤 어여쁜 영국 아가씨의 마음을 사로잡아 결혼했고 그들은 두 명의 자녀를 낳았다. 19세기 중엽 이후의 기록에 의하면 잡기로 생활을 유지한 중국인중 수십 명이 구미여성과 결혼했다고 한다(孫孟英, 20면).

　그밖에도 외국으로 나가 장사를 하던 중국 남성들 중에 서양여성과 결혼하는 경우가 많았다. 1851년 영국의 인구통계에는 중국상인이 런던에서 장사를 하고 있다고 기록하고 있으며 1861년 네덜란드, 프랑스, 독일 등 유럽국가의 19세기 중엽의 인구통계에는 모두 중국인이 입국해 장사하고 아내를 맞이하고 이민을 했다는 기록이 있다.

　프랑스의 중국상인 왕승영王承榮은 절강 영파 출신으로 1850년대 초 상해에 와서 장사를 하다가 후에 한 프랑스인의 소개를 받아 혈혈단신으로 파리로 가서 장사를 했다. 사업수완이 뛰어났던 그는 처음에 중국

　　근대 중국, 그 사랑과 욕망의 사회사

에서 들여온 물건을 파는 작은 소매점에서 출발했는데 나날이 번창하면서 마침내 파리의 한 번화가에 '천순호天順號'라는 상점을 열었고 1850년대 말에는 이미 거부로 성장했다. 파리시민들은 그를 '중국인부상華人富商'이라 불렀으며 '천순호'는 프랑스인이라면 누구나 알 정도가 되었다. 사업에 성공하자 수많은 프랑스 아가씨들이 접근했고 여자측 부모도 적극 중매에 나섰다. 결국 왕은 가게에서 그를 도와주고 내조해주던 파리여성을 선택했다. 결혼생활은 매우 행복했으며 그는 30여개의 상점을 더 열어 프랑스 최대의 중국상인이 되었다. 그리고 중국 상인 중 최초로 유럽여성과 결혼한 사람이 되었다.

이후로도 저명한 중국인 골동품상 주방周帮 등을 비롯해 프랑스 영국 미국 독일 이탈리아 포르투칼 등지에서 활동하는 많은 중국인들이 이국여성을 아내로 맞이했다. 그들은 모두 해당 국가의 국적을 취득하고 자녀를 출산하며 이국땅에 뿌리를 내렸다.

개항이 오히려 기회가 되었던 일부 상인이나 예능인과 달리 여전히 서양인을 '파란 눈의 오랑캐'쯤으로 생각하는 정부 관리들에게 국제결혼은 쉽지 않았다. 다만 외국에서 일하던 외교관 중에는 서양여성과 사랑에 빠져 결혼하는 일이 있었다. 봉의鳳儀는 중국 최초로 영국아가씨를 아내로 맞이한 외교관이다. 1866년 청정부에 의해 주영대사관에 파견된 봉의는 무도회에서 만난 평범한 여성과 결혼했다. 외교대신 유경裕庚도 프랑스여성과 결혼했다.

비교적 오랜 기간 외국에 체재했던 유학생들 중에 서양여성과 결혼하는 경우가 많았다. '유학생의 아버지로' 일컬어지는 용굉容宏, 룽훙은 미국

주작인(가운데)과 일본인 아내

유학생 중 최초로 미국여성과 결혼한 것으로도 유명하다. 1855년, 예일대를 졸업한 용굉은 2년 뒤 켈로그Mary Kellogg라는 미국여성과 하트포드의 한 교회에서 결혼식을 올렸다. 켈로그 집안의 반대가 극심했지만 결국 연애결혼에 성공한 것이다.

1905년 일본이 러시아를 이기자 일본 유학 붐이 일어나는데 그 중에는 나긋나긋한 일본여성에 반해 연애하고 결혼하는 사람이 적지 않았다. 여성은 활동에 제약이 많은 데다 대개 남편이나 오빠를 따라 유학 온 경우이므로, 일본인과 결혼한 유학생은 주로 남학생이었다. 대표적인 경우가 노신의 동생 주작인이다. 주작인은 하숙집에서 일하고 있던 우태신자羽太信子, 하타 노부코와 사랑에 빠져 결혼했다. 뽀얀 피부에 풍만한 육체를 가

이립삼과 아내 리사

진 양귀비형 미인이었다.

그밖에도 일본제국대학 수학과를 졸업하고 교수의 딸(松本米子)과 결혼한 민국시대의 저명한 수학자 소보청蘇步靑, 쑤바오칭, 일본 유학시절 자신의 간호사였던 일본 여성과 결혼한 저명한 군사이론가 장백리蔣百里, 장

근대 중국, 그 사랑과 욕망의 사회사

바이리 등이 있다.

1921년 공산당 창당과 1924년 국공합작 성립 이후에는 소련으로 유학가는 중국남성이 등장하면서 장개석의 장남인 장경국蔣經國, 장징궈이나 이립삼李立三, 리리싼처럼 러시아 여성과 결혼하는 경우도 있었다.

장경생은 1925년에 출판한 『아름다운 사회를 만드는 방법』에서 "외혼제(국제결혼을 말함)를 시행하게 되면 종족간의 상호 이해 및 세계대동으로 나아갈 수 있으며 우생강종의 목적을 달성할 수 있다"며 적극 권장하였다. 그는 중국인이 가급적 러시아인, 구미인, 일본인과 많이 통혼할 것을 건의하고 중국내의 한족은 만주족, 몽골족, 위구르족, 티벳족과 통혼할 것을 권장했다.

인종개량을 목표로 한 백인과 황인종의 통혼은 이미 19세기 말 20세기 초 강유위[4] 등 중국의 지식인들도 주장한 바 있으며 그 기원은 일본에 있다. 복택유길福澤諭吉, 후쿠자와 유키치는 우생학의 창시자 프랜시스 골턴[5]의 『유전적 천재』(1865)에 영향을 받아 1881년 「인간 능력의 유전을 논함」(1881) 「유전의 힘」(1882) 등을 저술하였고 그의 제자 고교의웅高橋義雄,

다카하시 요시오은 『일본인종개량론』(1894)을 저술해 황백잡혼을 주장했다(坂元ひろこ, 1998; 가토 슈이치, 2013).

하지만 일본이 군국주의로 치닫기 시작하는 1930년대가 되면 단일민족의 신화에 빠져 외국인과 통혼을 장려하는 논조는 슬며시 사라졌다.

---

4 易鼐, 「中國宜以弱爲強說」, 『湘報』 20호, 1898; 康有爲, 『大同書』 丁部 中國學術叢書 제3편 제7권, 上海 : 上海書店(1935년 중화서국 영인판).

5 Francis Galton[1822~1911]. 찰스 다윈의 사촌동생인 골턴은 1883년 희랍어 eu와 genics를 사용해 eugenics라는 단어를 만들어냈다. 전자는 '優', '良'의 의미이고 후자는 '탄생', '생산'의 의미이다. 1919년경 일본을 경유해 중국으로 전해진 우생학은 처음에 '인종개조학', '인종개량학', '철사학哲嗣學', '선종학', '우종학', '우생학' 등으로 번역되었다.

장경생의 외혼제 역시 한때 일본에서 유행했던 "혼혈을 통한 인종개량"의 염원을 반영한 것으로 혼혈이 드물지 않았던 프랑스에서의 개인적 체험도 영향을 미쳤겠지만 점차 증가하고 있던 중국에서의 국제결혼의 현실 또한 무시할 수 없을 것이다.

참고문헌 및 더 읽을거리

1절

「情場失意之可憐女子」,『民國日報』, 1921.7.8.

「舊婚制逼走好女兒」,『民國日報』, 1921.5.1.

「婚姻問題與經濟問題」,『民國日報』, 1922.2.13.

「逃女聲明」,『民國日報』, 1928.11.3.

「上海地方法院刑事判決公布」,『民國日報』, 1929. 9. 15.

「少女之偶」,『民國日報』, 1930.1.21.

「疑系私奔, 風流表兄被凶毆, 多情表妹代伸寃」,『民國日報』, 1930.11.16.

「朱樹楨律師代表顧金氏通告成婚」,『民國日報』, 1929.1.22.

「顧德明與招弟的關係: 推事說是自由戀愛, 不是自由結婚」,『民國日報』, 1929. 2.27.

「藍緖芳聲明婚姻自主緊要啓事」,『民國日報』, 1930.10.1.

「新婚夫婦突然被拘」,『民國日報』, 1930.10.17.

郭衛,『大理院判決例全書』, 中國法廷大學出版社, 2013.

楊立新 主編, 楊立新 校點,『大淸民律初案·民國民律草案』, 吉林人民出版社, 2002.

中國第2歷史檔案館『中華民國檔案資料彙編』, 제5집 제1편 정치(1), 江蘇: 古籍出版社, 1991.

雷家瓊, 「艱難的抗爭: 五四後十年間逃婚女性的生存困境」,『社會科學戰線』, 2011.12.

常建華,『婚姻內外的中國女性』, 北京中華書局, 2006.

趙鳳喈,『中國婦女在法律上之地位』, 香港: 食貨月刊社, 1973.

香蘇, 「李欣淑女史出走後所發生的影響(속)」,『大公報』(長沙), 1920.2.29.

黃宗智,『法典, 習俗與司法實踐: 淸代與民國的比較』, 上海: 上海書店出版社, 2003.

『中國婦女運動歷史資料(1921~1927)』, 北京: 人民出版社, 1986

2절

「論防淫」,『申報』, 1878.2.16.

「論禁臺基宜活其本」,『申報』, 1896.3.10.

「書申報論禁令宜申后」,『申報』, 1877.6.18.

「論請禁臺基事」,『申報』, 1893.9.22.

「臺基復盛」,『申報』, 1881.7.9.

「花客棧宜禁」,『申報』, 1874.10.23.

「臺基命案」,『申報』, 1896.3.4.

「臺基誤人」,『申報』, 1880.5.24.

「姸頭取辱」,『申報』, 1873.12.25.

「移風易俗」,『申報』, 1871.10.5.

「夫被妻欺」,『申報』, 1873.4.4.

張奇明 주편, 吳友如 등 그림,『點石齋畫報』, 上海: 上海畫報出版社, 2001.

國家圖書館分館 편, 『圖畫日報』(清末民初報刊圖書集成 續編), 北京：全國圖書館文獻縮微複製中心, 2003.

楊美眞, 「楊樹浦女工的婚姻」, 『女聲』 1-10, 1933.2.

姚公鶴, 『上海閑話』, (上海灘與上海人叢書)(제1집), 江蘇：古籍出版社, 1989.

吳健熙 田一平 編, 『上海生活』, 上海社會科學院出版社, 2006.

吳玉堯, 『二十年目睹之怪現狀』, 臺灣：世界書局(영인본), 1983.

吳友如 그림, 『申江勝景圖』, 江蘇：古籍出版社, 2003.

王金海 편저, 葉雄 그림, 『舊上海百醜圖』, 上海：科技文獻出版社, 2002.

願炳權 편저, 『上海歷代竹枝詞』, 上海：上海書店出版社, 2001.

李長莉, 『晩淸上海社會的變遷：生活與倫理的近代化』, 天津人民出版社, 2002.

鄭永福, 呂美頤, 『近代中國婦女生活』, 河南：人民出版社, 1993.

嚴昌洪, 『中國近代社會風俗史』, 臺北：南天書局, 1991.

3절

가토 슈이치, 서호철 역, 『연애결혼은 무엇을 가져왔는가』, 소화, 2013.

康有爲, 『大同書』 丁部 中國學術叢書 제3편 제7권, 上海：上海書店(1935년 중화서국 영인판).

羅蘇文, 『女性與近代中國社會』, 上海：人民出版社, 1996.

孫孟英, 『老上海華洋婚戀』, 上海書辭書出版社, 2010.

오드 아르네 베스타, 문명기 역, 『잠못이루는 제국』, 까치, 2014.

윤혜영·천성림, 『중국근현대여성사』, 서해문집, 2016.

李墨 編著, 『百年家庭變遷』, 南京：江蘇美術出版社, 2000.

천성림, 「근대 중국의 빈곤여성-'저화'를 중심으로」, 『여성과역사』 20, 2014.6.

첸강, 이정선 외역, 『유미유동』, 시니북스, 2005.

坂元ひろこ, 「戀愛神聖と民族改良の'科學'：五四新文化デイスコスとしての優生思想」, 『思想』 894, 1998.

行龍, 「淸末民初婚姻生活中的新潮」, 『近代史硏究』, 1991-3.

제5장

연애지상주의의 그림자

1. '마처녀 사건'으로 본 근대 중국의 성도덕

여성에게 동정을 요구하는 것은 농경사회와 사유제 성립 이후 대부분의 문화권에서 공통된 현상이었다. 아내는 가장의 재산이고 가장의 '확실한' 후손을 낳아주어야 하는 임무를 띠고 있었기 때문이다. 혼전에 다른 남자와 성관계를 가진 여성은 결혼한 뒤에도 바람을 피울 확률이 높을 거라 생각하는 남편이라면, 자신의 피가 섞이지 않은 아이에게 재산을 물려주는 어리석은 일을 미연에 방지하려 하지 않겠는가?

중국의 처녀숭배에는 전통적 방중술도 한몫 했다. 육조시대의 성학서적 『옥방비결玉房秘訣』에 의하면, "남자가 큰 이익을 얻고자 한다면 당연히 동정인 여자와 관계해야 한다"고 되어 있다. 남자가 건강하려면 처녀와 관계하면 할수록 좋다는 것이다.

극단적인 처녀 선호로 인해 처녀여부를 판별하는 '온파穩婆'라는 직업이 등장했고 처녀여부를 감정할 때 사용하는 약물 '수궁사守宮砂'도 등장했다. 수궁사란 도마뱀이나 곤충에게 붉은 모래를 먹여 키운 뒤 빻아서 만든 붉은 색 안료를 말한다. 일단 성교를 하고 나면 색이 바래기 때문에 여성의 팔뚝에 수궁사가 남아 있는지 여부로 처녀를 판단했다. 처음에는 황궁 여성을 대상으로 했지만 송대 이후 점차 민간으로 확대되었다.

명청대에는 또 신혼 첫날밤의 '낙홍落紅'(또는 '견홍見紅') 풍속도 등장했다. 첫날밤, 신랑 신부가 초야를 치를 때 문밖에서 기다리던 신랑의 부모와 친척들이 신부의 '증거'를 기다리는 것이다. 신랑이 신부의 피가 묻은 수건을 쟁반에 담아 나오면 모두 환호했고 이때야 비로소 결혼을 축하해주었다. 수건에 피를 묻혀오지 못하면 기쁨이 치욕으로 바뀌며 신부는 친정으로 되돌아가야 했다(徐珂, 1984).

이런 풍습은 광동성의 한족지구에서 특히 심했다. "'신혼방의 정조검사圓房驗貞'라는 풍속이 있었는데, 신부가 수건에 피를 묻히면 세 번째 아침이 되었을 때 여자 집에 구운 통돼지를 선물로 보내 정결을 표시하는 것이다. 사흘 아침 여자 집에서는 목이 빠져라 통돼지구이를 기다렸다. 돼지고기를 받지 못한 딸의 부모는 수모가 이만저만이 아니었다. 딸은 친정에도 돌아가지 못하고 부모의 명예를 위해 자살하는 경우가 다반사였다. 이 지역에서 특히 성행한 여성간의 동성애와 축첩현상은 어쩌면 이러한 동정숭배의 강박증이 낳은 부작용일지도 모른다.

첫날밤의 '낙홍'으로 여성의 동정 여부를 판별하는 것은 반드시 정확한 것은 아니지만 다음 사례에서 보다시피 20세기 들어와서도, 심지어는 현재까지도 크게 달라지지 않았다. 여기에서는 1928년 상해에서 발생한 '마처녀 사건'을 통해 당시 중국인의 성관념을 조명해본다.

1928년 3월16일 상해를 진동시킨 연애사건이 발생했다. 이름하여 "마진화馬振華, 마전화와 왕세창汪世昌, 왕스창사건"(속칭 '마처녀 사건')이다.[1] 국민혁명군 사령관의 비서로 잠시 상해에 머물게 된 스물아홉의 청년 왕세창은 어느 날 창문에 비친 맞은 편 건물의 서른한 살 노처녀 마진화를 보고 첫눈에 반했다. 왕은 연애편지를 보내기 시작했고 문학을 좋아하는 마진화 역시 그에 응답했다. 마진화에게 왕세창은 "용모와 재능을 겸비한 특별한 남자"였다. 두 사람은 마치 고대의 재자가인처럼 시를 주고받으며 사랑을 키웠다. 그리고 만난 지 3개월 정도 지나 왕의 상사인 주수인周樹人(문학가 주수인, 즉 노신과 동명이인) 사단장을 중매인으로 내세워 정식으로 약혼한 뒤 '연애'를 했다. 극장에서 키스도 했고 가끔 서로의 침실에서 성관계도 가졌다. 고등교육을 받은 마진화는 진정한 연애란 정신적으로만이 아니라 남녀간의 육체적 공감도 수반되어야 한다고 하는, 1920년대 중반 중국청년을 매료시킨 '영육일치적 연애'를 몸소 실천했던 것이다.

그런데 이것이 화근이었다. 왕세창은 아무래도 마진화가 처녀가 아닌 것 같다며, 그간

<hr />

1 사건의 전말은 「關于馬汪事件」, 『新女性』 4, 1928.3.

주고받은 연애편지를 되돌려주고 결별을 고했던 것이다. 왕이 그렇게 단정한 이유는 그녀의 몸매가 처녀 같지 않은데다 — 마진화는 약간 통통한 몸매였다 — 첫날밤에 '피'를 보지 못했다는 것이다. 처녀 여부를 알고 싶어 점쟁이를 찾아가기도 했는데 그 점쟁이의 답변은 "완벽하지 않다"는 것이었다고 한다.

마진화 입장에서는 왕세창과 같은 '특별한' 연인을 위해 지금까지 꿋꿋이 동정을 지켜 온 것인데 그런 모욕적인 말을 듣고 나니 더 이상 살고 싶은 생각이 들지 않았다. 그녀는 연인에게 혈서로써 결백을 호소해보았지만 소용이 없자 결국은 황포강에 몸을 던진 것이다. 아울러 이 일이 이슈화되기를 바라는 듯 연애편지뭉치와 자기 아버지의 명함을 근처에 두었다.

자살이라고 하는 행위는 때로 자신의 억울함을 호소해 공감을 얻고, 또 자신을 죽음으로 몰아넣은 상대에게 복수하고자 하는 적극적 의지의 표현이기도 하다. 그녀는 사람들이 두 사람의 연애편지를 읽고 자신의 아픔에 공감하고 억울함을 풀어주기 바랬던 것이다.

다음 날 아침 시신이 발견되었고 두 사람의 연애사건이 신문에 보도되었다.

여론의 압력이 두려웠는지 왕 역시 뒤따라 자살을 기도했지만 시늉만 내고 실제로는 죽지 않았다. 물가의 뗏목에 밧줄을 동여맨 뒤 자신의 허리에 묶고 황포강에 몸을 던져 거짓자살을 연출했던 것이다. 이 유치한 자살소동 때문에 그는 더더욱 비난을 받게 되었다.

이 사건은 한동안 상해를 충격에 빠트렸다. 관련 소책자가 발행되었고

〈마처녀〉라고 하는 연극대본이 만들어져 성황리에 상연되었다. 두 연인의 이야기를 담은 책자와 연극은 연일 매진을 기록했다. 상해 거리 곳곳에 〈마처녀〉라는 연극 포스터가 나부꼈다. 남자의 비겁함을 풍자하거나 마진화를 희화화한 삽화도 등장했다.[2] 1925년의 '신성도덕호' 간행으

「時報」268기(1928년)에 실린 마진화의 시신. 그리고 마·왕의 행복했던 한때

로 물의를 빚자『부녀잡지』주편을 그만두고 1926년에『신여성』잡지를 창간한 장석침은 마치 대어를 물은 것처럼 이 사건 발생 후 두 달 동안 신여성과 연애, 신사상과 구도덕에 초점을 맞춰 글을 쏟아냈다.

'마처녀'라는 말에서 알 수 있듯이 이 사건이 주목받은 것은 사람들의 처녀에 대한 관심과 집착 때문이었다. 장경생은 1926년 제자의 혼인주례사에서 "여성의 매력은 처녀막 여부가 아니라 성적 기교에 있다. 오히려 경험이 많은 여자와 결혼해야 성생활이 즐겁다"고 말했다(張競生, 1926.12). 하지만 일부 청년지식인을 제외한 다수의 사람들한테 그는 미친사람 취급을 당했고 결국 사회에서 매장되다시피 한다. 어떻게 보면 장경생 또한 '처녀'에 대한 사람들의 관심을 이용한 것이리라.

마와 왕은 진정한 자유연애로 출발했고 사랑하기에 혼전 성관계를 가졌다. 하지만 혈흔이 없다고 해서 정조를 상실한 여자로 보고 또 그 일로 결별을 선언한 왕의 행동

2 『時報』, 1928.3.28;『上海漫畫』, 1928.1 등.

은 신성도덕이니 정인제니 하는 담론이 현실 앞에 얼마나 무력한지를 적나라하게 보여준다. 마진화도 마찬가지다. 처녀성을 의심 당하자 분노와 수치를 못 이기고 자살한 데서 알 수 있듯이 고등교육을 받은 여성이라 해도 "여자에게 정조는 제2의 생명"이라고 하는 강박증에서 자유롭지 못했던 것이다. 당시 장내기章乃器, 장나이치는 왕과 마, 한 사람만이라도 처녀를 숭상하지 않았다면 이런 비극은 일어나지 않았을 것이라고 했지만(章乃器, 1997, 10~12면), 천년 넘게 이어져온 정조관은 그 뿌리가 너무도 깊고 단단했다.

마왕사건이 일어나기 얼마 전 제남濟南, 지난여자사범학교에서 일어난 사건을 보자. 이 학교의 한 학생이 연애를 하다 아이를 낳자 교장인 주간 정周干庭, 저우간팅은 그녀의 아버지한테 편지로 사실을 알린 뒤 갓 태어난 아이를 포대에 싸서 그녀와 함께 집으로 돌려보냈다. 딸이 귀가하자 기다렸다는 듯 아버지는 딸을 우물에 빠져 자살하게 만들었다. 이 일이 있고 나서 교장은 모든 학생들의 처녀막을 검사하고 처녀가 아닐 경우 곧바로 제적시키기로 했다(隋靈璧 등, 1979, 690면).

마진화나 제남여사범의 여학생은 연애라도 해 보고 자살한 경우이지만 다음의 사례처럼 정혼자가 죽은 뒤 따라죽어야 하는 일종의 '명예살인' 역시 수그러들지 않았다.

『신청년』에 실린 한 소녀의 이야기를 보자. 14세의 왕아모王阿毛, 왕아마오라는 소녀는 정혼한 남자가 죽자 거인擧人 직함을 가진 아버지에 의해 골방에 갇히게 되었다. 아버지는 딸을 굶겨 죽일 요량이었다. 여러 날 동안 아무 것도 먹지 못한 아모는 울음소리조차 내지 못할 지경이 되었다.

그녀의 아버지는 골방 문 앞에 의자를 가져다 놓고 앉아서는 딸에게 차갑게 말했다. "아모야 어찌 그리 상황을 이해 못하니? 네가 시집가기로 한 오롯씨댁의 아들이 죽었다는 소식을 들었잖니. 그건 바로 너한테 순절을 하라는 의미란다. 한순간의 고통으로 너는 앞으로 영원히

『점석재화보』에 실린 '열부순부'

'정렬여자貞烈女子'라는 명예를 얻을 수 있단다. 그건 모두 네 스스로 해야 하는 거야."

하지만 아모는 아버지의 그 말에 더 큰 소리로 울어댔다. 어머니는 딸이 고통 속에 굶어죽는 것이 안쓰러워 차라리 아편을 먹여 빨리 죽게 만들려고 했다. 하지만 남편은 아내에게 이렇게 말했다. "절립絶粒, 즉 곡기를 끊어 죽는 것이 가장 어렵지만 또 가장 귀한 것이오. 어차피 이제 거의 죽게 되었잖소. 게다가 우리 딸이 굶어죽고 있다는 소식을 듣고 관에서 칭송하며 술과 향을 보내왔는데 이제 와서 포기할 수는 없소. 나는 내 딸이 다른 부녀들의 모범이 되게 할 것이오".

결국 아모는 곡기를 끊은 지 7일째에 쓰러졌고 얼굴에 가죽만 남은 상태로 아사했다. 그녀의 죽음을 듣고 여러 향신과 관리들이 향과 술을 갖고 왔다. 그녀의 꽃다운 청춘은 '정렬가풍貞烈可風'이라는 편액과 맞바꾸어졌다(央庵, 1920.1).

이처럼 20세기 들어서도 여성의 정조는 보물처럼 여겨지고 있었다. 많은 남성들이 여성에게만 요구되는 일방적 정조에 반대했지만 막상 현실에서 자신의 일로 다가왔을 때는 전통으로 회귀했다. 그들은 여전히 "물은 아무리 맑아도 물리지 않고 여자는 아무리 정결해도 질리지 않는다水不厭淸, 女不厭潔"면서 첫날밤 아내의 혈흔을 영광으로 여기고 자랑했다. 아버지는 약혼한 사위가 죽으면 딸에게 순절을 강요했다.

마진화의 아버지는 어땠을까?

"우리는 여자만이 지켜야 할 일방적인 정조를 거부해야 하며 처녀 여부로 여자의 정조를 판단하는 것에 반대해야 한다. 무엇보다 왕세창의 모호한 태도를 비판해야 한다"(阿梅, 1928)는 한 여성필자와 달리 마진화의 부친 마원문馬炎文, 미옌원은 딸의 죽음에 대해 너무도 담담했다. "내 딸은 죽었다. 내 딸은 신문화와 구도덕의 소용돌이 속에 죽은 것이라 할 수 있다. 내 딸이 받아들인 문화는 신新이었지만 그 신은 철저하지 못했다. 정말로 그 신이 철저했다면 죽음에 이르지 않았을 것이다. 지금은 신구가 서로 섞여 이러한 참변이 일어났다."

정조를 잃은 딸을 우물에 빠트려 죽게 만든 아버지, 약혼자를 위해 아사라고 하는, "가장 고통스럽지만 영광스런 방법"으로 순절하게 만든 아버지보다야 나을 수 있겠지만 딸의 주검을 마주한 아버지의 말이라고 하기에는 절절함이 묻어 있지 않은 모호한 화법이다. 어쩌면 그는 차라리 딸이 알아서 자살해준 것을 고맙게 여겼을지도 모른다. 딸의 장례를 치른 뒤 아버지는 왕세창, 주수인 등과 화기애애한 분위기 속에 술자리를 함께 했다. 그리고 왕은 상사와 함께 상해를 떠났다. '마처녀' 특수를 누렸던 상해 거리도 점차 일상을 되찾았다. 자살로써 자신을 믿어주지 않은 연인에게 복수하려 했던 마진화의 뜻은 이루어지지 못한 셈이다.

이 사건 직후에도 처녀가 아니라는 이유로 시댁에서 쫓겨나 자살하는 사례가 빈번히 발생했다. 예컨대 손패용孫佩蓉, 쑨페이룽이라는 여성은 어려서 부모를 여의고 외가에서 자랐는데 시집간 지 8개월이 지나 갑자기 시댁에서 그녀가 처녀가 아니라고 하는 바람에 외가로부터 자살을 강요받고 결국은 음독자살했다(『婦女園地』, 1934.5.20). 1930년대, 북경 같은 대도시에서도 아내가 처녀가 아니라는 이유로 이혼을 소송한 비율이 전체 이혼소송의 9.2%나 되었다(吳至信, 2005, 391면). 그밖에도 겉으로는 연애가 파탄나서라고 하지만 사실은 왕세창처럼 사귀던 여자의 동정을 의심하여 결별을 고하는 바람에 자살하는 여자의 사례가 신문, 잡지에 자주 보도되고 있다.

민국시기 자살에 관한 통계나 연구를 보면 한 가지 주목되는 현상이 있는데 바로 자살자의 연령이 10대 중반에서 30대 중반에 집중해 있고 여성의 비율이 높다는 것이다. 농촌뿐만 아니라 상해 같은 대도시도 마찬가지였다. 일반적으로 상해처럼 청년남성 인구가 많은 대도시의 경우 대체로 남성의 자살률이 높은데 특이하게도 중국은 여성의 비율이 높았다.

상해시 사회국의 통계에 의하면 마진화의 자살 다음 해인 1929년 상해에는 모두 1989건의 자살사건이 발생했는데 그 중 실연, 혼인에 의한 자살이 1137건으로 57.16%였다. 1934년 1월부터 6월까지 상해의 자살자는 1083명이었고 자살자의 나이는 20~30년대 청년이 대부분이

애하

완령옥

며 이 중 여성이 530명이다. 상해는 일자리를 찾아 외부로부터 유입된 남성인구가 많아 성비의 불균형이 두드러진 곳이었다. 이 점을 감안해볼 때 실제로는 여성의 자살비율이 더 높은 것이다. 1941~1943년 중국 서남부지역에서 실시한 한 외국인 기자의 조사에 의하면 농촌에서도 여성의 자살이 남자보다 많고 연령은 17에서 35세에 집중해 있었다.

1935년 자살로 생을 마감한 완령옥이나 애하艾霞, 아이샤 같은 저명한 여배우 모두 연애와 관련한 추문이 원인이었다. 완령옥이 주연을 맡은 영화 〈신여성〉(1935년)도 상해의 자살자다수가 여성이라는 사회현실을 배경으로 하고 있었다.

2. 쾌락의 도구 ─ 근대 중국의 '첩'

후궁인 무조(훗날의 측천무후)를 황후로 앉히고 싶지만 중신들의 비판이 두려워 결단을 못 내리던 당 고종 이치李治에게 "가난한 농부라도 수

근대 중국, 그 사랑과 욕망의 사회사

확이 늘어나면 첩을 들이고 싶어지는 것이 인지상정"이라며 자신감을 불어넣어 준 허경종許敬宗의 아부 섞인 이 말은 아내 한 사람으로 만족할 수 없는 수많은 남성들의 심리를 대변하는 것이리라. 1928년 4월 24일 천진『대공보』에 실린 기사를 빌리자면, "남자는 약간이라도 돈이 있으면 첩小老婆을 두고 싶어하는 것"이다. 기원전 4세기 아테네의 저명한 정치가이자 연설가였던 데모스테네스도 "쾌락을 위해서는 고급 창부

처(좌)와 첩(우)

가, 일상적인 욕구를 위해서는 첩이, 합법적인 자식을 낳아주고 가정을 충실히 지켜줄 사람으로는 아내가 있다"고 했다. 동서를 불문하고 고금을 불문하고 남자에게는 아내 외에도 첩과 창부가 "있으면 좋았다".

고대 중국의 귀족계층은 위로는 천자와 제후로부터 아래로는 경대부에서 사에 이르기까지 보편적으로 일부다처제(정확히는 일부일처다첩제)를 실시했다. 송대에는 인구의 증가와 군대의 증력을 위해 서민들에까지 첩을 두기를 권장했으며 명청대에는 "서인으로 40세가 넘도록 아들이 없는 경우 첩 한 명을 들일 수 있다"고 규정했다. 후사를 잇기 위한 것이라면 서인이라도 첩 한 명 들이는 것은 허락된 것이다. 대부분의 농민은 일부일처를 유지했지만, 그것은 첩을 '안 두는 것'이 아니라 '(형편상) 못 두는 것'이었다.

'다처'와 '일처다첩'은 사실상 같은 의미로, 남자가 아내 한 사람에 만족하지 못하고 복수의 여성과 성관계를 갖는 것이다. 적서嫡庶원칙의 종법에 따라 처와 첩 역시 각각 적嫡과 서庶로 구분되었다. 후처(계배繼配, 또는 계실繼室)를 포함해 처는 적에 속하고 오직 한 명만 가능하다. 그들은 정실正室이라고도 한다. 반면 첩은 서에 속한다. 여러 명도 가능하다. 예법에 따라 반드시 편방偏房, 즉 구석진 방에 거주해야 하므로 '편방', '측실側室' 혹은 '소처小妻'로도 불렸다.

중국에서 다첩제가 발달한 것은 아들을 많이 낳아 조상님께 효도한다는 것이 가장 큰 명분이었지만 일찍부터 발달한 방중술의 영향도 컸다. 중국 고대의학에서는 남자의 정액을 피血나 기氣와 같은 것으로 보아 사정하는 순간 기와 피도 함께 빠져나가며 이는 건강에 해롭고 장수에도 방해가 된다고 여겼다. 그러므로 중국고대 방중술 이론의 기본원칙 중 하나는 남자로 하여금 '접이불루接而不漏'하게 하는 것이다. 『소녀경素女經』은 사정을 하지 않을 경우 남성이 얻게 되는 효과로 기력강화, 눈과 귀가 맑아짐, 만병통치 나아가서는 수명의 연장까지 가능하다고 열거한다. 심지어는 신선이 될 수 있다고까지 했다.

또 '채음보양採陰補陽'의 이론에 근거해 "여자를 많이 바꿀수록 이익이 많으며 하룻밤에 여러 여성을 상대하는 것이 특히 좋다"고 한다. 다만 '다교불설多交不泄'해야 한다. 즉 여러 여성을 상대하되 사정을 해서는 안된다. 방중술을 제대로 연마하기 위해서는 여러 여성이 필요했고 여러 여성들, 즉 처첩들을 만족시키기 위해서 남성은 성교시 사정을 하지 않으면서 여성들을 흥분시킬 기교가 필요했다. 처첩들이 성적으로 만족해

야 남자의 건강에도 좋고 집안의 질
서도 지킬 수 있기 때문이다. 이처
럼 방중술과 처첩제도는 밀접한 관
련을 갖고 있었다.

「소녀경」

명목상 첩을 두는 이유는 후대를
많이 생산하는 데 있었기 때문에 남
자는 첩의 성욕을 만족시킬 의무가
있었다. 성생활의 의무는 남자가 60이 될 때까지 지속되었으며 첩을 들
여놓고 자주 성관계를 하지 않으면 비난 받았다. 비록 적서관계이기는
했지만 성생활은 첩이 본처와 동등하게 누릴 수 있는 유일한 권리였다.
다만 첩은 남자 옆에 오래 머무를 수 없고 잠자리가 끝나면 바로 돌아가
야 했다.

수많은 첩을 거느리는 것은 성적인 능력일 뿐 아니라 권력의 상징이
기도 했다. 그 정점에 있는 것이 바로 중국의 황제였다. 황제의 첩이 후
궁이다. 과장이긴 하겠지만 진시황제는 후궁을 천 명이나 거느렸고 당
현종의 후궁은 3천 명을 헤아렸다고 한다.

이렇게 볼 때 제왕과 창기를 동류의 인간으로 본 하진의 생각은 무리
가 아닐 것이다. 하진은 중국 최초의 아나키스트였던 유사배劉師培, 류스페
이의 아내로, 본인 스스로도 아나키즘과 사회주의에 깊이 경도해 있었
다. 그녀는 1907년 6월, 동경에서 창간된 『천의天義』라는 잡지 제1호에
「제왕과 창기」라는 글을 발표해, "한 남자로 가장 많은 여자를 상대하는
것은 황제이고, 한 여자로 가장 많은 남자를 상대하는 것은 창기"라면서

중국의 황제와 창기를 세상에서 가장 음탕한 인간부류라고 몰아붙였다. 하진이 이 글을 발표했던 청말뿐 아니라 장예모張藝謀, 장이머우 감독의 영화 '홍등'의 원작인 소동蘇童, 쑤퉁의 소설 『처첩성군妻妾成群』의 배경이 되었던 1920년대 말까지도 첩을 두는 것은 법적으로 아무 문제가 없었다.

예나 지금이나 첩을 들이는 명목은 제사를 이을 후사(아들) 때문이라고들 하지만 실제로 첩은 집 안에서 편하게 남자(주인)의 성욕을 만족시킬 수 있는 도구에 불과했다. 민간에서 유행한 "처는 덕, 첩은 색娶妻娶德, 納妾納色"이라는 말처럼 처는 후사를 낳기 위한 존재이며 첩은 섹스 파트너였다. 창기와 다른 점이 있다면 계약 기간 동안 한 남자만 상대해야 하는 것이다. 그 기간 동안에는 정조를 지킬 의무가 있었고 수절로 인정받았다.

선물로 첩을 주고받기도 했지만 대부분 돈을 주고 사들였다. 첩의 가격은 시기에 따라 지역에 따라 달랐지만 대개 여성의 나이와 신체조건에 따라 결정되었다. 하지만 집에서 일하던 여종을 첩으로 들이는 경우도 많았고 창기를 첩으로 들이기도 했다. 창기는 배우와 함께 청대까지도 천민에 속했는데 청대의 율례에 따르면 양천良賤은 서로 통혼할 수 없었다. 어길 경우 일반 인민은 곤당 90대, 관리나 관원의 자손은 60대이며 모두 관계를 청산해야 했다(馬建石, 1992, 451~452면). 하지만 첩을 사들이는 것은 여기에 해당하지 않는다. 그러므로 기방을 드나들던 남자들은 돈만 있으면 얼마든지 재색을 겸비한 기녀를 사다가 천적에서 빼준 뒤 자신의 첩으로 들일 수 있었다. 첩은 대부분 어린 나이에 돈으로 사왔기 때문에 성장할 때까지 종으로 부리다가 성적으로 성숙하면 첩으로 상대했다.

이처럼 첩이 된 여성들의 출신은 다양했다. 공통점이 있다면 모두 가난한 집 출신으로 대개 주인이 돈으로 사들인 여성들이라는 점이다. 심지어는 물건처럼 주고받았다. "첩을 들이는 데 예는 필요치 않다納妾不成禮"고 하듯 납첩에는 혼인의 예법이 따로 필요 없었다. 그만큼 첩의 지위는 낮았다. 주인 마음에 들지 않으면 언제든 다시 되팔려나갈 수도 있었고 남편이자 주인인 남성이 먼저 죽을 경우 여지없이 맨몸으로 쫓겨났다. 되파는 경우도 많았다. 이 때문에 첩이 수절을 하기란 사실상 불가능했지만 그 '희귀성' 때문에 수절한 첩은 보상받았다.

아편전쟁 이후 중국에서 활동한 선교사들은 중국 여성의 전족과 조혼 그리고 축첩제도에 가장 충격을 받았다. 특히 다처(축첩)는 선교에 가장 걸림돌이었다. 기독교로 개종하려면 반드시 일부일처를 지켜야 하는데 본처가 세례를 받지 않고 첩 중 하나가 세례를 받은 경우 세례를 받은 첩을 처로 삼기란 거의 불가능했기 때문이다. 법률상 첩을 정처로 들일 수 없었고 처가 칠거 등을 저지르지 않았는데 내쫓는다면 체면상 부부 모두에게 큰 상처가 된다. 이에 선교사들은 감리교 선교사 알렌 등이 상해에서 간행한『만국공보』등을 통해 기독교적 일부일처의 관점에서 중국의 일부다처를 비판했다. 그들은 첩을 들이는 것이 야만적인 일이며 사랑으로 결합한 부부야말로 문명의 지표임을 홍보했다(노재식, 2011; 2013). 이러한 서양인의 관점은 다시 중국의 지식인들에게 영향을 주었다. 그때까지 당연하여 여겨왔던 축첩이 이때부터 수치스러운 일로 여겨지기 시작했다.

채원배 가족

비교적 일찍 여성문제에 눈뜬 조기유신파의 송서宋恕 같은 사람은 중국에서 가장 가련한 여성으로 창기, 여종, 민며느리(동양식) 등과 함께 첩을 들었다. 강유위, 양계초, 담사동 등 대표적인 유신파 지식인들은 중국이 문명으로 나아가기 위해서는 여성교육과 전족폐지 그리고 애정에 기초한 일부일처제가 필요하다고 역설하였다. 양계초와 함께 '일부일처세계회'를 결성한 담사동은 "서양에서는 항려伉儷(배우자)간의 정이 두텁고 질투 따위 없다. 자녀들도 적서의 차별이 없다"(譚嗣同, 1981, 198면)면서 일부일처제가 가정의 평화를 가져온다고 역설했다. 무술정변 실패 후 처형되기까지 그는 아내인 이윤李潤과 연인이자 동지로 모범적 부부상을 보여주었다.

채원배는 공개적으로 여자의 재가, 남녀의 이혼이라는 단어를 사용했고 또 축첩폐지를 실천에 옮긴 인물이다. 그는 신해혁명 승리 후 송교인宋敎仁, 쑹자오런, 이석증李石曾, 리스쩡, 오치휘吳稚暉, 우쯔휘 등 20여 명의 정부요원 및 사회명사들과 함께 '사회개량회'를 창립해 36종의 사회악습개혁방법을 제출하는데 그 중에는 "첩 들이지 않기"를 비롯해 기방 드나들지 않기, 조혼 폐지, 이혼 및 재가의 자유 같은 조항들이 있었다(『民立報』, 1912.3.29).

채원배와 달리 양계초는 다소 어중간한 폐첩론자였다. 주장은 했지만 완벽하게 실천하지는 못했던 것이다. 그는 명문대가의 딸인 이혜선李惠

근대 중국, 그 사랑과 욕망의 사회사

仙리후이셴)과 결혼했는데 몸이 약했던 그녀는 남편에게 친정에서 데리고 온 몸종 왕계전王桂荃, 왕꾸이촨을 첩으로 들일 것을 적극 권유했다. 자신이 죽고 난 뒤 남편이 다른 여자와 재혼하느니 차라리 자신의 충실한 수족이었던 여성과 결혼하여 아이를 잘 키우고 곁눈질하지 못하도록 미리 준비한 것이다. 1903년에 양계초의 첩이 된 왕계전은 탁월한 언어감각으로 무술변법운동 실패 후 해외를 떠돌던 양계초의 훌륭한 비서역할을 해냈을 뿐 아니라 이혜선이 낳은 아이들과 자신이 낳은 아이들 모두를 훌륭하게 길러냈다. 1924년, 이혜선이 사망하고 나서 왕계전은 정식으로 양계초의 아내繼室(두 번째 처)로 인정받지만 그 전까지는 사실상 첩이었다.

양계초는 변법운동 실패 후 망명지인 미국에서 만난 한 매력적인 화교여성 하혜진何慧珍, 허후이쩐으로부터 열렬한 구애를 받았지만 끝까지 아내를 배신하지 않았다고 한다(文魔魚, 2002). 그렇다면 그가 첩을 받아들인 것도 결국 아내의 뜻을 따른 것으로 보아야 할 것이다.

양계초와 이혜선 사이에 태어난 아들 양사성梁思誠, 량쓰청은 런던에서 유학한 당대 최고의 재녀인 임휘인林徽因, 린후이인과 결혼하는데 임휘인은 사실 첩의 딸이었다. 그녀는 저명한 정객이자 풍운아였던 아버지 임장민林長民, 린창민을 빼닮아 배우 뺨칠 정도로 수려한 용모에 문학, 건축학 등 다방면에 특출한 재능을 가진 여성이었다. 매력적인 용모의 부잣집 아들이자 저명한 시인이었던 서지마徐志摩, 쉬즈모는 영국유학 시절 그녀에게 반해 명문대가의 딸로, 저명한 정치가이자 철학자인 장군매張君勱, 장쥔마이의 여동생이기도 한 아내 장유의張幼儀, 장유이와 전격 이혼하고 적

임휘인   임휘인과 양사성 부부   임휘인과 임장민

극적으로 구애했지만 임휘인은 결국 양사성과 결혼해 다시 유학을 떠난다. 시름시름 앓던 서지마는 결국 사교계의 여왕 육소만陸小曼, 루샤오만과 결혼하지만 그녀의 사치를 감당하지 못하고 얼마 후 비행기 추락 사고로 죽는다. 임휘인이 매력적인 서지마를 거부한 것은 첩의 딸로서 겪은 설움 때문일 것이다. 그녀는 비행기 사고 현장에서 주워 온 파편 하나를 평생 고이 간직했다고 한다.

이처럼 청말 이후 중국 지식인들은 서양의 일부일처제를 문명풍속으로 받아들이면서 축첩을 부끄러운 일로 생각했다. 마음에 드는 여성과 결혼하려면 우선 전처와 법적으로 확실히 정리해야 했다. 전처가 수용하지 않으면 아무리 사랑해도 '사통', '동거'일 뿐이다. 노신과 허광평도 전처인 주안이 끝내 이혼해주지 않는 바람에 정식 부부로 인정받지 못했다.

하지만 이렇게 축첩을 수치로 여기는 것은 어디까지나 도시의 진보적 지식인들에게나 해당하는 이야기이고, 앞서 언급한 영화 '홍등'에서처

근대 중국, 그 사랑과 욕망의 사회사

럼 농촌의 대가에서는 여전히 당당하게 여러 명의 첩을 들이고 있었다. "현재 중국에서 축첩을 하는 자는 중류 이상의 부유한 자가 대부분이다. 특히 고관이나 고위급 녹봉자는 극히 심하다"(杜亞泉, 1911.6)라고 하듯이 군벌이나 고위관료들 사이에도 축첩이 만연해 있었다.

축첩을 중국의 미풍양속으로 옹호하는 지식인도 있었다. 영국의 에든버러대학 등에서 공부하고 북경대교수로 재직했던 고홍명은 "찻주전자 하나에 찻잔 네 개가 어울려 있는 것은 보았지만, 찻잔 하나에 주전자 네 개가 어울려 있는 것은 보지 못했다"며 당당히 축첩을 옹호했다. 현대인의 시선으로 과거를 재단해서는 안 되겠지만 고홍명의 말에 반감을 가진 여성이라면 아마도 소설 『금병매』의 여주인공 반금련이 했던, "한 개의 접시에 두 개의 숟가락이 놓여 있는 것은 눈에 거슬리지 않나요?"라는 말로 되받아치고 싶어질 것이다.

축첩을 옹호하고 또 적극 실천한 것은 주로 군벌과 정객들이었다. 청 정부의 총리대신에서 일약 민국 대총통이 된 원세개는 이미 처첩을 16명이나 거느리고 있었다. 황제가 되자 그는 젊고 아름다운 여성들을 더 들이고 그녀들에게 비빈의 지위를 나누어주었다. 그 역시 고홍명처럼 축첩을 중국의 중요한 국보國寶로 보았고, 절대 폐첩에 동의하지 않았다. 자신과 비슷한 성향을 가진 사람들의 환심을 사고자 공포한 '중화민국 포양조례'를 통해 그는 처와 첩이 남편을 위해 수절·순절하는 것을 표창하고 그것을 문화 교육 과학기술 등 방면에서 이룬 공헌보다 높게 평가했다.

원세개뿐 아니라 북양군벌통치시기 군벌과 관료들 대부분이 집안 가득 처첩을 두고 있었다. 독군과 장령은 보통 30여 명의 첩을 두었다(왕서노, 2012, 6장 4절). 민국 초기 복벽운동을 주도한 장훈張勛, 장쉰은 65세가 되어서도 은 만 냥을 주고 15세의 어린 첩을 사들였을 정도이다. 뇌물로 총통에 당선된 조곤曹錕, 차오쿤은 수많은 시첩을 두고도 남색까지 즐겼다. 군벌 중 축첩으로 가장 유명한 자는 장종창張宗昌, 장쭝창인데 그는 "돈이 얼마인지 모르고 군대가 얼마인지 모르며 마누라가 몇 명인지 모른다"는 뜻에서 '삼부지三不知' 장군으로 불렸다.

원래 축첩의 전통이 강한 광동 지역에서는 1920~1930년대에도 부유한 집의 경우 약 1/3 내지 1/2 정도가 첩을 두고 있었으며 부상들은 해외에도 첩을 두었다. 하지만 일반 농민들에게 축첩은 그림의 떡이었다. 1934년, 중국학자 교계명喬啓明, 차오치밍과 미국학자 존 로싱 벅 등의 조사에 의하면 농촌가정에서 첩의 비율은 각각 0.1%와 0.2%에 불과했다. 약 100명의 처 가운데 첩은 기껏해야 한두 명이었던 것이다(牧野巽, 1944, 623면).

이처럼 민국시기 첩을 가장 많이 둔 남성의 3대 직업은 군인, 관료, 상인이었다. 그 중에는 졸부가 많았으며 여전히 첩을 과시용으로 생각했다. 이 점은 이전과 크게 차이가 없지만 근대 이전의 축첩과 비교해 민국시기 첩은 대를 잇기 위한 목적보다는 성적인 쾌락에 더 비중이 두어졌다. 연애라는 시대사조의 영향으로 보인다. 민국시기 연애지상주의는 첩을 두는 것을 정당화하는 논리로도 작동한 것이다. 청말과 달리 당당하게 첩을 두는 지식인도 적지 않았다.

민국시대 첩을 가리키는 호칭은 다양했다. 원래 이모를 지칭했던 '이

姨'자를 붙여 '이타이타이姨太太'가 가장 일반적이었지만 첩을 수십명을 거느린 사람도 많아 그 경우 정처는 '큰마님大太太'이라 부르고 첩들은 둘째마님二太太, 셋째마님三太太… 식으로 부르기도 했다(程郁, 2006, 319면). 대정大正, 다이쇼시대 일본에서도 첩을 '제2부인'이라고 부르는 경우가 많았고 이 호칭은 식민지조선에도 영향을 주어 1930년대 이후 자주 등장한다(신영숙, 1986). 다만 첩, 제2부인은 이전처럼 오갈 데 없는 가련한 여자아이나 여종, 기녀출신이 아니라 고등교육을 받은 신여성인 경우가 많았다. 당시 택촌행부澤村幸夫, 사와무라 요시오는 만철조사부의 통계를 인용해 "1930년대 중국의 중상층가정에서는 외국유학생 출신 혹은 기독교식 교육을 받은 경우를 제외하면 대부분 일부다처였다"(澤村幸夫, 1932, 2면)고 하지만 이는 오해이다. 연애지상주의가 풍미하면서 민국시대에는 지식인들 사이에서도 첩을 두는 것이 유행했으며 유학을 마치고 돌아온 남성들 가운데도 귀국 후 본처와 이혼하거나 여의치 못할 경우 첩을 두는 경우가 많았다. 미국에서 농학을 공부하고 귀국한 뒤 영남대학 농학원 원장으로 부임한 풍예馮銳, 펑루이는 일찍이 무희를 애첩으로 들여 염문이 파다했다. 같은 유학생이라도 일본유학 출신이 구미유학 출신보다 축첩을 하는 경우가 많았다(程郁, 2006, 316면). 다만 기독교신자인 경우 첩을 들이기 위해서는 배교를 해야 하고 그에 따른 손실이 적지 않아 어지간하면 일부일처를 유지했다(丁韙良, 2004, 135면).

1919년, 북경대를 필두로 하여 1920년대가 되면 여학생을 받아주는 대학들이 늘어나고 또 해외유학을 마치고 귀국한 여성들도 증가하지만 여성의 전문직 종사는 그림의 떡이었다. 더욱이 이러한 여성에게 걸맞는 남성은 턱없이 부족했다. 결국 고등교육을 받고도 사회활동을 하지 못하고 또 걸맞는 상대를 구하지 못한 여성들 중에는 이미 부모가 정해준 여성과 결혼한 상태인 엘리트 남성과 사랑에 빠지는 경우가 많았다. 이 경우 본처가 이혼해주지 않는 한 첩이 되거나 혹은 동거나 간통에 불과한 관계를 이어나가는 수밖에 없었다. 그들은 이것을 '연애'라고 했지만 "총명하고 학식이 있는 여자들이 자유연애를 핑계로 기꺼이 정인의 첩이 되고 있다"고 하는 신문의 기사가 정확할 것이다. '신여성' 하면 교육과 함께 '연애'를 떠올리게 되고 그 '연애'란 때로 '불륜'과 혼동되는 것도 이 때문일 것이다.

"최근 들어 돈 많고 권력 있는 남성들은 연애를 빙자해 여자들을 갈아치우며 성욕을 발설하고 있다. 과거에는 '납첩'으로, 지금은 '연애'라는 구호를 내걸고 공공연히 여성들을 욕보이고 있다. 이제 그들은 전족한 여자 대신 학식이 있는 여학생들을 첩으로 삼고 있다"(雲衣, 1932)고 하지만 교육을 받은 신여성이 자발적으로 연애 대신 돈과 권력을 선택하는 경우도 많았다. 남성의 학력은 졸업 후 사회생활에서 지위를 획득하기 위한 수단적 가치를 지니는 반면, 여성의 학력은 소속과 계층을 표시하기 위한 상징적 가치로 간주되어 혼인시장에서 효과를 발휘하는 것은 여성교육이 초보단계였을 때 일어난 보편적인 현상이었다. "남자의 졸업장이 지위 형성을 위한 것이라면 여자의 졸업장은 하나의 '지위의 표시'를 위한 수단이었던 것"(기무라 료코, 2013, 25면)이다.

이처럼 전족을 하지 않고 중등 이상의 교육을 받은 여성은 학력을 무기로 혼인시장에서 높은 대우를 받기는 했지만 그녀들의 물질적 욕망을 충족시킬 수 있는 남성은 사실상 그녀들을 첩으로 들이면서 겉으로는 연애를 구호로 내세운 경우가 적지 않았다. 1920년대 중국 지식인을 달 뜨게 했던 연애신성주의나 신성도덕론은 그들의 의도와 달리 축첩이나 불륜을 미화하는 논리로도 작동한 것이다. 1914에서 1936년까지 여성 범죄를 분석한 한 연구에 의하면 남성보다 압도적으로 높은 여성범죄 유형은 간통과 중혼 등 당시 이른바 '성욕죄', '성범죄' 등이었고, 연령은 20~24세에 집중해 있었다(王奇生, 1993). 1930년대에 발표된 「최근 16년간 북평의 이혼안」에 실린 243개 안건을 분석해보면 이혼사유 중 성생활 부조화가 53%, 아내의 간통이 46.3%를 차지할 정도였다(吳至信, 2005).

간통과 중혼만 갖고 보면 아래 표에서처럼 결혼 햇수가 높아질수록 아내는 간통으로, 남편은 중혼죄로 고소당하는 비율이 높아졌다. 남편은 '연애'를 빙자해 축첩을 했지만 아내의 외도는 간통밖에 될 수 없는 현실임을 말해준다.

〈표 2〉 결혼연차에 따른 간통죄 비율 (吳至信, 2005, 401쪽)

	2년 미만	2~3년	4~5년	6~7년	8~9년	10년 이상
간통(처)	14.3%	16.7%	38.9%	35.3%	42.8%	59.1%
간통(남편)	4.2%	10.0%		2.9%	4.3%	2.6%
중혼(남편)		1.4%	18.6%	5.9%	8.7%	23.7%

하지만 미국에서 대학을 졸업하고 귀국해 자기보다 나이가 많은 아들을 둔 아버지의 친구 손문과 결혼을 감행했던 송경령宋慶齡, 쑹칭링이나, 천진의 명문 중서여학을 졸업한 뒤 철도국장인 부친의 반대를 무릅쓰고

자진해서 만주군벌 장학량張學良. 장쒜량의 첩이 된 조제趙娣. 자오치의 경우처럼 평소 애모하던 유부남의 후처나 첩이 되어서라도 애정을 실천하려 한 신여성의 사례도 적지 않다. 역시 '신성도덕'과 같은 시대사조의 영향으로 봐야 할 것이다.

민국시기 첩들의 생활공간과 지위에도 변화가 있었다. 농촌의 지주가정에서는 여전히 본처와 첩의 관계가 마치 주인과 노예 같았고 또 영화 '홍등'에서처럼 거대한 저택에 큰마님, 둘째마님, 셋째마님 등이 함께 거주하는 경우가 많았지만 도시에서는 각자 분리된 공간에서 거주했다. 다시 말해 어지간하면 첩에게 따로 집을 사주고 본처와 자주 대면하지 않아도 되게 한 것이다. 대도시에 세워진 아파트公寓에도 첩들이 많이 살았다. 그들은 평소에는 따로 생활하다가 집안에 행사가 있을 때는 본부인이 기거하는 본가에 모였다. 첩이 본처보다 집안이나 학력이 뛰어난 경우가 적지 않다 보니 첩의 위상도 과거와 많이 달라졌다. 남편의 총애를 믿고 본처를 무시하는 바람에 처첩간에 분란이 일어나는 일도 자주 발생했다(易家鉞, 1929, 142면). 남편과 첩이 공모해 본부인을 독살하거나 흉기로 찔러 죽이는 등 형사사건이 자주 보도되고 있다(峙山, 1923).

그렇다면 민국시기 첩의 법적 지위는 어떠했을까?

민국 초기에 첩은 가족의 일원으로서 부양을 받을 권리와 다소간의 재산권을 누렸다. 그에 대한 반대급부로 첩은 가장에게 정조의 의무를 져야 했다. 남경국민정부 수립 이후 반포된 민법을 통해 '첩'이라는 용어는 더 이상 사용되지 않게 되었지만 모호한 표현으로 사실상 그 존재를 묵인해버렸다. 1930년에 통과한 '친속법'을 보면, "첩 제도는 반드시 빨리 폐지되어야 한다. 비록 사실상 여전히 존재하고 있지만 법률상 그 존재를 더 이상 용납할 수 없다. 그 지위 여하는 법으로 특별히 규정할 필요가 없다"고 하여 납첩은 폐지되어 마땅하지만 그렇다고 명확히 납 첩을 금지하지는 않았던 것이다.

1932년 사법원 제770호 해석에 이르러서야 납첩을 한 경우 간통으로 보고 본처는 이혼을 청구할 수 있다고 했다. 하지만 처가 인정해준 경우의 납첩은 처가 이혼을 청구할 수 없었다. 이혼이 성립할 경우 이혼한 처에게 남편은 생활비를 지급하도록 했다. 주변사람의 시선, 이혼 성립 후 양육비를 지원받는 절차의 번거로움 때문에 어지간하면 본처는 남편의 축첩을 인정해주었다. 더욱이 앞서 언급했듯이 민국 시기에는 첩의 학력이나 신분이 높은 경우가 많아 오히려 본처가 첩의 눈치를 봐야 할 지경이었다.

그 후의 '형법수정안刑法修正案' 제 228조를 통해 축첩은 중혼죄로 규정되었다. "배우자가 있으면서 다른 사람과 통간한 자는 2년 이하의 유기 도형에 처한다. 함께 통간한 자 역시 동일하다"는 것이다. 납첩은 간통에 속하는 것이 되었고 법에 저촉되게 되었다. 다만 제233조에는 '상대 배우자가 고소한 경우에만 논한다'고 규정되어 있어 남편이 축첩을 해도 본처가 고소하지 않는 한 간통죄는 성립하지 않았다(呂燮華, 1934). 처가 남편의 축첩을 인정하는 것이 여전히 미덕으로 인정되었기 때문에 어지간해서 처는 남편과 첩을 고소하지 않았다.

이처럼 1930년대가 되면 '첩'이라는 명칭은 비록 남경정부의 민법과 형법 정문正文에 규정되지 않았고, 율문律文에는 납첩을 명확히 금지하는 조문이 없었다. 첩은 여전히 존재한 것이다.

요컨대 근대 이래 서구 풍속의 전파와 서구 민법의 '일부일처제'이념이 중국에 전파되고 또 여권운동이 일어나면서 민국시기 동안 폐첩의 호소는 계속해서 일어났다. 이에 따라 법적으로도 첩의 준배우자신분을 부정하고 '일부일처제'원칙을 강화했다. 하지만 현실에서는 첩이 여전히 존재했고 본처 역시 대체로 묵인해주었다.

3. 농촌여성의 성과 사랑

혼인자주권쟁취나 연애지상주의가 풍미했지만 그것은 대도시의 중산층 청년지식인들의 문제였으며 또한 현실에서는 실현되지 못하는 경우가 많았다.

여전히 혼인의 성립에 남녀의 애정은 필요 없었고, 여성은 자신의 남편을 선택할 권리를 갖고 있지 않았다. 아들을 낳지 못하는 여성은 이혼당하며, 여성은 상속인을 낳기 위해서만 사랑을 받았다. 중국의 일반적인 빈곤은 남녀 관계를 한층 비참하게 만들었다. 익녀溺女 등 여아살해나 학대로 인해 성비가 극도로 불균형을 이루어, 가난한 농민은 결혼하기가 거의 불가능했다. 결혼해도 자신의 처를 담보로 가난을 해결했고 처를 다시 찾아오기 위해 타향에 나가 여러 해 일을 해야 했다.

조혼이니 일부다처니 정조 같은 풍속과 예교는 결혼 이외에는 다른 선택지를 찾기 어려웠던 농촌여성들에게 더 큰 고통을 주었다. 앞서 보았듯이 도시의 뒷골목에서는 일자리를 찾아 흘러들어온 남녀들이 동거를 하는 등 성적 욕망을 추구하고 있었다. 하지만 그런 행위가 가능했던 것은 그들이 지식인들의 애정지상주의에 영향을 받아서가 아니라, (시)부모나 남편 등 가족의 구속이 비교적 덜한 곳에 있었고 약간이나마 돈을 쥘 수 있었기 때문일 것이다. 문명결혼이니 영육일치의 연애니 하는 것은 어느 정도 교육을 받은 도시의 신여성에 한정된 것이었으며, 대기니 펑거니 하는 것은 주로 농촌에서 도시로 흘러들어온 하층여성들의 이야기였다. 농촌, 특히 화북 지대 여성들의 삶은 마치 고장된 시계마냥 제자리를 맴돌았다. 대부분의 여성들은 아무리 힘든 결혼생활이라도 자신의 운명으로 여기면서 받아들였다. 그녀들에게 결혼은 여전히 생계유지를 위한 유일한 방편이었고, 자신의 의지에 따라 배우자를 선택할 수 없었다. 심지어는 자신의 의지와 무관하게 다른 남자의 아내로 팔리거나 대여되는 경우도 있었다. 여기에서는 가장 일반적이었던 조혼, 그리고 매매혼의 일종인 전처에 대해서 보기로 한다.

1) 조혼

'조혼'이라고 하는 말은 원래 중국에 없었다. 청말 이래 양계초 같은 지식인들이 서구국가의 혼인연령과 비교해서 한 말이다. 따라서 절대적인 조혼은 있을 수 없지만 당시 구미국가에 비하면 중국인의 혼인연령은 분명히 낮았다.[3] 1929~1933년 각국 여성의 결혼연령분포조사에 따르면 중국은 20세 이하가 78.1%로, 이는 모성보호운동의 선진국인 독일, 스웨덴의 7.3%에 비해 10배 이상의 높은 비율이다. 중국의 조혼현상은 역대왕조의 인구증가정책, 그리고 노동력 확보와 손주를 빨리 보고 싶은 부모의 욕심에서 초래된 오랜 전통으로 청말, 민국시대까지도 일반적인 현상이었다. 오히려 집안이 넉넉할수록 자녀의 혼사를 서둘렀기 때문에 스물이 다 되도록 시집장가를 가지 못했다는 것은 그 자체로 빈한한 집임을 드러내는 징표이기도 했다. 다만 도시보다는 농촌, 강남보다는 화북 지방에 조혼현상이 더 심했다. 전체적으로 성별, 도시·농촌을 불문하고 평균 13~17세에 결혼하는 비율이 가장 높았는데 일부 지역에서는 10세 이전에도 혼인을 했다. 1929년 하북성 정현定縣에 대한 사회조사표(李景漢, 1986)에 의하면 766쌍의 부부 중 남자의 최저혼인연령은 7세이고 여자는 12세였다. 19세 이하에 결혼한 남자가 77.03%였는데 그 중 10~14세가 40.08%였다. 여자는 19세 이하에 결혼한 경우가 76.63%였다. 이 나이는 중국식 나이이므로 만으로 치면 1~2세 더 깎이게 된다.

청말 이래 "문명화에 따라 혼인연령은 높아진다"거나, 국부와 인구의 질에 악영향을 미친다는 등 문명론, 우생학의 각도

---

3 민국초기의 법정 혼인연령은 청률을 계승해 남자 16세, 여자 14세였으며 1930년 국민정부는 '민법 친속편'을 통해 남자 18세, 여자 16세로 올렸다. 훗날 1950년 중화인민공화국 '혼인법'은 남자 20세, 여자 18세였고 1980년 신혼인법을 통해 남자 22세, 여자 20세로 다시 높였다. 19세기 말 유럽 선진국들의 법정 혼인연령은 영국의 경우 남자 15세, 여자 14세, 프랑스는 남자 18세, 여자 15세, 독일은 남자 21세, 여자 16세로 독일을 제외하면 중국에 비해 크게 높지 않다. 하지만 이는 어디까지나 법정 혼인연령일 뿐이고 실제로는 20세 이전에 결혼하는 비율이 극히 낮았다. 여성교육의 확대에 따라 여성의 만혼이 사회문제가 될 정도였다.

근대 중국, 그 사랑과 욕망의 사회사

에서 조혼이 비판을 받게 되면서 도시에서는 점차 혼인연령이 높아지는 추세였다. 1920년대 북경 서쪽 교외의 한 마을에서 90명의 기혼남성과 113명의 기혼여성의 초혼연령을 물어 본 결과 남성의 평균 혼인연령은 20.7세이며 최저가 13세였다. 여성은 대부분 16~19세 사이에 결혼했지만 평균 혼인연령은 19.2세이고 최저는 14세였다. 하지만 동양식(민며느리) 제도가 발달한 화북농촌에서는 여자의 나이가 10세가 안 되거나 혹은 남자보다 훨씬 많은 경우가 적지 않았다. 7, 8세밖에 안 된 여아를 데려다 며느리로 삼은 뒤 며느리로 하여금 그녀의 장래 남편이 될 아들을 업어 키우도록 하는 것이다. 이처럼 아내에 의해 '길러진' 남편들은 아내에게 이성으로서 감정을 느끼기 어려웠고 혹시라도 도시에서 교육을 받게 될 경우 신여성과 교제하며 고향의 아내를 방치하는 경우가 적지 않았다. 도시의 청년지식인들은 연애에는 상호간의 정서적 육체적 공감이 반드시 필요하다고 하는 시대사조에 영향을 받아 배우자에 대해서도 가능하면 2살 이내 또는 동갑이기를 원했다(陳學琴, 1921).

2) 일상적인 남편의 성폭행

1930년대 초 중국 농민들과 부대끼며 생활했던 체험을 담은 책 『세계를 진동하는 중국』에서 잭 벨든은 남편과 시댁식구로부터 학대를 받던 평범한 농촌 여성이 어떻게 공산당의 부녀지도원으로 '번신翻身(탈바꿈)'하는지, 자신이 직접 만난 '금화金花(진화)'라는 여성을 통해 상세히 묘사하고 있다. 벨든은 금화의 입을 빌려 충격적인 첫날밤을 매우 상세히 재현해냈다.

15세의 금화는 '리보'라는 애인이 있었지만 부모의 명을 거역하지 못하고 마흔이나 된 남자에게 시집을 가게 되었다. 첫날밤 남편의 늙고 추악한 얼굴을 본 금화는 남편을 거부했다. 금화의 표현을 빌리자면, "파리가 빨아먹은 듯 창백한 얼굴 한쪽에는 점이 하나 있었는데 점 위에는 검고 기다란 털이 하나 박혀 있었다. 이빨은 마치 공동묘지에 가로세로 쓰러져 있는 비석처럼 비뚤비뚤했다. 납작코에 축 처진 입술, 실로 못난이였다." 하지만 "결혼을 하는 건 다 이것 때문인데 왜 비싸게 구는 거야?"하면서 남편은 강제로 성관계를 하려고 했다.

"금화가 캉(구들)에서 내려가려고 하자 그는 금화를 마구 끌어당겨놓고 귀뺨을 후려갈겼다. 금화가 새된 소리를 지르자 그는 더한층 사정없이 금화를 후려갈겼다. 금화의 뺨에서는 선지피가 줄줄 흘러내렸다. 금화의 입에서 반항소리가 멎을 때까지 그는 마구 족쳐댔다. 금화는 기진맥진하여 캉 위로 쓰러졌다. 정욕이 발작한 그는 우격다짐으로 금화를 겁탈했다."

남편의 성폭행으로 첫날밤을 치른 그날, 금화는 육체적 고통보다 정신적 상처가 컸다. 그것은 바로 '회한'이었다. 왜 사랑하는 사람에게 동정을 바치지 못했을까? 금화는 이제 더 이상 리보를 볼 면목이 없다며 밤새 울었다.

모택동은 1927년 호남의 농촌운동 경험을 바탕으로 쓴 「호남농민운동시찰보고」에서, "성이라는 관점에서 보면, 빈농 여성은 적지 않은 자유를 갖고 있다. 마을에서 삼각관계와 다각관계는 빈농여성들 사이에서 일상적이다"라고 했다. 그는 이러한 농민여성들의 성적 자유가 정치적 경제적 투쟁에서 이데올로기와 가부장제를 뿌리째 흔들 수 있으리라 기대했다. 물론 지역에 따라 차이는 있었겠지만 금화의 경우처럼 농촌여성들도 대부분 정조를 최고의 가치로 생각했고 혼전에는 아무리 좋아하는 사람이 있어도 가급적 성관계를 갖지 않았던 것 같다. 첫날밤 피를 보지 못해 쫓겨나거나 자살한 신부의 이야기가 끊임없이 회자되어 여성들은 모두 첫날밤의 '견홍'에 강박증을 갖고 있었다. 남편은 신부를 신혼 며칠만 곱게 다룰 뿐, "여자와 말은 데리고 온 사람이 때려서 훈련해야 한다"며 거의 매일 물리적 폭력을 수반한 성관계를 강요했다. 타이완의 여성작가 이앙李昻, 리앙이 1930년대 중국의 한 농촌마을을 배경으로 쓴 소설『살부殺夫』에서 소름끼치도록 상세히 묘사했듯이 남편의 성폭행과 아내의 비명은 마치 도살꾼이 짐승을 도살하는 것만큼 잔혹했다.

친정에 갔을 때 금화는 어머니를 원망하면서 "어머니도 나이 많은 남자와 불행한 결혼을 해 놓고 어찌 그리 무정하게도 딸을 불구덩이에 밀어 넣었나요?" 하며 호소했지만 어머니는 "애야, 쑨 죽이 밥이 되겠니. 여자는 한번 시집가면 그만이란다" 하고 대답했다.

밤마다 가해지는 남편의 성폭행은 경악할 정도이다. 하지만 더 놀라운 것은 그러한 남편의 폭력에 길들여지는 금화의 모습이다. 얻어맞지 않으려고, 따뜻한 구들에서 잠자기 위해, 그리고 풀 같은 죽이나마 먹고 살기 위해 그녀는 자신을 사정없이 때린 남편에게 안마를 해 주고 온갖 아양을 떠는 등 비위를 맞추며 살아간다. 자신의 성을 제공하고 그 대가로 음식을 제공받는 '성노예'에 다름 아니다. 거기에 연애니 성적 쾌락이니 하는 것은 들어설 여지가 없다.

결국 그녀의 이야기는 이 지역에 들어온 공산당 지부 부녀회에 알려지게 되었다. 그녀의 친구를 비롯해 부녀회는 진심으로 금화의 처지를 개선해주고자 노력했고 그동안 그녀를 학대해 온 남편과 시아버지는 부녀회원들한테 끌려와 흠씬 두들겨 맞은 뒤 다시는 아내·며느리를 구박하지 않겠다고 약속했다. 금화는 더 이상 남편의 성노예가 아니었다. 그녀에게는 함께 할 '동지'가 생긴 것이다.

우리는 금화의 결혼이야기를 통해 농촌에서는 여전히 중매혼(실제로는 매매혼)이 대세였고 조혼 및 남녀간 혼인연령의 격차, 폭력을 수반한 강제적 성관계가 일상적이었음을 알 수 있다.

1930년대 활발하게 이루어진 사회조사자료(李文海, 2005)를 통해 볼 때 당시 농촌여성의 가정폭력은 거의 일상적이었다. "말은 사서 온 사람이 때리고 처는 남편이 알아서 처리한다"거나 "여자는 사흘을 때리지 않으면 쓸모가 없어진다"는 등 처를 욕하고 때리는 것은 당연하게 여겨진 남편의 권리였다. 일상적인 가정폭력과 폭력에 의한 성관계는 여권개념이 등장하기 전 일상적인 현상이었지만 사실 현재까지도 보이지 않는 곳에서 은밀히 자행되고 있다. 혹시라도 사통을 한 아내는 나무에 묶인 채 뗏목에 태워져 죽을 때까지 강을 떠다녀야 했다.

근대 중국, 그 사랑과 욕망의 사회사

3) 아내를 빌리다 — 典妻와 租妻, 그리고 共妻

1930년, 유석柔石, 러우스(본명은 자오핑푸趙平福)는 자신이 고향에서 들은 이야기를 바탕으로 『노예가 된 어머니爲奴隸的母親』라는 소설을 발표했다. 원래는 성실한 농부였지만 몸을 다쳐 일을 할 수 없게 되자 술과 아편에 절어 황달까지 걸린 황피판黃皮販, 황피반이라는 남자가 도박으로 가산을 탕진한 뒤 아내의 뜻도 물어보지 않고 수재 직함을 가진 마을의 지주에게 아내를 3년 기한으로 저당잡히는 내용이 주인공 여성 춘보닝春寶娘, 춘바오냥의 시점에서 그려지고 있다. 투기가 심한 본처 때문에 감히 첩도 두지 못한 그 수재는 50줄이 되도록 아들이 없자 결국 다른 여자의 몸을 빌려 '무후無後'의 불효를 벗어나고자 한 것이다. 어린 아들 춘보春寶와

유석

2003년 개봉된 영화 〈노예가 된 어머니〉

생이별을 하고 수재의 집으로 들어간 그녀는 임신에서 출산, 추보秋寶, 치우바오라는 이름을 갖게 된 아들의 첫돌까지 3년간의 '미션'를 수행한 뒤 울부짖는 추보를 뒤로한 채 남편과 춘보가 있는 집으로 돌아왔다. 3년 동안 성장을 멈춘 춘바오는 엄마를 알아보지 못했고 식량이라곤 담배갑에 담긴 쌀이 전부였다.

이 소설이 소재로 한 '전처Pawned Wife' 제도[1]는 청대에 절강浙江, 저장의

청대의 전처 계약서

영파寧波, 닝보, 소흥紹興, 샤오싱 대주臺州, 타이저우 등 지에서 극성했고 유석의 소설이 배경으로 삼은 1930년대에도 여전히 성행했다. 말 그대로 급전이 필요한 남자가 아내를 담보로 돈을 빌린 뒤 만기 후 돈을 갚고 데려오는 것이다. 운이 좋으면 돌려주지 않아도 된다. 기한은 3년에서 5년, 10년 등 다양했다.

비록 정식혼인처럼 번거로운 절차는 필요 없지만 쌍방 모두 반드시 중매인을 통해 서로의 의향을 타진한 뒤 교환조건을 합의하고 중매자나 보증인과 함께 계약을 체결해야 한다. 전당잡히는 이유, 가격, 기한, 기한 내에 태어난 아이의 귀속과 양육문제, 기한 동안 아내와 본 남편과의 관계 설정 등이 주요 내용이다. 일단 계약이 성립하면 쌍방은 약속을 바로 이행해야 한다.

여성을 빌리는 사람의 목적은 다양했다. 유석의 소설에서처럼 후대가 없어 아들을 낳으려는 경우가 많지만 그밖에도 오직 성적인 만족을 위해 첩 대신 데려오기도 하고 상처한 남자가 가사노동을 맡기려고 데려오는 경우도 있었다. 여러 가지가 중첩되는 경우도 많았다. 형태도 다양해 입주도 있고 출퇴근도 있다. 대부분은 빌려간 남자(전주典主) 집에 거주하며 임의로 본남편을 만나서 안 된다. 특히 성관계는 절대 가져서 안된다. 기간 만료 후 아내는 본남편에게 돌아가며 그 기간 동안 태어난 아

---

4 '전혼典婚', '승전혼承典婚', '차두피借肚皮', '조두자租肚子' 등으로도 칭한다. 모두 '전당잡힘'이나 '배를 빌림'의 의미이다.

근대 중국, 그 사랑과 욕망의 사회사

이는 빌려간 사람의 소유가 된다. 하지만 임차기간이 짧을 경우 아이의 아버지가 누군지 알 수 없어 아이를 도로 데려와야 하는 경우도 있었다.

기간이 만료되어도 전주와 여자가 정분이 나서 돌아가려 하지 않을 경우 돈을 더 지불하고 연장하거나 아예 여자를 첩으로 들여버렸다. 이 모든 과정에서 일을 주관하고 돈을 받는 것은 전적으로 남편이며 아내는 남편의 뜻에 따라 '처리'되었다.

유석의 소설에서처럼 전처는 대개 남편이 병이 있거나 몸이 약해 가족을 부양할 수 없는 경우에 이루어지는데 때로 남편이 죽고 나서 혼자된 과부가 자식을 부양하기 위해서 전처가 되기도 하며 이때는 대개 여성 스스로 결정했다. 전처는 정식 혼인은 아니기 때문에 과부가 일정기간 전처가 되어도 재가로 간주하지 않아 수절로 인정받을 수 있었기 때문이다. 오직 자식을 먹여 살리기 위한 행동으로 보고 눈감아주는 것이다. 원대 관한경關漢卿의 잡극 '유부인이 다섯 제후를 위해 연회를 베풀다劉夫人慶賞五侯宴' 중에는 왕도王屠의 처 왕수王嫂가 남편이 죽고 나서 장례를 치른 뒤 수절도 하고 자식도 부양하고 싶었기 때문에 스스로 저당 잡혀 조태공趙太公과 사는 장면이 나온다. 명청시대에 수많은 열녀를 배출한 절강성 온주溫州, 원저우 지역에 전처 풍습이 성행했던 것도 이와 무관하지 않을 듯싶다. 가난한 농촌에서는 겉으로는 여성의 수절을 칭송하면서 과부가 갖게 될 재산권 행사 등이 두려워 재가를 강요하는 경우가 많았다. 모든 것을 잃은 과부는 자살을 함으로써 '열녀'가 되거나 전처나 조처가 되어 아이들을 키워낸다. 요컨대 전처는 열녀 패방을 받기 위한 과부의 책략이 될 수도 있었던 것이다.

전처와 거의 비슷한 것으로 청대 옹정 건륭시기 감숙甘肅, 깐수성에서 유행했던 조처租妻 풍습도 있었다. 대개 집이 가난해 아내를 들일 형편이 못 되지만 후손을 갖고 싶은 경우 2~3년 약정으로 남의 아내를 빌리는 것인데 아들을 낳을 때까지 연장하기도 한다(趙翼, 76~77면).

전처와 조처는 형식과 내용에서 거의 유사해 구분하기 어려운 경우도 많다. 차이가 있다면 전처에 비해 조처는 기한이 더 짧고 구속력이 약했다. 아내를 저당잡힐 때 받은 돈은 돌려줄 필요가 없다. 임시적인 성격으로, 외지에서 온 상인이나 여행객들이 돈을 내고 남의 아내를 빌려 동거했다. 대개 약정 기간 동안 자기 집에서 남편과 함께 살다가 손님이 오면 남편이 자리를 피해주었다. 아내와 그 손님 사이에 정분이 나도 약정 기간이 끝나면 손님은 바로 떠나야 한다. 돈을 지불하고 동거기간을 연장하려 할 경우 다시 계약한다.

전처든 조처든 일종의 성매매라 할 수 있고 아이를 목적으로 하는 것은 '씨받이'에 해당한다. 여성의 인권이나 모성은 철저히 무시되었다.

아내를 빌려주는 행위는 지역에 따라 그밖에도 여러 가지 형태가 있었다. 강소성 등지에는 객상에게 집안의 딸을 보내는 일회성의 성매매인 "간점赶店"이라는 풍속이 있었다. 아내를 구하기 힘든 가난한 농촌가정에서는 아예 형제 여러 명이 한 명의 아내를 공유하는 경우도 있었다. 형제들은 평등하며 모두 한 여자의 남편이다. 서로 번갈아가며 여자와 잔다. 동생이 형수를 거부할 경우 형수는 시동생을 '윤리를 파괴한 죄滅倫之罪'로 종족에 고소할 수 있었다. 백주대낮에 동침하는 경우엔 바지를 문 앞에 걸어놓는다. 그러면 형제들이 알아서 피해주었다. 그렇게 해서

근대 중국, 그 사랑과 욕망의 사회사

자녀가 태어나면 맏이는 장남의 후대로 삼고 이후에 태어난 아이들은 순서대로 형제들에게 귀속시켰다. 감숙 등지에는 이렇게 형제가 한 여자에게 장가드는 것을 '공처共妻'라고 불렀다. 형제간이 아닌, 서로 모르는 사이의 여러 남자가 한 명의 여자를 소유하는 것은 '과처夥妻'라 불렸는데 공처는 과처의 한 형태이며 형제간에 이루어지는 것이 특징이다. 앞에서 보았듯이 형이 살아 있는 동안에도 이루어졌지만 일반적으로는 동생이 먼저 죽으면 형이 제수를 아내로 삼고, 형이 죽으면 동생이 형수를 아내로 삼는 식이었다. 명태조가 오랑캐의 풍속이라 하여 청산하려 했던 '형사취수兄死取嫂'의 전통이 사실상 중국 곳곳에 여전히 남아 있었던 것이다. 특히 비한족 소수민족 중에는 이런 혼인풍습을 갖고 있는 경우가 흔했다. 티베트나 히말라야 고산지대 등 경작할 땅이 협소하고 척박한 지역에서, 형제가 아내 한 사람을 사이좋게 나누는 일처다부제도 마찬가지다. 땅이 척박한 지역에서는 남자 한명의 노동력으로는 여자 하나와 그 아이들을 부양하기 어려운 경우가 많기 때문에 형제가 함께 경작하면서 한 여자를 부양하는 것이다. 종족보전에도 유리하다.

감숙과 섬서 등지에는 '초부양부招夫養夫'의 풍속도 있었다. 남편이 불구가 되어 노동능력을 상실할 경우 아내는 자신와 가족의 생존을 위해 다른 남자를 데려와 동거한다. 동거하게 된 남자는 여자의 가족 모두를 부양해야 한다. 두 사람 사이에 태어난 아이는 지방에 따라 전남편의 소유가 되기도 했고 생부(초부)의 소유가 되기도 했다. 초부와 사랑이 싹터 병든 남편을 살해하거나 도망치다 걸려 고소당하기도 했다(蘇成捷, 2009).

전처가 처음 등장한 것은 남북조시대이지만 송대 이후 특히 번성했다. 아내와 딸에게는 정절을 강요하면서, '불효중 으뜸은 아들이 없는 것'이라며 어떻게든 자신의 핏줄인 후사를 얻으려다보니 전처도 극성할 수밖에 없는 것이다. 하지만 날로 심해지는 전처풍속은 인륜도덕을 해칠 뿐 아니라 여러 가지 사회문제를 초래했다. 예컨대 전처가 자신을 데려간 집에서 공공연히 비첩이 된다거나 또는 도망을 치는 일이 빈번히 발생했다. 3~5년의 기한이 지나고도 본남편에게 돌아가지 않는 경우도 많았다. 전당한 남자가 다시 돈을 내서 기한을 연장하기도 했다. 혹은 풍족하게 살고 싶어 본남편을 버리는 경우, 새 남자와 연정이 싹트는 경우도 많았다. 심지어 계약을 연장해 돈을 받아놓고 전남편과 도주하거나 새 남자와 정분이 나 전남편을 살해하는 사건도 발생했다.

따라서 원대 이후부터는 다음과 같이 전혼을 법률로 금지했다.

"여자를 남에게 저당典顧 잡히거나 남의 여자를 저당 잡는 것 모두 금지한다. 만일 이미 저당했다면 혼인의 예로 처첩으로 삼기 바란다." "계약기간 만료 후 바로 여자를 보내지 않고 관계를 가지면 간음으로 논한다. 남편을 죽인 자는 모두 사형에 처한다"(『元史』志 第51·刑法2)

명청시대에는 더욱 구체적으로 전혼을 악습으로 규정하고 처벌했다. 예컨대 『명률明律』「호율戶律」은 "무릇 돈을 받고 남의 처첩으로 빌려준 자는 몽둥이杖 80대, 여자를 빌린 자는 몽둥이 60대이다. 부녀는 처벌하지 않는다. 만일 자신의 처첩을 누이로 가장해 다른 남자에게 시집보낼 경우 남자는 몽둥이 100대 처첩은 몽둥이 80대"로 규정했다.

청대에 이 규정을 그대로 답습했지만 전혼현상은 더욱더 성행했는데 그 이유는 빌려주는 측의 경제적 문제와 빌리는 측의 후손에 대한 집착 또는 성적 수요가 너무 절실했기 때문이었다. 이와 함께 익녀 등 여아살해로 인한 극도의 성비 불균형도 문제였다. 1926년 남경시에서 45리 정도 떨어진 강영江寧. 쟝닝현의 한 농촌을 조사한 결과 여성 100명당 남성 133.9로 나타났으며 따라서 독신남성이 매우 많았다고 한다. 농촌의 총각과 홀애비들은 다른 사람의 아내를 빌려서라도 욕구를 해결하고 대를 이어야 했던 것이다.

개항 이후에도 이러한 풍습은 수그러들지 않았다. 『점석재화보』나 『신보』 같은 청말의 대표적 화보와 신문에는 전처를 소재로 한 글과 그림이 자주 등장하며 도박꾼이 판돈 때문에 아내를 저당 잡히는 이야기도 종종 등장한다. 앞에서 본 유석의 소설도 1930년대 농촌에서 흔했던 전처풍속을 모티프로 쓴 소설이었다.

중국공산당은 1931년 12월 반포한 '중화소비에트공화국혼인조례'를 통해, "남녀의 혼인은 자유를 원칙으로 하며 포판, 강제 그리고 매매의 혼인제도를 철폐한다"고 규정하고 "일체의 공공연한 혹은 변태적 일부다처혼인은 모두 불법이며 처가 있는데 첩을 두는 것은 중혼죄로 논한다"고 했다(汪玢玲, 425면). 또 1942년 1월에 반포한 '산서·하북·산동·하남성 변구의 혼인임시조례晉冀魯豫邊區婚姻暫行條例'를 통해 중혼·조혼·납첩·축비蓄婢·동양식·매매혼·조처·과처夥妻를 금지한다고 했다. 하지만 공산당도 결국 농촌남성들의 지지를 얻기 위해 그들이 철폐하려 한 다양한 혼인관련 악습을 어느 정도 인정해주지 않으면 안 되었다. 정치혁명을 위해 여성의 권리는 잠정적으로 미루어진 것이다. 이

것을 가리켜 마저리 울프는 '지연된 혁명postponed revolution'이라고 표현했다. 결국 전처와 조처는 1950년 혼인법이 반포되기 전까지 계속되었다. 하지만 개혁개방 이후 이런 악습은 슬며시 고개를 들고 있다. 1980년대 중국 절강성 온주溫州에는 다음과 같은 일이 발생했다.

온주의 한 작은 마을에 전파상을 운영하는 사람이 있었다. 하루는 친구 집에서 술을 마시고 있었는데 거기에서 술에 취한 한 남자가 길거리에서 아내를 심하게 때리는 것을 보았다. 여자는 남편이 고구마 200근을 주고 사온 여자였다. 전파상 사장은 그녀의 아름다운 용모를 보고는 남편에게 가서 매달 200원씩 줄테니 그녀를 달라고 했다. 여자의 남편은 흥정을 시작했다. 돈을 주고 아내를 데려가서 살되, 이듬해 춘절까지만 살고 돌려보내라는 것이다. 그러나 춘절이 되었을 때 여자는 주정뱅이 남편에게 돌아가기를 원하지 않았고 사장은 다시 그녀의 남편에게 돈을 주고 앞으로 3년간 더 빌리겠다고 했다. 이렇게 해서 재계약이 성사되었다.(盧玲, 2000, 66면)

전처나 조처, '초부양부'는 모두 넓은 의미의 일처다부라고 할 수 있다. 거기에서 성과 사랑은 철저하게 분리되었고 성은 오직 생존을 위해 매매되었다. 오직 한 사람의 지아비를 위해 순결을 지키고 절개를 지킨다고 하는 것은 최후의 자산이 몸인 가난한 여성들에게는 사치일 뿐이다. 남송대 이후 정조가 여성의 최고도덕으로 자리잡았지만 하층여성에게는 그림의 떡이었다. 열녀를 표창하는 것도 이러한 현실에서 나온 것이리라. 결혼 후에 그녀가 오직 남편에게 충실할 수 있는가 여부는 결국 남편의 경제력이 좌우했다. 그럼에도 불구하고 금화의 예에서 보았듯이 결혼 전 여성은 어떻게든 처녀성을 지키려고 노력했다. 정조는 여성에게 제2의 생명이라고 하는 관념을 여성 스스로도 내면화한 것이다.

4. 여자, 여자를 사랑하다 ─동성애

동성애란 전통적으로 동성간의 성행위를 가리키는 용어로 이해되어 왔지만 최근에는 같은 성을 지닌 사람에 대한 성 심리 및 행위 모두를 포괄하는 개념으로 확장되었다(김문조, 1999, 275면). 여성의 동성애는 성행위와 무관한 경우가 많아 이 책에서는 이 확장된 개념을 따른다.[2]

2014년 10월 14일, 가톨릭 주교회의는 그동안 죄악시했던 동성애를 종교적으로 인정하겠다는 취지의 시노드(세계주교대의원회의) 중간보고서를 발표했다. 하지만 중세부터 20세기 중반까지 서구에서 동성애는 정신병이자 범죄였다. 출산과 무관한 동성애는 남성과 여성을 창조한 신의 뜻을 거스르는 행위, 악마적 행위였다.

---

5 엄밀히 말하면 동성애자와 동성애행위자도 구분되어야 한다. 동성애자는 동성에 대해서만 성적 흥미를 갖는 자이다. 동성 성행위는 동성간에 발생하는 성행위로 거기에는 동성애자도 양성애자도 심지어 이성애자도 있다. 요컨대 동성애자 사이에 동성 성행위가 발생할 수 있지만 동성성행위자가 반드시 동성애자인 것은 아니다.

현세에서의 쾌락을 중시했던 중국은 생식과 무관한 동성애에 대해서도 비교적 관대했다. 황제의 동성애는 성생활의 일부이고 또다른 즐거움이었다. 적막한 궁에서 궁녀들 사이에 서로 짝을 이뤄 연애하는 일은 드물지 않았으며 궁녀가 환관과 부부처럼 지내는 일도 있었다. 가정의 화목을 위해 일반 가정에서도 처첩간의 동성애를 눈감아주는 경우가 많았다.

중국에서 남성의 동성애에 특히 관대했던 것은 방중술과도 무관하지 않은데, 방중술의 원리 중 하나가 남성의 정액은 최대한 보전되어야 하는 것이기 때문이다. 만일 여성과 자주 교접하게 된다면 양기를 잃게 되어 건강과 수명에 악영향을 주지만 동성간의 성교는 양기가 소모되지 않으므로 무방하다는 것이다. '단백질이 농축된 귀중한 정액'이라 여겨 함부로 배설하지 않기를 권고한 것은 서양의 금욕주의자들에게서도 보인다.

중국에 '동성애'나 '동성련同性戀' 같은 용어가 등장하는 것은 근대 이후의 일이다. 하지만 동성간의 성행위는 고대 문헌에 이미 등장하고 있다.

『상서尚書』의 「이훈伊訓」에는 '세 가지의 나쁜 풍기로 인해 발생한 열 가지 죄악三風十愆'의 하나로 "미소년과 어울리는 것(비완동比頑童)"을 들었다. 이를 통해 상商대의 귀족, 관료들 사이에 이미 동성애가 발생하고 있었음을 알 수 있다.

『시경』「정풍鄭風」의 '자금子衿'은 두 남자의 연애이야기라고도 하며 그밖에도 '산유부소山有扶蘇', '교동狡童', '낭상囊裳', '양지수揚之水' 등에는 '연동孌童', '광동狂童', '광차狂且', '자행恣行', '유여이인維予二人' 같은 어휘가 나오는데 모두 동성애와 관련이 있을 가능성이 있다.

민국시기의 저명한 생물학자 반광단은 『사기』와 『한서』의 '영행전佞幸傳'을 검토한 결과, 전한 시대 거의 대부분의 황제가 동성애 상대를 갖고 있거나 동성애 경향을 지니고 있었을 것으로 보았다. 한무제는 동성연애에 가장 심취했던 황제 중 한 사람으로, 즉위하기 전부터 미소년 한언韓嫣과 연애했고 즉위 후 두 사람은 연인사이임을 공공연히 드러냈다. 궁녀를 건드린다는 밀고를 받은 태후에 의해 한언이 사형당한 뒤 무제는 궁정 악사 이연년李延年과 그의 여동생을 함께 총애했다.

군주의 동성애 행위는 일반적으로 '여도벽餘桃癖(또는 분도이식分桃而食)', '용양벽龍陽癖(또는 용양지호龍陽之好)', '단수벽斷袖癖' 등으로 묘사되었다.

'여도' 또는 '분도'는 춘추시대 위衛나라의 영공靈公이 총애한 미소년 미자하彌子瑕가 자기가 먹다 남긴 복숭아를 영공에게 맛있다며 먹어보라고 한 데서 연유한다. '용양'은 전국시대 위魏나라 군주의 총애를 받았던 수려한 용모를 지닌 남자의 이름이다. 이후 '용양'은 그 자체로 남성의 동성애를 가리키게 되었다. '단수'는 전한시대 애제哀帝의 총애를 받아늘 그림자처럼 붙어 다니던 미소년 동현董賢이 애제와 함께 낮잠을 자던 중 먼저 깬 애제가 자신의 소매를 베개 삼아 잠든 동현을 차마 깨울 수 없어 가위로 싹둑 소매를 잘라버린 고사에서 유래한다.

유교의 영향이 퇴조하고 개인주의적 귀족문화가 꽃핀 위진남북조시기에는 미소년을 두는 것이 하나의 유행을 이루었다. 그로 인해 공명을 잃기도 했고, 심지어 부부가 함께 미소년을 사랑하는 경우도 있었다. 미소년 때문에 처첩과 다투거나 갈라서기도 했으며 심지어 처첩을 살해하기도 했다.

당대 이후 오대 송 원 시기에는 동성애에 관한 기록이 많지 않은데 그 이유는 관기제官妓制의 성행 때문이라고 한다(왕서노, 제4장). 하지만 명청대에 이르러 동성애는 다시 유행한다. 황제와 고관은 물론 서생과 신사, 서민들 사이에도 동성애가 빈번했다. 명나라 때는 남자의 동성애를 가리켜 '외교外交'라 했고 남자와 처첩간의 사랑은 '내교內交'라 불렀다.

동성애로 특히 유명한 황제는 명대의 신종 만력제로 그는 총명하고 수려한 용모의 환관 10명을 선발해 늘 곁에 두고는 시중을 들게 하거나 성은을 내렸다. 그들은 '열 명의 꽃미남', 즉 '십준十俊'으로 불려졌다.

'만악의 으뜸은 음란'이라 하여 금욕주의가 최고조에 도달하고 절부·열부 풍조가 최고조에 이른 시기에 왜 남성들의 동성애가 크게 유행했던 것일까? 이 시대에 온갖 색정소설이 쏟아져나오고 춘궁화(춘화)가 다량으로 인쇄되고 유포된 데서 알 수 있듯이 아내와 딸에게 정절을 강요하는 한편에서 남성들은 다양한 성을 즐겼다고 하는 '이중도덕'이 문제였다.

명 중기 이후 과거에 합격할 가능성이 점점 줄어들면서 지식인들은 정신적으로 크게 위축되었고 그 중 일부가 남색 등 성적 일탈로 빠져든 것도 하나의 원인이라 할 수 있다. 전족에 대한 이상한 집착도 거기에서 나온 것으로 보인다.

당시 심미관도 하나의 원인이었다. 당당한 풍채보다는 문약하고 섬세하고 수려한 외모의 '백면서생白面書生'이 당시의 공인된 미남자였다. 남자의 미모에 대해 "아름다운 아녀자와 흡사하다"거나, "여자보다 더 아름답다""여장을 시키니 둘도 없는 미녀"라고 하는 표현이 소설에 자주 등장한다(우춘춘, 2009, 16면). 명청시대 전성기를 누렸던 춘궁화를 보면 성관계를 하고 있는 남녀간에 성적인 구분이 거의 없다. 흔히 '궁혜弓鞋'라 불렀던 화려한 전족신으로 여자임을 알 수 있을 뿐이다. 동성애를 하

남녀구분이 어려운 청대의 부부

는 남자 중 여자 역을 맡은 사람은 그 아름다움이 여성을 능가할 정도다.

청대에도 동성애는 이미 순치제順治帝 시기부터 유행했고, 최고 성세로 일컬어지는 강희康熙·옹정雍正·건륭乾隆시기에 걸쳐 극성했다. 청말인 광서光緖 중엽까지도 풍미했다. 마지막 황제 부의도 동성애자로 알려져 있다. 청대에 동성애가 특히 유행한 데는 이유가 있었다. 청조는 만주족의 혈통과 정체성을 보전하기 위해 한족과의 통혼을 법으로 금지했는데, 통혼은 금지해도 성관계는 단절할 수 없었기에 남성의 동성애는 묵인했던 것이다. 피지배층인 다수민족 한족과 통혼을 인정하지 않는 대신 생식과 무관한 동성애는 방임했던 것이다. 또 청조는 명의 몰락을 거울삼아 관료의 기방출입을 엄금했는데 이 또한 동성애를 부추겼다(劉達臨, 1999, 588면). 학자들 사이에서도 동성애는 흔한 일이었다. 청나라 때의 유명한 학자인 정판교鄭板橋는 자서전에서 자신이 산과 물을 매우 좋아했으며 남색의 말재주와 아동을 희롱하는 연극을 즐겼다고 고백했다.

청대의 용양도(남풍)

동성애를 묘사한 청대의 조각

　19세기 중반 이후 열강의 침략을 받아 식민지나 다름없는 상태로 전락한 중국은 서양인이 중국을 야만시하며 남자들의 동성애를 비웃고 비정상적인 것으로 보자 스스로 '남풍'을 수치로 여기기 시작했다. 밀려오는 서양인을 상대하기 위해 곳곳에 청루가 세워졌으며, 창기업의 발전에 따라 남성의 동성애 풍조는 급속히 위축되었다. 하지만 음지에서는 여전히 성행했다. 청말 민초 남성의 동성애를 가리키는 용어로 북방에서는 '완상공玩相公', '압소단狎小旦' 등이 있었다. 상해에서는 조계당국이 남성 동성애를 금지했지만 남창男娼을 두고 은밀히 영업하는 업소들이 적지 않았다(郁慕俠, 42조 '同性戀愛').

　이처럼 중국에는 고대에서 현대까지 동성애가 발달했는데 아이러니하게도 그 이유는 축첩제도와 관련이 있었다. 처첩을 여럿 거느리다 보니 여자에게서 얻을 수 없는 색다른 재미가 필요했던 것이다. 또 여러 첩을 한꺼번에 상대하기 어려우니 남자는 자신의 처와 첩들이 사이좋게 지내기 바라는 마음에 동성애를 즐기는 것을 방조했다. 이어 여성의 동성애를 보자.

반 훌릭은 고대 중국에서 여성들은 오랜 기간 함께 생활하는 경우가 많아 여성간의 동성애는 상당히 흔한 일이었고 주변사람들도 그에 대해 관용적이었을 거라고 보았다. 하지만 여성의 동성애에 관한 기록은 극히 드물다. 역사서, 문학작품을 불문하고 기록을 남긴 것은 거의 모두 남성이었기 때문이다. 생활반경이 가정에 한정되다 보니 상대가 남성이든 여성이든 여성은 사람을 만날 기회가 많지 않았다는 것도 이유이다. 그와 관련이 있겠지만 여성간의 사랑은 남성의 그것보다 훨씬 은밀해서 일 수도 있으며 따라서 사람들이 알아채지 못했을 가능성이 있다. 첩을 두거나 미소년을 가까이하는 것이 수치가 아니라 부와 권력을 과시하는 수단이기도 했던 남성과 달리 여성의 동성애는 '말할 수 없는 비밀'이었던 것이다.

문헌에 보이는 최초의 여성 동성애자는 한무제 시기의 진陳황후로 알려져 있다. 진황후는 무제의 총애를 잃고 적막한 생활을 하던 중 정체가 불분명한 한 여자무당을 불러와 남장을 시킨 뒤 마치 부부처럼 함께 생활하고 한 침대를 썼다고 한다. 한무제가 이 일을 알고 진노해 무당을 죽이고 진황후를 폐위했으며, 이 사건에 연루되어 죽은 자가 300여 명이나 되었다고 한다. '여자가 남자의 음란을 저지르다니!女而男淫'라고 하는 데서 동성애가 남자의 전유물로 여겨지고 있었음을 알 수 있다. 앞서 보았듯 한무제의 동성애는 유명하다.

동성애여성을 묘사한 그림과 도자기

　하지만 궁중에서 궁녀들 사이의 동성애는 공공연한 비밀이었다. '마주보고 식사한다'는 뜻의 '대식對食'은 처음에 궁녀들의 동성애를 가리키는 말이었지만 점차 환관과 궁녀의 연애를 가리키는 말로, 나아가 여성동성애를 가리키는 일반명사가 되었다. 궁녀들간에 또는 궁녀와 환관 사이에 정신적 위로뿐 아니라 때로 손이나 도구를 이용한 유사성교가 이루어졌다.

　궁녀와 마찬가지로 남성과 접촉할 기회가 적은 비구니나 여도사들 사이에서도 동성애가 빈번했다. 유명한 당唐대의 시인이자 여도사女道士였던 어현기魚玄機도 '대식'을 했다고 한다. 그녀는 수많은 남자 정인을 거느리고 있었을 뿐 아니라 여성 정인도 두고 있었는데 열아홉 살 때는 함께 수련하던 16세의 채평采苹과 함께 식사하고 함께 잤다. 두 사람 사이에 다툼이 일어날 경우 대개 채평이 울고불고 했는데 이런 일은 거의 매일 있었다. 하지만 늘 금세 화해했다. 어현기의 시 중 「내 곁의 여자에게贈隣女」는 그녀에게 보낸 것이라고도 한다.

남성의 그것에 비할 바 못 되지만 명청대에는 여성의 동성애도 크게 유행했다. 그리고 이러한 풍은 민국시기까지 이어진다. 색정소설 『육포단肉蒲團』으로 유명한 이어李漁, 1611~1685의 희곡〈향기로운 친구를 그리워하며憐香伴〉는 여성의 동성애를 묘사한 선구적인 작품으로 일컬어진다. 줄거리는 다음과 같다.

범생范生의 부인 최전운崔箋雲이 불당에 가서 향을 올리는데 갑자기 여자의 기이한 향기가 전해졌다. 최씨가 향내를 따라가보니 암자에 기거하는 소녀 조어화曹語花가 있었다. 두 사람은 만난 순간 마치 전부터 알고 있던 것 같은 느낌이 들었다. 서로 시를 주고받으며 떨어질 수 없는 사이가 되어버린 두 사람은 함께 한 남자를 섬기기로 했다. 조어화는 기꺼이 최전운의 남편인 범생의 측실이 되기로 했다. 최씨가 귀가해 남편에게 이 일을 고하자 범생도 기꺼이 받아들였다. 하지만 중매를 부탁한 최의 사촌오빠가 은근 질투가 나 어화의 부친에게 이 일의 전말을 일러바쳤다. 조씨는 화가 나서 딸을 데리고 상경해버렸다. 범생 부부는 하는 수없이 고향으로 내려가 성과 이름을 바꾸고 과거시험을 준비했다. 범생이 과거에 합격한 뒤 부부는 조어화의 부친이 고관임을 알게 되었다. 당시 조어화는 벗이 그리운 나머지 병석에 누워 있었다. 딸을 살리기 위해 아버지는 딸과 시를 논할 수 있는 여제자를 선발하기로 했고 여기에 최씨가 지원해 선발되었다. 최씨를 다시 만난 조어화는 마치 약속이나 한 듯 병이 깨끗이 나았다. 조씨는 기쁜 나머지 최씨를 수양딸로 거두었다. 한편 범생은 이름을 바꾸고 과거에 합격한 뒤 조씨 아버지의 문하에 들어갔는데 조씨가 바로 알아보고 딸을 아내로 삼도록 허락했다. 두 사람은 자매가 되어 최씨의 아내로 함께 살았다.

　해피엔딩으로 끝난 최전운과 조어화의 동성애는 명말청초 상층여성의 생활을 반영한다. 명말부터 중국에는 "여자는 재능—글재주를 말한다—이 없는 것이 덕女子無才便是德"이라는 속담이 크게 유행하고 있었지만, 실제로는 이 희곡의 두 여주인공처럼 문학 창작과 비평으로써 상호감정을 교류하는 여성들이 증가하고 있었다. "여자는 글을 모르는 것이 덕"이라고 하는 것은 여성의 문학활동과 작품을 통한 상호교류를 꺼리고 우려하는 사람들이 만들어낸 말일 것이다. 상층여성들에게 보이는 이같은 지적 교류는 여성교육이 제도화되는 청말까지도 이어졌다. 그중에서도 19세기, 도광제 시대에 시단에서 활약한 여시인 오조吳藻는 남장을 즐긴 특이한 여성으로, 시인 진문술陳文述의 여제자였다. 그녀와 교제한 자는 대개 절강 강소 등지의 규수들이며 그녀들의 교류 방식은 주로 규방에서의 모임을 통해 시를 읊거나 글을 선물하는 것이었다.

　한편 이어의 희곡은 여러 첩을 거느리더라도 그녀들이 화목하기만 하면 문제가 되지 않음을 암시해 축첩과 여성동성애의 공생관계를 보여준다. 첩이 많은 가정의 가장은 처와 첩, 첩과 첩들로 하여금 "자매처럼 서로 아끼도록相愛如姊妹" 권장했고, 그녀들 사이에 동성애가 발생해도 눈감아 주었던 것이다.

　처첩간에는 연모의 감정뿐 아니라 실제 유사성행위도 이루어졌다. 명청시대 소설의 묘사에 의하면 여성은 동성행위 중 일반적으로 손가락을 이용해 서로 음부를 만져주거나 음부를 서로 마찰시키는 방법을 사용했

근대 중국, 그 사랑과 욕망의 사회사

다. 때로는 '각선생角先生'으로 불리
는, 상아나 나무로 만든 남성의 성
기와 유사한 도구를 이용해 자극하
기도 했다. 일반적으로 남자역을 맡
은 여자가 비단끈을 이용해 허리에
그것을 차고 남녀처럼 일을 치렀다.
성기 모양이 같기 때문에 둘이 관계
하는 모습이 마치 거울을 사이에 둔
것과 같다고 해서 '마경磨鏡'이라는

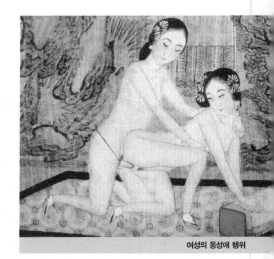

여성의 동성애 행위

말이 나왔다. '마경'은 '대식'과 함께 여성의 동성애를 가리키는 말이 되
었다. 이 밖에 널리 사용된 자위도구로 '쇄양鎖陽'이라고 부르는 식물도
있었다. 죽순처럼 생긴 이 식물의 껍질을 벗기고 물에 담가 두었다가 질
속에 넣으면 팽창해 황홀감을 느낄 수 있었다고 한다. 또 성애소설에는
'애를 쓰는 방울'이라는 의미의 '면령勉鈴'이라는 도구가 자주 언급되고
있다. 은으로 만든 속이 빈 공으로, 이를 질 속에 넣고 손잡이를 상하좌
우로 흔들어 쾌감을 얻었다.

청말에서 민국시기에는 양잠, 제사 등 비교적 여성의 취업 기회가 많
았던 순덕順德, 쑨더이나 남해南海, 난하이 등 광동성 주강珠江, 주장강 일대를
비롯해 북경, 상해 등 대도시에서도 여성의 동성애가 성행했다. 광동 지
역의 여성들은 '금란계金蘭契'라고 하는 의자매義姉妹 단체를 결성해 평생
시집가지 않기로 맹세한 뒤 함께 노동하며 기술을 전수하고 공장의 기
숙사나 '여성의 집(고파옥)'에서 함께 생활했다. 평생 독신을 고수하는

여성들을 '자소녀自梳女'라 불렀는데, 이는 스스로 머리를 빗는다는 의미이다. 결혼식을 올리는 여자는 전문가나 친척여성을 불러 처녀 때 땋아 다니던 머리를 풀어 곱게 빗어 올린 뒤 올림머리를 함으로써 기혼임을 표시하는데, 자소녀는 스스로 빗어올림으로써 결연히 독신을 표시하는 것이다.

부모의 강요로 시집을 가게 될 경우 자매를 맺은 여성들이 함께 강물에 투신해 자살하는 일도 있었고, 결혼을 해도 몇 년간은 절대 남편과 동침을 하지 않았다. 첫날밤에는 정조를 더럽히지 못하도록 자매들이 특수 제작한 옷을 입고 남편과 성교를 피했다. 사흘이 지나면 대개는 친정으로 돌아가 근처의 공장에서 다시 자매들과 일하게 된다. 평생 독신을 고수한 여성을 자소녀라 했고, 부득이 결혼은 했지만 시댁에 살지 않고 친정으로 돌아가 공장에 출퇴근 또는 기숙사에서 생활하며 일하는 여성은 '불락가不落嫁' 또는 '불락부가不落夫家'라고 불렀다. "시댁에 들어가지 않는다"는 의미이다.

동서양을 불문하고 또 남녀를 불문하고 동성애는 교육의 발전 및 산업화에 따라 기숙사 같은 동성의 생활공간이 확보되면서 더욱 증가했다. 시한부 불락부가는 중국의 화남지방에 오래 전부터 존재했던 여러 소수민족의 전통이기도 하지만 여성의 취업기회 확대와 축소에 비례해 발전하고 퇴조한 것을 보면 산업화의 산물로도 볼 수 있다. 이렇게 다시 공장으로 돌아와 함께 생활하게 된 여성들 중에는 짝을 만들어 부부처럼 생활하기도 했으며 일부는 성적인 접촉도 했다.

공장에서의 수입은 비교적 안정적이었기 때문에 자신을 대신해 시댁의 가사를 도우고 남편의 잠자리를 상대하도록 첩을 사서 보냈다. 자소녀들 사이에는 '염매화捻妹花'라고 하여 전문적으로 가난한 집의 미모가 뛰어난 여자아이를 데려다 훈련을 시킨 뒤 첩으로 팔아넘기는 일로 돈을 거머쥐는 경우도 있었다(徐珂, 1986). 자신은 결혼을 거부해 자유로운 삶을 추구하면서 그를 위해 또 다른 여성을 희생시키는 것이다. 광동 지역에 유난히 축첩이 심했던 것은 부상이 많았기 때문이기도 하지만 이러한 결혼거부나 동성애도 원인이었을 것이다.

페낭에서 일한 중국여성(1930년대)

1930년대에 중국의 제사업이 몰락하자 그녀들 다수가 일자리를 찾아 홍콩에서 배를 타고 싱가포르, 페낭 등지로 떠나 유모나 가정부로 일했다. 거기에는 성공한 중국인이 많았기 때문이다.

1990년대 이후, 귀향한 자소녀들을 대상으로 한 인터뷰자료가 속속 발표되고 있는데 그녀들이 결혼을 거부하고 여성의 집에서 공동생활하거나 심지어 파트너를 정해 부부처럼 살았던 데는 첫날밤의 공포가 크게 작용했다고 한다. 신혼 첫날밤의 공포는 신부들에게 극심한 스트레스였다. 그야말로 '피칠갑' 아니면 '견홍'이 없다 하여 쫓겨나는 것이기 때문이다.

출산시의 오물과 출혈은 그 자체로 공포였다. 더욱이 출산은 여성이나 영아의 생명을 위협한다. 이처럼 첫날밤의 고통 그리고 임신과 출산

모성을 지닌 관음상

에 대한 두려움이 입에서 입으로 전해지며 여성들은 결혼해서 몸을 더럽히느니 영원히 정결한 몸으로 살고 싶었다는 것이다. 여기에는 그녀들이 의지한 선천도先天道의 관음신앙도 영향을 미쳤다. 자소녀들은 신에 다가가려면 정결해야 하는데, 남자와 성관계만 하지 않으면 '정결'해지는 것으로 인식했던 것이다(曹玄思, 1994, 124~140면). 화남지방이나 동남아시아의 각지에서 발견되는 관음보살상을 보면 마치 성모마리아를 연상케 할 정도로 정결하면서도 어머니 같은 자애로움이 공존하고 있다. 성교와 임신, 출산의 경험은 없지만 자소녀들은 양녀를 들여 자신의 재산을 상속하고 제사를 지내게 했다.

비록 자소녀 중 일부는 동성행위를 했지만 대부분은 생활의 방편으로 공동생활을 한 것이다. 유사한 형태의 여성간 동성애는 복건 연해에서 어업을 하며 살았던 혜안惠安 지역 여성들에게서도 보인다(臨丹亞, 1998).

금란계의 동성애가 주로 여공들 사이에 유행했다면 청말에서 민국시기 호남성 강영현江永縣 등 농촌의 상류층 여성들 사이에 유행한 동성애로 '행객行客'이 있었다. '연애'라는 시대사조의 영향을 받은 탓인지 부모가 주관하는 혼인에 불만이지만 그렇다고 과감하게 자주적 연애를 실천할 기회도 없고 또 용기도 없었던 농촌여성들 가운데 동성의 짝을 만들어 마치 본체와 그림자인 양 붙어 다닌 것이다. 그래서 '행객'이라 불린 것이다.

그녀들이 남긴 '행객가'를 보면 파트너에 대한 절절한 감정이 담겨 있다. 두 사람이 전생의 인연으로 만나 이렇게 아름다면 반려가 되었으니 살아서도 함께 살고 죽어서도 함께 하자는 것이다(宮哲兵, 2003).

청말에 행객을 한 친척여성으로부터 들었다는 구술자료에 의하면 행객을 한 여성들이 평생 시집가지 않기로 맹세하고 서로의 집을 오가며 함께 생활한 것은 임신과 출산에 대한 막연한 공포 때문이었음을 알 수 있다. 그녀들은 어릴 적부터 마을의 노인이나 무당을 통해 출산 경험이 있는 여자는 사망 후 그 피가 지옥까지 오염시켜 복숭아밭에서 영원한 형벌을 받게 되지만, 처녀로 죽으면 정결한 몸이 되어 하늘에 올라가 복락을 누린다고 들어왔던 것이다.

언젠가는 결국 시집을 가게 되겠지만 행객으로 지내는 동안만큼은 마치 부부처럼 아니 부부보다 더 친밀한 애정을 과시한 그녀들 사이에 '공포'의 대상인 임신과는 무관한 동성간 성행위도 공공연히 이루어졌다. '나복간羅卜幹'이라고 했는데, 주로 상대의 성기를 만져주거나, 오이나 무 등을 이용해 상대의 성기를 자극하는 것이었다.

부모가 혼인을 강요할 경우 한쪽 혹은 두 여성 모두 자살을 감행하기도 했다. 결혼을 하게 되면 성교를 할 수 없도록 친구가 만들어준 특수한 속옷을 입었고 남편이 강제로 성관계를 하려고 할 경우 지니고 있던 칼을 뽑아 사정없이 찔러대는 바람에 유혈이 낭자했다. 심지어 질투에 눈이 멀어 행객친구 신랑의 일가족을 모두 살해하는 사건도 일어났다.

이같은 형사사건이 잇따라 발생하는 바람에 결국 관부가 개입해 행객을 엄격히 금지했고 그 후 차츰 행객의 풍조도 잦아들었다. 항일전쟁 시기를 고비로 '행객'은 급속히 사라지지만 신중국 성립 후인 1950년대에야 비로소 완전히 없어졌다고 한다.

남녀를 불문하고 동성애는 근대의 산업화, 교육의 확대에 따라 더욱 발전하는데 그 이유는 동성이 한 공간에서 함께 생활할 기회가 많아졌기 때문이다. 광동 제사공장 구역에서 유행했던 여성의 동성애는 민국시기까지도 성행했으며 상해나 북경 등 대도시에서는 '마경당'이라 불리는 기녀들간의 동성애 단체가 등장했다. 또 여학생들의 동성애 사건도 자주 보도되고 있다. 여학생의 동성애는 기숙사생활을 하는 여자사범학교 같은 데서 주로 유행했다. 이 때문에 과도한 남녀격리가 여학생의 동성애를 부추기므로 차라리 남녀공학이 해결책이라는 논의도 등장했다(晏始, 1923).

자소녀나 행객, 그리고 여학생뿐 아니라 일반 소녀들 사이에도 결혼을 거부하며 동반자살하는 사례가 빈번히 발생했다. 『점석재화보』 등에 자주 등장했던 「두 여자의 동반자살二女同死」이라는 제목의 글들은, 그 내막을 들여다보면 모두 자매처럼 친하게 지내던 친구가 시집을 가게 되어 빚어진 비극이었다.

이처럼 중국에서는 시대를 불문하고 남녀를 불문하고 동성애가 성행했는데 여성의 동성애는 남성의 그것과 성격이 많이 달랐다.

첫째 남성의 동성애가 상하 권력관계인 반면 여성의 동성애는 비교적 수평적 관계였다. 남성에게 동성애는 성적 자극을 추구하는 일종의 공개적인 오락활동이었고, 금전과 권력, 지위를 통해서 얼마든지 얻을 수 있었지만 여성의 동성애는 보다 은밀했고, 슬픔과 외로움을 함께 나눌 수 있는 자매애sisterhood의 성격이 강했다. 행객이나 금란계 여성들의 경우 어쩔 수 없이 시집을 가더라도 자주 왕래했고 남편과 사별하면 다시 파트너에게 돌아와 여생을 함께 했다. 아이가 있는 경우 함께 양육했으며, 아이들은 두 여성 모두를 어머니라고 불렀다. 모두 1997년에 개봉된 양채니 주연의 홍콩영화 〈자소〉나 올리버 스톤 감독이 제작한 타이완 영화 〈조이럭 클럽〉 등을 보면 잘 알 수 있을 것이다.

〈자소〉의 한 장면

〈조이럭 클럽〉의 포스터

남성의 동성애를 표시하는 동사로 흔히 사용되었던 '폐嬖', '총寵', '행行' 등은 윗사람이 아랫사람을 대하는, 주인이 하인을 대하는, 어른이 아이를 대하는 수직적 관계로, 불평등한 색채를 띤다. 반면 여성의 동성애는 '애愛', '열悅', '모慕' 등 비교적 상호 평등한 의미를 담고 있었다. '대식'이라는 말도 마주보며 식사를 한 데서 유래했다.

둘째, 남성의 그것에 비해 여성의 동성애는 훨씬 더 친밀했다. 남성의 동성애는 군주와 그의 총애를 받는 미소년이 대부분이며 미자하가 나중에 나이가 들자 예전에 먹다 남은 복숭아를 주었다는 이유로 쫓겨나는 것처럼, 또 '십준'이 부정한 짓을 저지르면 한 명씩 때려 죽여 한 명도 남지 않게 되었던 신종의 예처럼 남성의 동성애는 정서적 친밀감이 결여된 경우가 많다. 성적 쾌락이 주목적이므로 용모가 시들면 미련 없이 관계를 청산한다. 이에 반해 여성의 동성애는 반드시 성행위를 수반하는 것은 아니며, 오히려 서로를 위로하고 지켜주는 정서적 결합의 성격이 강했다. 문제는 이 지나친 친밀감이 때로 돌이킬 수 없는 비극을 초래한 것이다. 상대가 부모의 강압에 못 이겨 혼인을 할 경우 슬픔을 못 이기고 함께 자살하거나 심지어 친구의 결혼을 방해하기도 하는 것이다.

여성의 삶에서 결혼이 최고의 목적이 아니라면 여성간의 우애와 연대

여성들의 동반자살을 그린 '삼녀동익

가 보다 중요한 가치로 부각될 것이다. 고등교육을 받은 여성이 증가하면서 결혼보다는 일을 중시하고, 연애보다는 동성의 연대나 우정에 무게를 두는 여성이 증가하고 있는 지금, 100년 전 중국여성들의 행동은 시사하는 바 크다.

근대 중국, 그 사랑과 욕망의 사회사

참고문헌 및 더 읽을거리

1절

『新女性』, 『時報』, 『申報』

曲義偉, 『中國禁史』, 長春 : 時代文藝出版社, 2002.

盧玲, 『屈辱與風流』, 北京 : 團結出版社, 2000.

徐珂, 『淸牌類抄』 제5권(혼인) 「粤中婚嫁」, 北京 : 中華書局, 1984.

隋靈璧 등, 「五四時期濟南女師學生運動片斷」, 中國社會科學院近代史硏究所 編, 『五四運動回憶錄』, 北京 : 中
    國社會科學出版社, 1979.

呵梅, 「前言」, 『靑年婦女』(馬振華投江問題專號)1928년 19기.

央庵, 「一個貞烈的女孩子」, 『新靑年』 7-2, 1920.1

艾晶, 「罪與罰 : 民國時期女性性犯罪初探(1914~1936)」, 『福建論壇』(인문사회과학판), 2006-9.

張競生, 「如何得到新娘美妙的鑑賞與其歡心」, 『新文化』 창간호, 上海 : 美的書店, 1926.12.

章乃器, 「馬振華的自殺」, 章立凡編選, 『章乃器文集』 下, 華夏出版社, 1997.

「舊例敎下的犧牲者」, 『婦女園地』, 1934.5.20.

侯艶興, 『上海女性自殺問題硏究』, 上海辭書出版社, 2008.

2절

기무라 료코, 이은주 역, 『주부의 탄생』, 소명출판, 2013.

金眉, 『中國親屬法的近現代轉型 : 從'大淸民律初案·親屬編'到'中華人民共和國婚姻法'』, 北京 : 法律出版社,
    2010.

김시준, 『작가와 여인』, 문, 2012.

노재식, 「중국근대 여성문제에 대한 인식—만국공보를 중심으로」, 『진단학보』, 113, 2011.

노재식, 「The Chinese Recorder에 나타난 근대 중국의 혼인문제 인식 연구—이혼(離婚)문제와 일부다처제
    (一夫多妻制)문제를 중심으로」, 『중국사연구』 87, 2013.

譚嗣同, 「報貝元徵」, 蔡尙思 主편, 『譚嗣同全集』, 上, 北京 : 中華書局, 1981.

杜亞泉, '論蓄妾', 『東方雜誌』 8-4, 1911.6.

馬建石 주편, 『大淸律例通考校注』, 中國政法大學出版社, 1992.

牧野巽, 『支那家族硏究』, 東京 : 生活社, 1944.

文魔魚, 「婚外情」, 『中國女性』 14, 2002.7.

신영숙, 「일제하 신여성의 연애·결혼문제」, 『한국학보』 12-4, 1986.

梁啓超, 「紀事二十四首」, 『飮氷室合集』 下, 中華書局, 1989.

呂變華, 『妾在法律上的地位』, 上海 : 政民出版社, 1934.

易家鉞, 「中國的家庭問題—蓄妾問題」, 梅生 編, 『中國婦女問題討論集』 제3책, 上海 : 新文化書社, 1929.

王小璽, 『小妾史』, 上海古籍出版社, 1999.

雲衣, 「戀愛, 納妾, 賣淫」, 『女聲』 1-4, 1932.

劉炎生, 『中國第一才女林徽因』, 湖北人民出版社, 2006.

윤혜영, 「근대 중국의 신여성」, 『한성사학』 24, 2009.

張風綱 글, 李菊儕 그림, 『舊京 醒世畵報』, 北京文獻出版社 영인본, 2003.

程郁, 『淸至民國蓄妾習俗之變遷』, 上海古籍出版社, 2006.

朱穎, 「民國時期'妾'的身分法律地位探析－以大理院及最高法院之司法判解爲中心」, 『華中師範大學學報』, 2013.

峙山, 「十天內天津的天津的兩件慘安」, 『女星』 11기, 1923.8.5

澤村幸夫, 『支那現代婦人生活』, 東亞硏究會, 1932 p.2

3절

郭松義, 『中國婦女通史-淸代卷』, 杭州出版社, 2010.

노혜숙, 「李昻의 '殺夫'」, 『중국문화연구』 17, 2010.

范志强, 「歷史上的典婚」, 『浙江萬里學院學報』 20-4.

蘇成捷, 「性工作 : 作爲生存策略的淸代一妻多夫現象」, 黃宗旨 편, 『從訴訟檔案出發 : 中國的法律, 社會與文化』 法律出版社, 2009.

葉麗婭, 『典妻史』, 廣西民族出版社, 2000.

呂文浩, 「中國近代婚齡的分析」, 『中國社會科學院近代史硏究所靑年學術論壇』(臺北), 2005.

吳至信, 「最近十六年之北平離婚案」, (1935), 『民國時期社會調査叢編 : 婚姻家庭』, 福建敎育出版社, 2005.

王奇生, 「民國初年的民女性犯罪(1914～36)」, 『近代中國婦女史硏究』, 臺灣 : 中央硏究院近代史硏究所, 1993.6.

汪玢玲, 『中國婚姻史』, 上海人民出版社, 2001.

유석, 「노예가 된 어머니」, 엄영욱, 『중국현대중단편소설선』, 전남대 출판부, 2012.

이영자, 『중국여성잔혹풍속사』, 에디터, 2003.

李文海, 『民國時期社會調査叢編(혼인가정권)』, 福建 : 敎育出版社, 2005.

鄭英福, 『中國婦女通史-民國卷』, 杭州出版社, 2010.

잭 구디, 연국희 외역, 『중국과 인도의 결혼풍습 엿보기』, 중앙M&B, 1999.

趙翼, 『簷曝雜記』 卷4, 中華書局, 1982.

陳學琴, 「學生婚姻問題之硏究」, 『東方雜誌』 18-4～6, 1921.2～3.

Jack Belden, *China Shakes the World*, 1949(→『세계를 진감하는 중국』, 北京民族出版社, 1980).

4절

宮哲兵, 「女書與行客」, 『中國性科學』, 2003-12.

김문조 외, 「미국 동성애운동의 역사, 현황 및 사회적 의의」, 『미국사회』 2, 1999.

徐珂, 『淸稗類鈔』 제11책, 北京 : 中華書局, 1986.

시양쓰, 강성애 역, 『황궁의 성』, 미디스북스, 2009.

필자미상, 「婦女同性之愛情」, 『婦女時報』, 1912-7.

晏始, 「男女的隔離與同性愛」, 『婦女雜誌』 9-5, 1923.5.

靄理士(H.Ellis), 潘光旦 역, 『性心理學』, 北京 : 商務印書館, 1999. 739

엘리자베스 에보트, 이희재 역, 『독신의 탄생』, 해냄, 2006.

葉漢明, 「勧力的次文化資源 : 自梳女與姊妹群體」, 『華南婚姻制度與婦女地位』, 南寧 : 廣西民族出版社, 1994.

근대 중국, 그 사랑과 욕망의 사회사

우춘춘, 이월영 역, 『남자, 남자를 사랑하다』, 학고재, 2009.

劉達臨, 『性與中國文化』, 北京 : 人民出版社, 1999.

郁慕俠, 『上海鱗爪』, 上海書店(복간), 1998.

臨丹亞, 「一種敍事 : 關于異性愛與同性愛」, 『東南學術』, 1998.5

林樹明, 「女同性戀女性文學批評簡論」, 『中國比較文學』, 1995-2.

曹玄思, 「先天道的自梳女」, 馬建釗 외 주편, 『華南婚姻制度與婦女地位』, 南寧 : 廣西民族出版社, 1994.

曾春娥, 「中國女同性戀歷史」, 『中國性科學』, 14-4, 2005-4.

천성림, 「모성의 거부─20세기 초 중국의 '독신여성' 문제」, 『중국근현대사연구』 24, 2004.

천성림, 『산업화가 유교체제하 중국여성의 지위에 미친 영향』, 집문당, 2005.

馮國超, 『中國古代性報學告』, 北京 : 華夏出版社, 2013.

Siu. Helen F., "Where were the Women? Rethinking Marriage Resistance and Regional Culture in South China", *Late Imperial China*, 11-2, 1996.

Stockard, Janice E., *Daughters of the Canton Delta : marriage patterns and economic strategies in South china, 1860~1930*, Hong Kong : Hong Kong University Press, 1989.

Thomson, John, *Illustrations of China and its people : a series of two hundred photographs, with letterpress descriptive of the places and people represented*, London, 1873(→ 徐家寧 譯, 『中國與中國人映像』, 香港中和出版社, 2014).

Topley, Marjirie, "Marriage Resistance in Rurak Kwangtung", *Women in Chinese Society*, edited by Margery Wolf and Roxane Wittke, Stanford : Stnaford University Press, 1975.

후기

짝사랑도 사랑이라면 나의 첫사랑은 중학교 때 음악선생님이다.

스물여덟의 결혼 1년차이신 선생님은 비록 잘 생긴 외모는 아니었지만 멋진 바리톤 목소리로 나처럼 감수성 예민한 소녀들의 혼을 빼놓곤 하셨다. 시각에 좌우되는 남성과 달리 여성은 청각이라는 마법에 휘둘리는 경우가 많다고 하지 않는가. 나 또한 선생님이 이끄시는 성가대에 들어가기 위해 밤낮으로 목소리를 연마한 끝에 '특채'로 선발되는 행운을 얻었다. 그런데 성가대의 한 선배는 여느 여학생들처럼 속으로 흠모하는 정도가 아니라 "난 언젠가 선생님의 세컨드가 될 거야"라는 말을 흘리고 다녔다.

이제 막 영어를 배우기 시작했던 나는 그 선배가 말한 세컨드가 무슨 뜻인지 몰랐다. 그저 영어니까 멋있게만 들렸다. 한참 뒤에야 알게 되었지만 '세컨드'는 첩을 가리키는 일본의 '제2부인'이나 중국의 '둘째마님(二太太)'을 영어로 다시 번역한 것이었다. '제2부인'이란 말은 우리나라에서도 1930년대 여성잡지에 자주 등장하고 있으며 '세컨드'라는 말은 여전히 우리나라와 일본에서 "부총리의 부인"이 아닌 '첩'을 가리키는 용어로 사용되고 있다.

1933년, 『신여성』 잡지를 통해 한국의 전희복은 비록 정식의 혼인절차를 거치지는 않았지만 '연애'를 거쳐 동거하게 된 경우라면 더 이상 법률적 용어인 '첩'이 아니라 '제2부인'으로 부를 것을 제안했다. 첩과 제2부인을 나누는 기준은 연애의 유무에 있었던 것이다.

사실상 같은 말인데도 첩과 세컨드(제2부인)는 전혀 다른 느낌을 준다. 야만과 문명까지는 아닐지라도, 전자는 답답하고 음침한 골방을 연상시키는 반면 후자는 지적이고 세련된 그리고 침대와 커튼이 있는 넓은 방이 떠오른다. 그 이유는 무엇일까?

그것은 서양에서 들어온 '러브', 즉 '연애' 때문이었다. 연애만 있다면 첩도 간통도 미화될 수 있었던 시대가 있었다. '연애구국'이니 '연애신성'이니 하는 말까지 등장했다. 근대 중국의 가장 사랑받는 사회운동가 허광평이나 송경령을 비롯해 수많은 여성들이 사실상 첩 / 제2부인이었지만 그들에게는 노신이나 손문 등 거물급 인사들과 '연애'가 있었기에 지탄받지 않을 수 있었다.

일본의 강권과 침략에 대해서는 분노했지만 일본을 매개로 한 서구문화, 문명의 이기 등 생활방식에 대해서는 한국과 중국의 청년지식인들 다수가 환호했다. 그 중에서도 연애, 구체적으로 연애자유와 연애결혼에 대해서는 이상할 정도로 아니 거의 광적으로 환호했다. 그것은 총포나 기계, 기술 같은 서구의 물질문명뿐 아니라 제도와 사상 등 문화면에서도 서양에서 배울 만한 것이 있다고 인정해버린 바로 그 순간부터 시작되었다.

근대 중국인들에게 연애는 단순히 생활방식이 아닌 문명의 척도이자 부강의 첩경이었다. 연애라는 단어보다는 '애정'이라는 단어를 즐겨 사용했던 20세기 초만 해도 연애는 개성의 존중, 자주와 독립, 자유, 권위주의로부터 탈피 같은 계몽주의, 반전통주의의 의미를 드리우고 있었다. 그런데 연애가 애정이라는 단어를 대체하게 된 1920년대부터 연애는 가장 빠른 시간에 강국몽을 실현할 수 있는 마법처럼 여겨지게 되었다. 왜냐하면 열렬한 연애를 거쳐 태어난 아이는 비록 사생아라 해도 용모와 체질, 지능 등에서 우수한 반면, 당사자의 의사를 무시하고 가장이 주도한 결혼은 아무리 합법적이라 해도 연애가 없기 때문에 거기에서 태어난 아이는 허약하고 지능이 떨어진다고 하는 우생학적 연애가 유행했기 때문이다. 제도혼 바깥의 연애라도 애정만 있으면 문제가 되지 않았고 일부일처제라 해도 부부간에 사랑이 없다면 그것은 성욕의 배설일 뿐이며 심지어 간음이라고 하는 파격적인 성도덕도 등장했다.

나아가 여성에게 성적인 파트너를 선택할 권리를 준다면 용모나 건강 등에서 우수한 남성만이 선택되어 머지않아 중국인은 서양이나 일본과 어깨를 나란히 할 수 있는 우수한 민족이 될 것이라고 했다. 연애는 개인의 자주와 독립을 실현하는 차원을 넘어 국가와 민족의 질적 개선에 첩경으로 간주되었고, 연애를 구성하는 성욕도 개인적 욕망의 차원을 넘어 민족의 욕망을 담지하게 되었던 것이다.

비교가 없다면 불행을 느낄 이유도 없다. 학제의 반포(1904년. 여학생은 1907년), 과거의 폐지(1905년)와 함께 탄생한 청년지식인은 학교라는 공간 그리고 신문잡지 같은 여론을 통해 스스로를 구식결혼의 피해자로 생각했다. 부모가 정한 혼사에서 벗어날 수 없었던 그들에게 자유롭게 상대를 선택하고 결혼 전 자유롭게 교제를 한다는 것은 자신들을 오랫

동안 억눌러왔던 종족이나 가부장의 권위로부터 벗어나는 해방감을 안겨주었다. 더욱이 그런 연애와 결혼은 우수한 2세를 생산하게 함으로써 국가와 민족의 진보에 기여할 수 있다고 하는 메시지는 '불효'에 대한 면죄부까지 마련해놓았다. 이것이 바로 '연애'가 20세기 전반기 중국의 청년남녀를 사로잡은 이유인 것이다.

연애라는 코드를 통해 여성사를 포함한 20세기 중국의 사회와 문화 연구에 조금이라도 기여해보려 한 이 책의 의도가 충족되려면 우생학과 연애를 좀 더 깊이 천착해야 할 것 같다. 아쉽지만 앞으로의 과제로 남겨둔다. 또 비교적 많은 기록이 남아 있는 신여성뿐 아니라 구여성들의 의식과 열망 또한 반드시 양지로 끌어내야 한다. 이 또한 앞으로의 과제로 남겨두고 아쉽지만 여기에서는 구여성을 대표해 노신의 아내 주안(1878~1947)의 편지를 저자가 상상해 쓴 글로 책을 마무리한다.

사랑하는 나의 남편 노신선생께

비록 얼굴 한번 본 적 없었지만 나는 마을에서 수재로 이름난 당신을 마음으로 사모했고 어른들의 분부에 따라 정식 혼인절차를 거쳐 당신과 결혼한 '합법적인 아내'랍니다. 내가 당신을 포기할 수 없었던 것은 항간에 유행하는 연애 때문이 아닙니다. 그런 것은 단발을 하고 여학교를 다닌 이른바 신여성들이 즐겨 쓰는 말이죠. 연애는 정서적 육체적 공감과 친밀감이라고 하던데, 첫날밤도 치르지 않고 나를 떠난 뒤 이후로 가끔 고향에 내려왔을 때도 잠자리를 함께 하지 않은 당신과 내가 어찌 진정한 연

주안

애를 했다고 하겠습니까? 하지만 당신을 존경하고 사모합니다. 어쩌면 쉽게 식어버릴 뜨거운 연애가 없었기에 내가 평생 당신을 떠나지 않았는지도 모르지요. 당신이 제자인 허광평과 사랑에 빠져 동거하고 있을 때도 나는 크게 동요하지 않았어요. 훌륭한 아내라면 남편이 아들을 낳기 위해 첩을 두는 것쯤이야 눈감아주는 것이 '부덕'이니까요. 만일 내가 이혼해주었더라면 당신은 그녀와 정식 부부가 될 수 있었을 테고 그녀는 '동거녀'니 '제2부인' 같은 말을 듣지 않았을 테지요. 그녀와 나는 서로 가해자이면서 동시에 피해자였어요.

내가 죽을 때까지 이혼할 수 없었던 것은 첫째, 나는 당신 어머니가 남겨주신 '유물'이니 시어머니에 대한 신뢰를 저버릴 수 없었기 때문이고 둘째는 경제적으로 독립할 능력이 전혀 없는 나로서는 이혼하는 순간 길거리에 주저앉아야 했기 때문입니다. 다행히 허광평은 당신이 죽고 난 뒤에도 나를 보살펴 주었어요. 겉으론 내색하지 않았지만 솔직히 처음에는 그녀가 부러웠고, 아니 미웠고, 그래서 더 이혼을 해주지 않았지만 당신이 떠난 뒤로 우리 둘은 마치 자매처럼 서로를 이해할 수 있게 되었답니다. 게다가 그녀는 아들도 낳았으니 나도 본분을 다한 셈입니다. 이젠 한 많은 삶을 뒤로 하고 당신께 갑니다. 부디 하늘나라에서는 나를 사랑해주세요. 우리도 연애 한번 해보자구요.

근대 중국, 그 사랑과 욕망의 사회사